KB153565

예
해
인성
비

잘
풀
린
사
람

인 성 에 비 해

월급사실주의 ● 2024

잘 풀 린 사 람

한은형 최유안 천현우 정아은 임현석 이정연 손원평 남궁인

문학동네

오늘도 활기찬 아침입니다

남궁인

○
남궁인

산문집 『만약은 없다』 『지독한 하루』 『차라리 재미라도 없든가』 『제법 안온한 날들』 『우리 사이엔 오해가 있다』(공저) 등이 있다. 고려대 의학과를 졸업하고 현재 이화여대부속목동병원 응급의학과 임상조교수로 재직중이다.

스튜디오는 지긋지긋하게 추웠다. 끝을 둥글게 만 머리카락이 자꾸 삐치는 것 같아 신경이 쓰였다. 분장팀 수연씨가 늦게 도착해서 머리를 만질 시간이 부족했다. 수연씨는 여섯시 십오분이 되어 전화를 했을 때에야 일어났다. 다행히 방송국 앞에 살고 있어서 금방 도착했지만 아무래도 손이 급했다. 게다가 같이 일한 지 한 달밖에 되지 않아 그런지 아직도 세팅을 마치고 나면 무엇인가 어색했다.

수연씨는 어젯밤 늦게까지 행사가 있었다고 했다. 기업체에서 급히 잡은 야외 행사를 마다할 수 없었을 것이다. 안 그래도 스케줄이 많은데 비정기적인 행사까지 소화하다보니 잠이 부족해 알람 소리를 못 들었다고 했다. 새벽에 분장실이 비어 있으면 일단 수연씨에게 전화를 걸어 깨워야 했다. 수연씨는 푸석푸석한 몰골로 급히 뛰어왔다.

"죄송해요, 지민 아나운서님."

사실 이 정도의 지각은 아침 뉴스에서는 흔히 있는 일이었다. 새벽 기상을 위해 모두들 알람을 삼 분 단위로 열 개 이상 맞추었다. 그럼에도 지각해서 부랴부랴 뉴스를 마치거나 아예 펑크 낸 선배들의 일화가 전설처럼 전해져 내려왔다. 잠에서 깨지 못하는 바람에 빈 스튜디오 화면이 송출되는 꿈을 꾸는 것은 아침 뉴스 앵커의 직업병 같은 것이었다.

카메라 감독이 구도를 맞춘 뒤 편한 의자에 앉았다. 원 앵커 뉴스라서 카메라는 더 움직일 필요가 없었다. 인이어로 박피디가 말했다.

"원고 체크할게요."

나는 대량 구매해둔 핫팩을 허벅지 사이에 비볐다. 스튜디오는 난방을 해도 추웠다. 스튜디오 안이 바깥보다 더 추운 것 같았다. 마인드 컨트롤을 하면서 심호흡을 했다. 허리를 곧게 펴고, 혀를 입천장에 붙이고, 어깨를 평행으로 맞추고, 턱을 당기고, 눈을 너무 자주 깜빡이지 말고, 멘트는 분명한 발음으로. 목을 돌리고 어깨를 풀면서 중얼거렸다.

"안녕하십니까. 안주 SBC 뉴스입니다. 병원 응급실에서 또 폭력 사건이 일어났습니다. 이번에는 안주대학교 병원 응급실에서 육십대 남성이 진료 결과에 불만을 품고……"

오늘 기사는 묘하게 입에 잘 붙지 않았다. 몇 군데를 읽기 편한 순서로 교정하면서 모니터링 화면을 보고 턱을 적당히 당겼다. 메인 카메라 옆 화면에는 서울 SBC 뉴스가 나오고 있었다. 그 화면에 타이틀 롤이 나오고 카메라 앞 탤리*가 켜지면 뉴스를 할 차례였다. 피디가 알아서 서울 뉴스를 끊고 우리 쪽 타이밍을 잡았다. 뉴스 말미에 '카바페넴 내성 장내세균속균증'이 자꾸 신경쓰여서 한 번 다시 되뇌었다. '속균증'에서 자꾸 혀 짧은 소리가 났다. 카바페넴은 아마도 항생제 종류일 것이다.

인이어에서 피디가 티디에게 외치는 소리가 들렸다. "카메라 줌인, 앵커 샷. 컷." 이윽고 탤리에 빨간불이 들어왔다. 첫번째 뉴스를 진행하는데 인이어에서 재차 피디의 목소리가 들렸다. "첫 기사 자막, 슈퍼인**." 두번째 기사부터 프롬프터가 늦어지더니 움직이지 않았다. 또 사고였다. 프롬프터를 다 읽어버렸는데 더 읽을 기사가 없었다. 피디가 수동으로 대본을 내려줘야 하는데 또 프로그램이 버벅대는 모양이었다. 어쩔 수 없이 손 밑에 깔아둔 원고를 곁눈질하면서 두번째 기사를 읽었다.

탤리가 꺼졌다. 나는 피디에게 물었다.

---

* 탤리 라이트(tally light). 카메라가 작동하는지 알려주는 표시등.
** 'superimpose in'의 줄임말. 화면에 자막을 겹쳐놓는 일.

"이 기사 마칠 때까지 고칠 수 있어요?"

피디가 인이어로 대답했다.

"방송 끝날 때까지 프롬프터가 안 될 것 같아요. 미안해요. 일단 원고 보고 할게요."

칠 년 동안 프롬프터 프로그램은 한 번도 바뀌지 않았다. 피디가 직접 방향키를 눌러 원고를 내려주었는데 프로그램은 툭하면 오류가 생겼다. 박피디도 당황했는지 지나간 기사의 자막이 다음 기사를 읽는데도 사라지지 않았다. 아무리 침착하게 대처해도 눈동자가 흔들릴 수밖에 없었다. 다행히 마지막 단신 네 개는 예비 키보드를 조작해 프롬프터를 보며 진행할 수 있었다.

일곱시 십오분에 시작한 아침 뉴스가 이십사 분 만에 끝났다. 화면은 서울 날씨로 바뀌었다. 기상 캐스터는 오늘 전국에 한파가 몰아닥쳤다고 했다.

"선배, 고생했어요. 너무 추웠죠."

스튜디오에서 내려와 박피디가 있는 조정실로 들어서자 박피디가 인사를 해왔다.

"아까 자막이 늦게 넘어가지 않았어? 그리고 프롬프터 정말 지긋지긋하다."

"타이밍이 늦었어요. 미안해요. 프롬프터도 손볼게요. 매번 말썽이네요."

박피디는 검은 플리스 재킷에 벙거지 차림으로 답했다. 박피디는 서울에 있는 대학을 졸업하고 아침 뉴스를 맡은 지 대략 일 년 정도 되었다. 나름대로 야무지게 일했지만 돌발 상황에서 대처가 늦었다. 조정실을 돌며 시지, 티디, 오디오 감독에게 허리를 숙여 인사했다. 뉴스를 마치고 조정실로 나오면 언제나 홀가분했다.

아침 뉴스를 마치면 가끔 함께 식사를 하기도 했다. 옛날에는 아침부터 콩나물국밥이나 감자탕에 소주 한 잔이 필수였다는 선배들도 있었다. 야간 당직을 끝낸 응급실 의사처럼 아침부터 반주를 곁들이는 게 나쁘지는 않았다. 하지만 요즘은 뉴스를 마치면 각자 다른 일을 위해 흩어졌다. 분장실에서 내일 아침 뉴스 의상을 챙겼다. 의상 담당 연두씨가 한 주의 옷을 정돈해서 항상 걸어 두었다. 옷이 세 벌 남아 있었으니 내일은 수요일이었다.

지하 주차장으로 내려가 미니 쿠퍼의 시동을 걸었다. 뒷좌석에는 구두와 운동화와 정장이 널려 있었다. 작년쯤 행사에서 입고 아직 정돈하지 못한 빨간 정장도 뒤섞여 있었다. 머리카락에 과하게 덧뿌린 스프레이 냄새가 났다. 매주 화요일마다 이대로 두 시간을 운전해서 서울에 라이브커머스 방송을 하러 가야 했다. 아침 뉴스에 이어 다른 일정을 잡으면 메이크업을 고칠 필요가 없어서 좋았다. 하지만 운전하는 내내 얼굴이 답답했다.

차 안이 추워서 히터를 최대로 틀고 내비게이션의 즐겨찾기 메뉴에서 목적지를 찾았다. 가족 단체 카톡방에 들어가니 엄마가 올려둔 메시지가 보였다. '지민이는 오늘 스튜디오 안 추웠니? 벌써 표정이 추워 보이네.' 부모님이 생방송이나 행사중에 자꾸 전화를 해서 정말 급한 일이 아니라면 카카오톡을 이용하라고 성을 냈었다. 방송을 마치면 이른 시간임에도 어김없이 안부 메시지가 떠 있었다. '괜찮아요. 별로 안 추웠어요.' 타이핑을 하고 핫팩을 두 손으로 비볐다. 아직 히터의 온기가 올라오지 않아 입에서 김이 나왔다. 너무 일찍 일어나서 뉴스를 마치니 나른했고 당이 떨어져 허기가 졌다. 주차장을 나오자 어둑한 아침 기운이 간신히 걷혀 있었다.

한겨울에도 스튜디오 조명만 받으면 활기가 넘치던 때가 있었다. 대학 때부터 아나운서는 선망의 직업이었다. 빈틈없는 헤어 메이크업과 단정한 의상을 갖춘 지적이고 교양 있는 모습, 신뢰감을 주는 어조로 전 국민에게 소식을 전하는 아나운서는 마치 국가를 대표하는 얼굴 같았다. 엔딩 롤이 올라가는 동안 아나운서들끼리 잠깐 사담을 나누는 모습까지 동경의 대상이었다. 나를 비추는 밝고 쨍한 조명, 내 자리에 각 맞춰 놓여 있는 대본. 그 시절 유행했던 방송국을 배경으로 하는 드라마도 몇 번씩 돌려 보았다. 친구들 사이에서도 아나운서가 들어간 말은 무조건 좋은 뜻이었다. '아나운서' 화장법, '아나운서' 파우치, 하다못해 '아나운서' 맛집도 있었다. 개인기로 뉴스 앵커를 흉내내다가 들은 "아나운서 해도 잘 어울리겠다"라는 말이 어느 날 칭찬으로 귀에 박혔다. 워낙 남들 앞에서 말할 기회가 있으면 나서는 성격이었다. 꿈을 정하기는 어렵지 않았다.

그러나 가족 중에 방송에 관련 있는 사람은 아무도 없었다. 아버지는 다니던 회사를 일찌감치 그만두고 고깃집을 하고 있었고 어머니는 집안일을 하면서 틈틈이 식당 일을 도왔다. 나는 어렸을 때부터 고깃집네 예쁜 첫째 딸로 통했다. 대학에 입학할 때쯤 아버지가 근처에 분점을 내면서 이런저런 빚이 생겼다. 그럼에도 경제학을 전공하고 아나운서에 도전한다고 했을 때 가족들은 특별히 반대하지 않았다. 아버지는 식당 단골들에게 첫째 딸이 아나운서 지망생이라고 내심 자랑하는 눈치였다. 어머니도 자꾸 아나운서 열애설 기사를 보여줘서 내게 질색을 샀다.

대학 졸업반 때부터 아나운서 취준생이 되었다. 아카데미에서 발성과 발음부터 배우기 시작했다. 한 학기 등록금과 맞먹는 금액이 추가로 아나운서 아카데미에 들어갔다. 동기들끼리 일주일에 두세 번 술자리를 가지면서 꿈이나 사연을 털어놓고 자신이 만난 선배들 얘기를 나누면서 정보를 교환했다. 하지만 부모님이나 친구들이 '아나운서'라는 단어에서 연상하는 서울 방송국의 정규직 문턱은 높았다. 경제학적으로 표현하면 수요는 부족하고 공급은 어마어마한 시장이었다. 수많은 사람이 티브이 프로그램 진행을 맡거나 아나운서라고 적힌 명함을 갖고 싶어했다. 하다못해 아나운서 공채라도 한번 도전해보고 싶어했다.

첫 카메라 테스트의 긴장감은 아직도 생생했다. 정규직 두 명을 채용하는 자리였고 업계 경쟁률은 기본적으로 천 대 일이었다. 1차 카메라 테스트부터 5차 최종 면접까지 모두 통과해야 비로소 공채 합격이었다. 일부 방송사는 1박 2일 합숙 면접까지 진행했다. 이 분 정도의 카메라 테스트를 위해 강남이나 청담에서 똑같이 헤어 메이크업 세팅을 받고 단아하고 곧은 자세를 위해 킬힐을 신은 여성 천여 명이 방송국 로비에 모였다. 테스트 시간을 배정받아 백오십 명 정도가 두 시간 간격으로 시험을 봤다. 로비는 마지막까지 서성거리면서 발음을 교정하거나 목을 풀거나 스마트폰으로 무엇인가를 뚫어지게 보거나 기도하는 사람들로 장사진이었다. 응시자들은 눈에 띄는 사람이 있을까 서로를 곁눈질했다.

방송국 아나운서가 진행을 위해서 나타나거나 로비를 지나갈 때마다 다들 숙덕거렸다. 화면에 비치는 그들의 애티튜드와 딕션을 따라서 연습해왔으니 말 그대로 교과서 같은 선배들이었다. 입사하면 그들과 같이 일할 수 있었다. 로비에 있던 응시자들이 호명에 따라 집합했다. 스튜디오로 가는 엘리베이터는 아나운서에게는 출근길이었지만 응시자에겐 긴장으로 심장이 터질 것 같은 터널이었다. 스튜디오에는 우리가 읽을 대본과 면접관이 기다리고 있었다.

다섯 명씩 조를 짜서 진행되는 카메라 테스트에서 나는 268번으로 세번째 순서였다. 내 앞의 226번과 267번의 킬힐은 모두 십

센티미터가 넘어 보였다. 면접실 앞에서 대본이 무심하게 주어졌다. 예독할 시간이 거의 없었다. 267번은 지나치게 긴장한 듯 보였는데 역시 같은 단어를 두 번 읽었다. 서로 아는 사이였던지 269번과 270번은 조그맣게 같이 탄식했다. 경쟁률이 높아 발음을 실수하면 사실상 탈락이나 다름없었다. 하지만 다양한 합격 사례 또한 많았다. 끝까지 최선을 다해야 했다.

드디어 내 차례였다. 내 앞에는 면접용 카메라 두 대와 모니터 두 대가 놓여 있었다. 모니터 화면 가득 내 얼굴이 줌인되어 있었다. 준비를 많이 했지만 막상 카메라 앞에 서자 정신이 아득해졌다.

"안녕하십니까. 수험 번호 268번 서지민입니다. 서울대학교 농업생명과학대학 김균식 박사는 일반 돼지보다 체중이 오십 퍼센트가 더 나가는 슈퍼 돼지를 개발했습니다……"

"네. 됐습니다."

인생에서 훌러덩 지나가버리는 이 분이었다. 아주 많은 조언을 들었지만 너무 긴장해서 실천에 옮길 수 있는 것은 별로 없었다. 그래도 마지막까지 미소를 지으면서 나와야 한다는 말을 떠올렸다. 복근에 힘을 주고 미소를 지으며 "감사합니다"라고 인사하고 나왔다. 너무 떨려서 팔다리의 자율신경계가 모조리 진동하는 것 같았다. 로비로 돌아와 탑승했던 킬힐을 벗고 보부상이 메는 것 같은 큰 가방에서 플랫 슈즈를 꺼내 신었다.

"아. 살 것 같다."

편안함과 안도감이 몰려들었다. 하지만 다음주에 확인한 메시지는 이랬다.

'귀하와 함께할 수 없어서 안타깝습니다.'

그렇게 첫 시험은 좋은 경험으로 남았다.

서울 공중파에 합격하는 건 극소수였다. 도전할 수 있는 기회나 나이도 암묵적으로 정해져 있었다. 자연스럽게 수험생들 사이에서는 각종 '썰'이 돌았다. 발음을 두 차례나 실수했는데 합격했다더라, 누군 방송사 간부의 아들이나 딸이라더라, '분위기 여신'은 실력이 부족해도 뽑아간다더라 등등. "그 언니가 원래 집이 잘살다보니까 타고난 이미지가 좋았잖아" 같은 뒷얘기도 돌았다. 하지만 막상 높은 경쟁률을 뚫고 합격한 공중파 아나운서의 실력을 의심하는 사람은 별로 없었다. 그들에겐 타고난 재능이나 압도적인 스펙, 누구나 인정하는 매력이 있었다. 모든 방송사에 합격하는 전설적인 인재도 있었다. 기획사마다 선호하는 아이돌 얼굴이 있는 것처럼 M본부 상, S본부 상, K본부 상이 정해져 있다는 말도 돌았다. 듣고 보면 얼추 맞는 얘기인 것 같기도 했다.

서울의 정규직 아나운서들도 대체로 지방이나 케이블 방송국에서 경력을 쌓다가 입성했다. 눈을 조금만 돌리면 아나운서를 원하는 곳은 많았다. 주식 전문 채널이나 종교, 기업, 지자체 방송국 등이 있었다. 지역마다 방송국 지부나 민영방송이 있었고 의사나 변호사 같은 전문 직군에도 자체 방송이 있었다. 요즘은 유튜브

채널도 아나운서가 진행하는 경우가 많았고 오프라인 행사와 각종 축제에도 엠시가 필요했다. 일단 경험과 경력을 쌓아 다시 도전하는 것이 관례였다. 나는 자연스럽게 프리랜서 겸 구직자로 사회에 첫발을 디뎠다.

아카데미 수료 후에는 기업이나 지자체 방송국의 단기 계약직으로 일했다. 아카데미 공지방에는 채용 정보가 계속 올라왔다. 지방 방송국의 정규직 채용 공고는 가뭄에 콩 나듯 떴고 대부분 남성 아나운서의 자리였다. 여성은 계약직 아니면 프리랜서였다. 그럼에도 경쟁률은 오백 대 일을 가뿐히 넘겼다.

그러다 부모님 차로 안주라는 도시에 처음 왔다. 지역 방송국 공채 시험을 보는 건 그날로 세번째였다. 안주를 상징하는 사대문을 처음으로 직접 보았다. 여느 때와 똑같이 로비에는 강남이나 청담에서 헤어와 메이크업 세팅을 받고 킬힐을 신고 가방에 플랫슈즈를 챙겨온 응시자들이 우글거렸다. 지난 최종 면접에서 두 번이나 만났던 혜인씨를 또 마주쳤다.

"지민씨, 또 만났네요."

"어머, 혜인씨. 안주 멀죠. 뭐 타고 왔어요?"

"버스 타고요. 화장 벌써 무너진 것 같아요."

"저는 부모님 차 타고 왔는데, 끝나면 우리 같이 올라가요."

혜인씨는 지난 테스트의 킬힐은 그대로였지만 정장은 다른 것으로 골라 입었다. 연보라색 재킷이 잘 어울렸고 대화할 때 짓는

미소가 매력적이었다. 혜인씨는 스페인어과 출신으로 항상 면접
전에 스페인어로 자기소개를 중얼거리며 연습했다. 풍기는 분위
기가 조만간 합격할 것 같았다. 최종 면접에서 만난 것을 계기로
우리는 번호를 교환했고 인스타도 맞팔중이었다. 아나운서 취준
생은 전국을 순회했고 최종 면접까지 살아남는 소수는 대체로 비
슷했기 때문에 낯익은 얼굴이 많았다. 혜인씨는 살가운 성격이었
고 귀여운 고양이를 키웠다. 몇 차례 댓글을 주고받다보니 내적
친밀감이 들었다. 부모님에게도 혜인씨 얘기를 몇 번 했었다. 면
접을 마친 뒤 한풀이를 하며 같이 올라가면 좋을 것 같았다. 우리
는 잠깐 안부를 물은 뒤에 다시 준비에 열중했다.

　몇 번의 최종 면접이 큰 경험이 되었다. 안주에서는 엘리베이
터 안에서도 훨씬 여유 있었다. 스튜디오에서도 카메라 위치와 면
접관의 표정이 조금 더 눈에 들어왔다. 나름대로 카메라 테스트와
면접을 자신감 있게 치렀다. 쏟아지는 질문에 대답하고 장기자랑
까지 마치자 기대감이 커졌다. 며칠 뒤 스터디 모임을 하던 중 지
역 번호로 전화가 걸려왔다. 모두의 축하를 받으며 나는 합격했
다. 혜인씨도 곧이어 다른 방송국에 합격했다는 피드를 올렸다.
그뒤로도 혜인씨와는 종종 인스타로 댓글을 주고받았다.

　방금 뉴스를 마친 스튜디오는 당시 면접장이었다. 신입 시절에
는 아나운서 출입증을 목에 걸고 연예인들도 종종 만나며 다른 직
군의 사람들과 같이 회의하면서 방송을 만들어가고 매일 카메라

앞에 서는 하루하루에 가슴이 뛰었다. 스튜디오가 아무리 추워도 출근이 기다려지던 때였다. 그러나 지방에서 커리어를 시작한 나에게 서울 이직은 보통 일이 아니었다. 경쟁률도 높았지만 공고가 자주 나는 것도 아니었다. 막상 일에 치이자 면접 준비를 하기가 어려웠고 면접을 보기 위해 상경할 시간을 내기는 더더욱 어려웠다. 그렇게 안주에서 칠 년째였다.

아침 고속도로는 순탄했다. 평소처럼 SBC 라디오를 들으면서 서울로 진입했다. 차량 정체로 스마트폰을 들여다볼 틈이 생겼다. 습관처럼 인스타그램 피드에서 게시물을 확인했다.

방송계에서 일하려면 인스타 관리는 필수였다. 아니, 필수를 넘어서 업무였다. SNS는 개인 브랜딩과 이미지 메이킹의 핵심이었다. 팬 관리까지는 못하더라도 활동하는 모습은 아카이빙해놓아야 했다. 때로는 콘텐츠 발굴도 필요했다.

다경이는 한겨울에도 원피스 골프웨어를 입고 시원하게 드라이버 스윙을 하는 스토리를 올렸다. 다경이는 프로 골퍼와 같이 찍은 사진이나 진행하는 골프 방송 스튜디오를 종종 업로드했다. 현주는 헐렁한 댄스복 차림으로 르세라핌 신곡 챌린지를 올렸다. 스포츠 캐스터인 현주는 가끔 예쁜 춤선으로 반전 매력을 보여줬다. 미연이는 부동산에 관심이 많아 공인중개사까지 되었고 그 콘텐츠로 유튜브를 팠다. 얼마 전 구독자 십만 명을 달성해서 실버 버튼 인증샷을 올렸다. 인스타 관리가 잘될수록 업계에서 평판도 좋았고 사람들이 알아보았으며 일거리가 생겼다. 특히 게임 중계 쪽은 진입 장벽이 높지만 허들을 넘기만 하면 즉시 '여신'으로 등극할 수 있었다.

나는 SBC 유튜브에서 뉴스 화면을 캡처했다. 흘러내린 머리칼이 화면상으로는 생각보다 이상하지 않았다. 뉴스 화면 위에 보라색 텍스트를 비스듬하게 올려 피드를 업데이트했다.

"활기찬 화요일 아침입니다."

인스타는 누군가와 연락하는 수단이기도 했지만 응원해주는 사람들의 온기를 느낄 수 있는 곳이기도 했다. 피드에는 "오늘도 아나운서님 뉴스 보고 출근했습니다" "상큼한 아나운서님 힘내시고요" 같은 댓글이 달렸다. 꾸준히 방송 진행을 맡자 팬이라는 존재가 생겼다. 직업인으로서 일을 할 뿐인데 대가 없는 사랑까지 받는다는 게 기뻤다. 디엠으로 사연과 함께 꼭 언니처럼 멋진 아나운서가 되고 싶다는 꿈을 적은 지망생의 편지를 받기도 했다. 가끔은 방송국으로 선물을 보내오는 사람들도 있었다. 그 마음이 고마워 인스타 피드나 스토리에 등장시키기도 했다. 매일 카메라 앞에만 있으면 누군가 보고 있다는 사실에 무감해지는데 때때로 다정한 사람들이 내 감각을 다시 깨워줬다. 사랑받는다는 것은 어쩌면 이 직업의 가장 좋은 점일지도 몰랐다. 안주에 칠 년째 머물고 있는 데엔 고정 팬들의 영향이 없지 않았다.

서울 변두리의 IT 기업 라이브커머스 스튜디오에 도착했다. 방송 담당인 소피디를 만나기 전에 크게 심호흡을 했다. 아침 방송의 피로가 안 풀린 채로 운전하다보니 약간 어질어질했다. 나를 맞은 소피디가 반가운 표정으로 말했다.

"아침 뉴스 끝내고 오셨죠. 오늘도 잘 부탁해요. 지민씨밖에 없어요. 저번에 진짜 최고였잖아요."

"다 피디님 덕분이죠."

소피디의 표정에서 미묘한 뉘앙스를 보았다. 지난주 건대추 판매량이 안 좋았기 때문이다. 솔직히 대추를 좋아하지 않아서 몇 개 먹어본 적이 없는데 하필 아이템이 건대추였다. 열심히 방송했지만 아무래도 티가 났을 것이다. 그래서 소피디의 칭찬이 곧이곧대로 들리지 않았다. 작년 말 거위 털 이부자리 세트는 그야말로 완판이었다. 풀 메이크업과 헤어 세팅에도 불구하고 이부자리로 뛰어들어 잠드는 연기를 했었다. 피디는 그 정도의 텐션을 늘 기대하는 것 같았다. 피디도 매일 아침마다 매출 결과를 받아드는 프리랜서였고 요즘 실적이 안 좋아서 속이 타는 모양이었다.

스튜디오에서 앞 팀의 생방을 직관했다. 아카데미 동기 민혁이가 안마 의자에 앉아 시원한 표정으로 안마를 받고 있었다. 삼라만상을 떠나온 듯 개운해 보여서 방송용 연기가 아니라 진짜 안마를 받으러 나온 게 아닐까 의심이 드는 수준이었다. 하지만 달관한 듯한 표정에도 불구하고 입은 끝없이 호쾌하게 움직이면서 경탄하고 있었다. 저번에 오렌지를 판매할 때는 이마에 오렌지 상표를 붙여놓고 시작해서 내가 "민혁이도 델몬트에서 보증하니"라고 농담을 던졌다. 그때 넉살 좋은 민혁이는 "나 아들만 둘이잖아. 열심히 해야지"라고 대답했다. 라이브를 마친 민혁이가 나를 보고 알은척을 했다.

"아침에 뉴스 하고 안 피곤해?"

"이런 거 있을 때마다 서울 오는 거지 뭐."

"저번에 유진 선배 알타리 먹는 거 봤어?"

"세상에 ASMR 유튜버 해도 되겠더라. 알타리 씹을 때 그렇게 야무진 소리가 날 수 있는지 처음 알았네. 지난번에 간장게장도 엄청났잖아. 침이 꼴딱 넘어가던데."

"그럼 방송 잘하고 다음에 봐."

민혁이는 역시 기럭지가 길고 잘생겼다. 잠깐 대화를 나누고 헤어졌는데도 시야에 부리부리한 눈매가 잔상으로 박혔다. 아카데미에서도 눈에 띄는 합격 상이었는데 결국 홈쇼핑으로 진출하더니 업계의 아이돌이 되었다. 지금은 라이브커머스까지 병행하고 있었다. 점심 커머스는 아이들 어린이집 보내놓고 점심 해결한 뒤 인터넷 서핑 하는 주부들이 타깃이었다. 민혁이는 모델 같은 기럭지와 깔끔한 외모로 그 시장을 노렸다. 그러더니 어느덧 연기력까지 성장한 베테랑이 되어, 요즘은 상품 기획 단계까지 관여하고 있었다.

소피디가 미리 공지한 아이템은 철벽 커버 쿠션이었다. 플랫 슈즈에서 다시 킬힐로 갈아 신고 세트 앞에 섰다. 아이템이 화장품이어서 아침에 받은 메이크업을 꼼꼼히 수정했다. 한겨울이지만 가볍고 화사한 코디가 필요했다. 다행히 라이브커머스 스튜디오는 따뜻했다. 헛기침을 하면서 텐션을 끌어올렸다. 사람들은 찐텐과 억텐을 귀신같이 알아챈다.

"아. 아. 오늘 여러분에게 소개할, 아 아."

온에어까지 시간이 점차 줄어들었다. 탤리가 켜졌다.

"안녕하세요. 넥스트 라이브커머스 서지민입니다. 오늘 준비한 상품은, 이 철벽 커버 쿠션이에요. 이걸로 지금 얼굴 커버한 거거든요. 진짜 완전 인생 쿠션이에요."

카메라 감독이 줌인을 당겼다. 커버가 잘된 얼굴을 보니 저절로 멘트가 나왔다.

"어머, 나 오늘 너무 예쁜 거 아냐?"

시청자가 이탈하지 않도록 시선을 끌어야 했다. 방송을 오래 볼수록 구매 확률이 높아졌다. 지난주 업체와 미팅하면서 제품 특징을 숙지했다. 한 시간 동안 준비한 내용을 차근차근 강조해 소개하면서도 긴장감이 떨어지면 안 되었다. 나는 클렌징 티슈로 화장을 지웠다. 홍조가 드러난 오른쪽 얼굴에 쿠션을 두드리고 양쪽 얼굴을 번갈아 카메라에 댔다.

"경계 하나도 없죠? 감쪽같이 커버된 거 보이시죠. 눈 깜빡여도 주름이 지지가 않아. 백탁 하나도 없지요. 끈적거리지도 않아요."

쿠션을 두드린 쪽 얼굴에 붙인 화장지가 자유낙하했다. 소피디가 두 손으로 오케이 사인을 해 휘저으면서 잘되고 있다고 격려했다. 쿠션을 더욱 찰지게 두드려 보인 다음 커다란 패널을 집어와서 거기 쓰인 항목들을 분명한 발성으로 읽었다.

"쿠션에 얼마나 특징이 많냐면요. 보습, 콜라겐, 자연 성분, 자외선 차단……"

한 시간짜리 방송이 얼마나 빨리 흘러가는지 모른다. 카메라 앞에 선 사람의 시간은 묘하게 사라지듯 순식간에 흐른다.

"오늘도 아주 고생했어요."

소피디는 오늘 방송에 만족한 듯 보였다. 언제나 그는 호스트처럼 텐션이 넘쳤다.

스튜디오에서 나오자 배가 고팠다. 일정 두 개를 연달아 소화하는 화요일은 언제나 체력 소모가 심했다. 카메라 앞에서는 피로가 잘 느껴지지 않았지만 방송을 마치고 나면 힘이 쭉 빠지는 것이 체감되었다. 선물로 받은 쿠션 두 개를 들고 나오면서 "바쁘다 바빠 현대사회"라고 중얼거렸다. 언젠가부터 입에 붙어 잘 떨어지지 않는 말이었다. 근처 카페에 들어가 소금빵과 함께 디카페인 커피를 시켰다. 커피를 좋아하지만 밤에 잠이 오지 않으면 아침 뉴스에 지장이 있을 수 있었다. 주문한 음식을 받아 자리에 앉은 다음

스마트폰을 열었다.

가족 카톡방에 동생이 아버지 생신 기념으로 예약한 식당 정보를 올렸다. 지난달부터 내게 행사가 없는 날을 물어봐서 잡은 주말 약속이었다. 평일에는 서울에 올라와도 아침 방송 때문에 금방 내려가야 했고 주말에도 각종 방송이나 행사 스케줄 때문에 시간을 맞추기가 어려웠다. 디자인 회사에 입사한 지 삼 년 차인 동생이 혼자 부모님을 챙기고 있어 마음의 부채가 있었다.

'오케이. 저번에 방송한 건대추도 들고 갈게. 아빠가 맛 궁금해했잖아.'

'시간 맞춰 오기나 하세요.'

문득 화면에 SBC 급여 입금 알림이 떴다. 정규직은 월급제였지만 나는 SBC 프리랜서 아나운서였다. 공채에 합격했지만 계약 형태는 프리랜서였다. 프리랜서 주급은 프로그램 개수대로 매주 입금되었다. 입사하고서야 뉴스에서 청각장애인을 위해 수화를 하시는 분까지 비정규직이라는 사실을 알고 깜짝 놀랐었다. 방송국이란 비정규직이라는 살로 굴러가는 커다랗고 언제 무너질지 모르는 수레바퀴였다.

이번주 급여는 금액이 지난주보다 줄었다. 지지난 주 부장은 나를 불러서 말했다.

"지민씨가 늘 잘해주지만 요즘 회사 사정이 너무 안 좋아서 〈SBC가 간다〉를 없앨 수밖에 없어요. 그동안 너무 고생이 많았어요."

"……네."

"그래도 지민씨는 너무 잘하니까요. 다음에 프로그램 또 같이 해요."

안주 SBC에서만 이십 년째인 부장은 처세술에서 좋은 평가를 받았다. 은테 안경에 웃을 때마다 금니가 보였고 캐주얼한 스타일이 나쁘지 않았다. 직원들을 늘 격려하고 칭찬하는 편이라 적이 많지 않았다. 하지만 그도 프리랜서의 처우나 급여를 개선하는 데는 관심이 없었다. 다만 내부 방침을 매끄럽고 친절하게 포장해서 전해주는 자리에 있을 뿐이었다. 선배들로부터 부장에게 너무 큰 기대를 하면 실망할 수 있다는 충고를 듣곤 했다. 부장은 속으로는 남을 사람과 떠날 사람을 다 골라놓고 있다는 말까지 돌았다. 하지만 지방 방송국 재정이 뻔한 것도 사실이었다. 광고는 매년 줄어가고 판을 키우기는 어려웠다.

그렇게 제작비 절감을 이유로, 진행하고 있던 프로그램이 지지난 주에 사라졌다.

급여 시스템은 문제가 많았다. 올림픽이나 월드컵으로 방송이 죽으면 급여도 줄어들었다. 모두가 고대하는 올림픽이나 월드컵이 프리랜서 아나운서들은 하나도 즐겁지 않았다. 휴가를 가도 무급이라 마음 편히 쉴 수가 없었다. 이렇게 프로그램 하나가 폐지되면 주급이 뭉텅이로 줄어들었고 그나마 매번 다른 요일에 입금

되곤 했다. 프리랜서의 숙명이겠지만 급여가 흩어지니 매번 마음도 흩어지는 것 같았다.

프리랜서 신분을 인지한 다음부터는 일을 늘렸다. 덕분에 수식하는 말이 늘어났다. 다양한 일을 맡으면서 직책도 다양해졌다. 행사는 알음알음으로 들어왔고 뉴스를 보고 섭외가 올 때도 많았다. 어떤 경우 지방 행사나 작은 기업 행사가 오히려 페이가 높았다. 킬힐을 신고 전국을 돌아다니고 행사를 뛰면서 인스타에 활동을 아카이빙하고 틈틈이 개인 콘텐츠도 개발해야 했다.

때마침 기획사에서 입금을 했다는 알림이 떴다. 육 개월 전 행사 진행비가 이제야 입금되었다. 프로그램 폐지로 줄어든 급여를 충당하고도 남는 금액이라 안도감이 들었다. 독촉하지 않았는데 제대로 입금된 것도 다행이었다. 나는 혼잣말했다.

"육 개월 전의 나 칭찬해."

육 개월 전 진행한 행사는 지역에서 열린 음악회였다. 빨간 드레스를 입고 저녁 무대로 나서던 순간이 기억났다. 좋아하는 밴드가 출연하는 행사여서 즉시 수락했었다. 덕분에 '성덕' 샷을 피드에 올리고 대기실에서 이야기도 나눠볼 수 있었다. 많은 사람들 앞에서 드레스 차림으로 청중을 바라보고 무대를 이끌어가는 짜릿함은 이 직업을 사랑하는 이유였다. 이런 기쁨으로 무대 뒤 많은 고충을 버텨낼 수 있었다.

급여 입금 내역을 들여다보면서 커피를 다 마시고 일어났다. 주차장에서 차에 올라타 내비게이션에 저녁 약속 장소를 입력했다. 강남의 파인 다이닝 식당에서 서윤과 윤서를 만나기로 되어 있었다.

단톡방에 서윤이 비행기 사진을 올렸다. '두시에 방송 마쳤는데 두시 사십오분 비행기 타는 데 성공했어요. 라디오 들어가기 전에 택시 불러놓고 방송 마치자마자 뛰어서 공항에 이십오 분 전에 도착했는데 태워준 거 있죠.' 서윤은 제주 CBC 아나운서였다. 서울에 저녁 약속이 있으면 비행기로 올라왔다가 다음날 아침 첫 비행기로 내려가곤 했다.

서윤은 윤서를 통해서 알게 된 후배였다. 윤서는 내게 디엠을 보내왔던 아나운서 지망생 중 하나였다. 윤서가 처음 디엠으로 보낸 글부터가 범상치 않았다. 알고 보니 카이스트에 재학중인 일명 '공대녀'였다. 메시지를 주고받다가 과외 이야기가 나왔다. 잘만 하면 공중파 공채도 노려볼 수 있을 것 같다고 하니 윤서는 내게 교습을 받고 싶다고 했다. 윤서는 시험을 같이 준비하던 친구 서윤을 데려왔고, 나는 그들에게 육 개월 동안 교습을 해주었다. 둘은 교습을 받기 전부터 자신들을 세트로 '윤서윤'이라고 불렀다. 이 명칭을 아주 좋아하는 눈치였다.

윤서는 눈 코 입이 시원시원하게 컸다. 특히 잘 웃고 웃음소리가 호탕해서 다른 사람도 같이 미소 짓게 만드는 친화력이 있었다. 게다가 유독 귀가 크고 긴 엘프 상이었다. 항상 나를 꼬박꼬박 "지민 쌤"이라고 불렀는데 태도에 애교가 배어 있고 사람을 편안하게 하는 성격이었다. 윤서는 이미 한국어능력시험 1급과 충분한 토익 성적을 따놓고 있었다. 스터디룸을 잡아 육 개월 정도 리딩을 봐주고 성조를 연습시키면서 면접 전략을 짰다. 단발 이미지가 어울릴 것 같아 단발을 권했다. 미용실에 가서 세팅된 모습을 보자 나도 한동안 단발병에 시달릴 정도로 윤서는 근사했다. 그후 윤서는 기업 방송의 단기 계약으로 경험을 쌓다가 드디어 S본부 공채에 합격했다. 오늘은 윤서를 축하하는 자리였다.

식당이 오픈하는 다섯시에 맞춰서 약속 장소에 도착했다. 서윤은 공항에 내렸으며 얼른 지하철로 오겠다고 했다. 이윽고 윤서가 도착해 검은 코트를 옷걸이에 걸어놓고 자리로 왔다. 파워 숄더가 들어간 분홍 원피스 차림이었다. 드러난 목에서 가느다란 금색 목걸이가 빛났다.

"선생님."

"윤서야, 너무 축하해. 꼭 합격할 줄 알았어."

"선생님 덕분이에요."

두 달 동안 출근하더니 벌써 방송 자세가 몸에 배어 있었다. 윤서는 아직 수습 기간중이었다. 방송국 내 다양한 직군과 관련된 통합 교육을 받으며 틈틈이 휴가나 병가를 낸 선배들의 빈자리를 메꾸느라 잠시도 쉴 틈이 없는 시기였다. 한참 회식 자리에 불려

다니며 사내 분위기에 젖어들 때이기도 했다. 다음달에는 수습을 마치고 스포츠 뉴스로 입봉하기로 예정되어 있었다.

"첫 월급으로 부모님 용돈 드렸더니 너무 좋아하셨어요. 오늘도 제가 살게요."

"무슨 소리야. 축하하는 자리니까 내가 살게. 제주에서 올라오는 서윤이도 있는데. 그리고 오늘 방송한 쿠션이야. 진짜 좋더라고. S본부는 어때?"

"고마워요 쌤. 구내식당이 듣던 대로 진짜 맛있어요. 재미있기도 하고 실수할까 긴장되기도 해요. 저 첫 라디오 뉴스에서 클로징 멘트가 늦어서 '정오 뉴스를 마치겠습니다'의 '마'에서 뚝 끊긴 거 있죠."

"정오 뉴스가 '마'에서 끝나버렸다고? 나도 신입 때 그런 적 있는데. 나는 약간 더 가서 '겠'에서 끊겼어."

서울 방송국의 정규직에 합격하는 건 바늘구멍을 통과하는 일과 비슷했지만, 막상 입사하면 여느 직장인과 크게 다르지 않았다. 방송 시간 외에도 출퇴근 시간을 지켜야 했으며 정해진 날짜에 월급이 나왔다. 조직 생활의 잔업도 주어졌고 신입에게는 심야나 새벽 라디오가 배정되거나 갑자기 방송 대타를 맡는 일도 많았다. 그럼에도 수습 기간 없이 바로 현장에 투입되고 소속감도 옅은 프리랜서와는 커리어의 시작이 분명히 달랐다.

윤서와 대화를 나누고 있자 상기된 표정의 서윤이 도착했다.

"어서 와, 제주의 얼굴 박서윤."

서윤은 눈이 크고 눈매가 약간 처진 귀여운 인상이었다. 라디오가 마지막 일정이었던 서윤은 하얀 티셔츠와 검은 재킷 위에 두꺼운 패딩을 걸친 편안한 차림이었다. 단톡방에서 서윤은 야외 촬영 때 바람이 많이 부는 게 제주의 유일한 단점이라고 했다. 서울에서 미대를 졸업하고 바로 제주로 내려간 서윤은 매일매일이 신나 보였다. 요즘 한참 제주의 얼굴로 떠오르는 중이라 공항에서도 서윤의 얼굴을 볼 수 있었다.

"쌤 안녕하세요. 오늘 쿠션 진짜 좋은 건가봐요. 얼굴이 빛나요."

"안 그래도 여기 하나 챙겨왔어."

모두가 다음날 목을 써야 해서 탄산수만 시켜놓고 식사를 했다. 특히 윤서는 요즘 회식 때문에 술이 지겹다고 했다. 누가 봐도 아나운서로 보이는 세 여자가 이른 저녁에 식사하고 있으니 사장이 신경쓰는 눈치였다. 윤서는 탄산수를 홀짝거리다 말했다.

"그런데 선배들은 벌써 여기서 잘되어서 나가야 된다고 해요. 입사하면서부터 퇴사 준비를 해야 된다고. 프리 선언한 선배들은 페이가 자릿수부터 달라진다고요."

"그래도 소속이 있는 게 얼마나 마음 편한 건데. 호봉도 오르고 휴가도 보장되고 나중에 육아휴직도 생각하면."

"그런데 이십 년 차 넘는 선배들을 보면 대단하긴 하지만 그냥 직장인 같아요."

"아직은 열심히 해서 방송국 돌아가는 일을 익혀야 해."

"그리고 이번에 행정안전부 응급의학 포럼 진행이 들어온 거 있죠. 공공기관이라 허가되는 행사고요."

나는 잠깐 멈칫했다. 지난 삼 년간 내가 서울까지 오가면서 맡았던 행사였다. 역시 이 업계에서 영원히 맡을 수 있는 행사는 없었다. 나는 담담하게 선배로서 해야 할 말을 했다.

"너무 잘됐다. 축하해."

윤서와 서윤도 서로 오랜만에 만나는지 각자의 이야기를 털어놓았다. 기상 캐스터를 그만둔 친구와 아나운서 아카데미에 선생으로 취직한 친구 이야기가 이어졌다. 외국에서 살다 와 영어 전문 엠시가 된 친구 소식도 덧붙였다.

"저번에 말했던 주현이는 이번에 변호사 시험 본대요."

"다들 정말 열심히 산다."

"나는 지난주에 〈SBC가 간다〉 폐지됐잖아."

"쌤, 그러면 이제 아침 뉴스 하나만 남았어요?"

"그런데 타이밍 맞게 안주 CBC 〈정오의 데이트〉 DJ가 육아휴직을 내서 섭외가 들어왔어."

"너무 잘됐어요."

엉뚱한 면이 있는 서윤이 갑자기 질문을 던졌다.

"쌤 그런데, 뉴스 생방중에 기침이 나오면 어떻게 해요?"

"사람인데 기침해야지."

"대통령 이름을 읽으면 윤성녈이 맞아요? 아니면 윤서결이 맞아요?"

"앗, 정치 얘기 금지."

우리는 서윤이 픽업해온 프린팅 케이크로 윤서를 축하하면서 사진을 찍었다. 단톡방에 오늘의 사진을 공유하고 조만간 또 연락하기로 했다.

나는 바로 안주로 내려가야 했다. 가족 카톡방에는 화면으로만 보던 큰딸 얼굴을 생일에는 볼 수 있겠다는 아버지의 메시지가 떠 있었다. 적당히 대답하고 파인 다이닝에서 찍은 사진을 인스타 피드에 올렸다. 제대로 된 첫 끼니를 먹자 졸음이 쏟아져 음악을 크게 틀고 운전을 시작했다.

강추위 속에 유독 쨍한 안주시 톨게이트 불빛이 멀리서 보였다. 반사적으로 한 시간 동안 눈 화장을 지우고 인조 속눈썹을 제거하고 세안하고 샤워하고 머리를 말리는 과정을 상상했다. "씻다 죽어." 이 말도 이제는 입에 붙어 떨어지지 않았다. 당장 몸에 묻은 모든 것을 씻어내고 보습 크림을 바른 채 잠옷 차림으로 침대에 눕고 싶었다. 하지만 그러기 전에 잠시라도 오늘 방송 두 개를 모니터링해야만 했다.

나는 열심히 살고 있었다. 친구들도 모두 열심히 살고 있었다. 부지런히 뉴스를 진행하고 방송을 맡고 행사에서 마이크를 잡고 지인들을 챙겼다. 부지런히 헤어를 고정하고 메이크업을 받고 잠들기 전 내일 의상을 고민하고 인스타를 업데이트했다. 영원한 건 없어도 열심히 할 수 있는 건 있었다. 어떤 미래가 있을지 몰라도 지금 주어진 일은 내가 하고 싶던 것이었다. 꿈을 이룬 사람은 불평해서는 안 되었다. 시내의 교통 정체에 갇혀 있는데 메시지가 왔다. 행사 섭외 담당 석형 선배였다. 나는 재빨리 통화 버튼을 눌렀다.

"운전중이라 전화 걸었어요."

"지민아. 다다음 주 토요일 여섯시 행사 맡아줄 수 있어? 지난번에 서울에서 온 아나운서가 VIP 소개를 실수해서 청중들 분위기가 어색해졌었거든. 이번에도 VIP가 오는데 주최측에서 지민 아나운서를 섭외해달라고 해서. 금액은 지난번이랑 똑같이 해줄게."

"잠깐만요."

나는 일정을 뒤져서 확인했다. 하필 아버지 생신 모임을 잡아둔 주말 저녁이었다. 분개하는 동생의 표정이 떠올랐다. 하지만 일을 포기하고 가족 행사에 앉아 있을 수는 없었다. 언제 포기할 수 있게 될지 몰라도 지금은 아니었다. 나는 답했다.

"네. 마침 그날 있던 행사가 취소됐어요. 좋아요."

피아노

손
원
평

○
손원평

장편소설 『아몬드』로 창비청소년문학상을 수상하며 작품활동을 시작했다. 소설집 『타인의 집』,
장편소설 『서른의 반격』 『프리즘』 『튜브』, 어린이책 시리즈 『위풍당당 여우 꼬리』 등을 발표했
으며, 장편 영화 〈침입자〉 및 다수의 단편 영화 각본을 쓰고 연출했다. 『씨네21』 영화평론상,
제5회 제주4·3평화문학상을 수상했다.

혜심은 반쯤 식은 로즈마리 차를 한 모금 홀짝였다. 오 분이나 우린 차에서는 상큼한 향 대신 정체 모를 먼지 냄새가 났다. 허브 농장에 놀러갔을 때 향과 맛이 좋아 샀던 차인데 향기는 다 날아 가고 이제는 쓰고 떫은 세월의 맛만 느껴졌다. 아쉬울 것도 없었 다. 즐기려고 끓인 것도 아니었고 남아 있는 분량을 처분한다는 생각으로 우려낸 차였을 뿐이다. 지금 혜심에게 남은 것들은 대부 분 처분해야 할 것들이었다.

혜심은 상체를 곧추세우고 집안을 둘러봤다. 눈에 익은 학습용 테이블, 알록달록했으나 세월의 때가 탄 작은 의자들, 책장을 가 득 채운 문제집과 필기구들…… 이제 기능을 다한 것들을 혜심은 모두 정리해야 했다. 육 년 전 공부방을 열었을 때, 자신에게 주어진 미래가 이런 것이리라곤 물론 상상하지 못했다.

혜심은 아이들을 좋아한다기보단 가르치는 걸 즐겼다. 어리고 유연한 존재에게 숫자와 글자를 알려주고 셈을 가르치고 실수를 하나하나 고쳐나가며 단정한 아이로 자라나게 돕는 일이 좋았다. 오랜 기간 학원에서 강사 생활을 하다가 이 아파트를 샀을 때, 의도치 않게 일층에 구해진 집을 공부방으로 활용해야겠다고 마음먹은 것도 그 때문이었다.

혜심은 엄한 선생님이었다. 대신 성과만큼은 확실히 올렸다. 글자를 못 읽던 아이가 얼마 지나지 않아 책을 줄줄 소리 내 낭독했고, 개발새발 숫자를 날려 쓰던 아이는 깨끗하게 식을 써서 세 자리 나눗셈을 풀어냈다. 그러나 공부방이라는 단어에서 엄마들이 기대한 건 공부보다는 아무래도 '방'인 것 같았다. 점점 공부방이 보육의 장으로 변해가면서 혜심의 교사로서의 장점은 누군가가 뒤에서 수군거릴 만한 단점으로 꼽히기 시작했다. 혜심은 아이들을 무조건 보듬는 대신 기본적으로 갖춰야 할 예절을 중요시했다. 공부방에서 공부 다음으로 중요하게 가르쳐야 할 것이 있다면 그건 작은 사회 속에서 예의와 규칙을 지키는 일이라고 혜심은 믿었다. 그러나 그녀는 교육 시장에서는 원칙주의자가 환대받지 않는다는 걸 미처 몰랐다.

해가 지날수록 공부방에 대한 소문은 차츰 각박해져갔다. 실력도 있으시고 아이 잘 잡아주세요. 선생님이 엄하신데 잘 가르치세요. 그 공부방 간 뒤 아이가 울어요. 성적이 다는 아니지만 너무 깐깐하신 듯해요. 솔직히 트렌드도 예스러워요. 선생님이 아이가 없어서 그런 것 같아요. 거기요? 절대 안 보냅니다. 지역 맘카페에서 그런 글을 볼 때마다 마음이 조금씩 무너졌지만 일이라고 생각하면 버틸 수 있었다. 혜심이 공부방을 접기로 한 건 경제적인 이유 때문이었다.

공부방은 혜심이 세월을 바쳐 모은 돈으로 장만한 첫 집이었다. 그러나 혜심에겐 언젠가 공부방을 그만두면 노후를 보내고 싶어 따로 점 찍어둔 아파트가 있었다. 지하철로 다섯 정거장쯤 떨어진 곳에 위치한 그 집을 혜심은 종종 검색해보곤 했다. 어느 날 좋은 가격에 물건이 나온 걸 본 혜심은 급히 집을 내놨다. 하지만 혜심의 집을 보러 오는 사람은 거의 없었고, 그마저도 아이들이 머무는 동안에는 시간을 맞추기가 어려웠다. 초조해진 혜심은 집값을 대폭 내리는 것으로도 모자라 부동산 사장의 권유대로, 매매가 성사될 경우 자신이 일정 기간 전세로 살겠다고 했다. 집을 내놓은 지 반년 만에, 혜심의 집은 처음 내놓았던 것보다 훨씬 낮은 가격에 팔렸다. 반면 혜심이 보고 있던 집의 매매가는 하루가 다르게 올라 더는 살 수 없는 가격이 되어버렸다. 졸지에 무주택자가 된 혜심은 불과 얼마 전까지도 자기 소유였던 집에 얹혀사는 신세가 됐다. 혜심이 약을 먹기 시작한 것도 그때부터였다. 얼마 후 집주인은 혜심에게 전세금 인상을 통보했다. 혜심이 여섯 달 동안 차근차근 내렸던 딱 그만큼의 금액이었다. 앉은자리에서 가난해지는 방법은 너무 쉬웠다. 부동산의 전화에 몇 번 네네, 라고 대답하고 처음 보는 사람과 마주앉아 사인을 휘갈긴 것만으로 삶이 바뀌었다는 생각을 할 때마다 가슴속에서 올라오는 불을 끄기 위해 혜심은 시도 때도 없이 약을 입안에 털어넣었다.

아이들에 대한 혜심의 관용도는 점차 낮아졌다. 숙제를 해오지 않거나 성의 없는 태도를 보이는 아이는 조금 더 냉정하게 대했다. 그 아이를 위해서라는 생각도 있었지만 사적인 짜증도 배제할 수는 없었다. 원생이 줄자 혜심은 초조해졌으나 이상하게 아쉽지는 않았다. 혜심이 확인한 건 이제 자신 안에 아이들에게 배움을 선사할 그 어떤 동력도 남아 있지 않다는 것뿐이었다.

혜심이 새로 맡게 될 일은 경기도 외곽에 위치한 요양원의 관리 업무였다. 예전에 어머니를 돌볼 때 따둔 요양보호사 자격증과 아이들을 가르친 이력을 내세워 별생각 없이 지원했는데 덜컥 합격했고 예상보다 높은 연봉에 마다할 이유가 없었다. 무엇보다 노인들을 직접 돌보지 않아도 된다는 점이 좋았다. 혹여 노인들을 돌보게 되더라도 아이들과 학부모에게 시달리는 것보단 나을 것 같았다.

요양원 근처에는 오래된 아파트가 한 채 서 있었다. 혜심은 그 집을 사서 들어갈 예정이었다. 주변에 편의시설이랄 게 없고 집값이 이십 년 동안 조금도 오르지 않았다는 게 놀랍긴 했지만, 공기

좋고 한적하며 새로 다니게 될 직장과 가깝다면 그것으로 족했다. 포기하듯 내리는 성급한 결정이더라도 후회하지 않을 자신이 있었다. 그만큼 혜심은 현재의 상태를 일단락하고 싶은 마음이 컸다.

새로운 직장과 거처를 정한 뒤로 혜심은 틈틈이 물건들을 정리했다. 오래된 가구, 옷, 책들을 하나하나 사진 찍어 중고 거래 앱에 올렸다. 대부분 팔리지 않았지만 헐값으로나마 팔리는 것들은 쏠쏠한 보람을 줬다. 추억이 용돈으로 치환된다는 게 우스웠으나 달리 말하면 그건 먼지가 금가루로 바뀌는 마법이기도 했다. 그렇게 해도 끝까지 팔리지 않는 것들은 이사 전에 모조리 내다버릴 작정이었다.

전엔 무료 나눔을 해본 적도 있었다. 하지만 호의는 뻔뻔한 마음으로 보상받기 일쑤였다. 맡겨놓은 것처럼 쌩하니 물건을 가져가곤 인사 한마디 없는 경우가 빈번했다. 커피 쿠폰은 고사하고 작은 티백이나 감사의 문자라도 기대하면 안 되는 걸까? 하긴, 무료로 뭔가를 나누겠다고 해놓고 보답을 바라는 마음도 이중적이기는 마찬가지였다. 정말 정직한 건 돈이었다. 돈은 거짓말을 하지 않았다. 속내를 감추지도, 위선으로 가장하지도 않았다. 돈은 언제나 솔직한 민낯을 드러내 보였다. 세상에 존재하는 감정 중에서 돈으로 치환되지 않는 건 없었다. 친구의 결혼식, 어머니의 장례식, 감사와 이별의 모든 순간에도 마찬가지였다. 성의와 의리와 잔정의 크기가 모두 돈으로 환산 가능한 시절이 아닌가. 물론 그렇지 않은 관계도 있을 터였으나 슬프게도 혜심에겐 그런 관계가 그다지 남아 있지 않았다. 문득 그런 생각이 스치고 사막의 밤 같은 외로움이 몰려올 때면 혜심은 기를 써서 그 감정을 떨치고 막아냈다. 외로움만큼은 돈으로 메워지지 않는 감정이라는 걸 알아서였다.

혜심은 직거래를 하고 받은 현금을 작은 봉투에 모아서 피아노 의자 안에 오래도록 머물고 있는 클리어 파일에 넣었다. 피아노. 따지고 보면 그거야말로 혜심의 골칫거리였다. 혜심은 거실 한구석을 차지하고 있는 작은 아동용 피아노를 바라봤다. 일반 피아노보다 건반 수가 적고 몸집도 작은 앙증맞은 피아노였다. 피아노 본체와 귀퉁이가 화려하게 꾸며진 의자엔 바퀴와 브레이크가 달려 있어 언제든 원하는 방향으로 부드럽게 이동시키고 세워둘 수 있었다.

혜심은 어릴 때 피아노 치기를 좋아했다. 어린 시절 집안 한구석을 묵묵히 지키고 있던 피아노는 혜심에게 큰 위안이 됐다. 체르니 30번까지 치다 말았지만, 그래서 지금은 칠 줄 아는 게 소곡집에 실린 몇 개의 곡뿐이었지만 혜심은 피아노를 사랑했다. 공부방에 피아노를 들인 건 혜심의 허영심이 극에 달했을 때였다. 일을 낭만으로 여기고 열정이 돈을 대신할 수 있을 거라 믿었던 시절, 공부방에 공부를 하러 온 아이들도 휴식 시간에 잠깐 피아노를 친다면, 그렇게 아이들의 선율이 공부방을 채운다면 행복할 거라고 생각해서 들였던 피아노였다.

그러나 아이들이 피아노를 소중하게 다룰 리 만무했다. 간혹 피아노를 치는 아이들도 있기는 했지만 피아노에서는 선율이 아닌 소음이 흘러나왔다. 아이들은 아무데나 과자 가루를 흘리고 음료수를 엎질렀다. 피아노가 성한 게 신기할 정도였다. 다른 아이들의 공부에 방해가 된다는 민원도 잇따랐다. 결국 혜심은 아이들에게 피아노를 금지시켰다. 아이들이 돌아간 뒤에 혜심이 혼자 연습할 때도 있었지만 점차 피아노는 공부방의 커다란 정물덩어리가 돼갔다. 피아노 위엔 수학 문제집과 한글 카드, 아이들이 먹다 만 과자 봉지가 쌓여갔다. 그래도 가끔 생존 확인을 하듯 뚜껑을 열고 건반을 눌러보면 소리는 잘 났다. 그 이유 때문에 계속 간직하고 있었지만 이제는 헤어져야 할 때였다.

혜심은 피아노를 팔기 위해 중고 거래 앱에 사진을 올리고 간간이 글을 위로 끌어올렸다. 그러나 피아노에 대한 문의는 전혀 없었다. 오히려 풀 사이즈의 업라이트피아노를 무료로 나눔하겠다는 글이 심심찮게 보였는데, 대부분 가져가기만 해달라는 문구가 딸려 있는 걸 보면 확실히 피아노가 처치 곤란한 물건임에는 틀림이 없는 모양이었다. 그럼에도 혜심은 계속해서 피아노를 가져갈 누군가가 나타나기를 기다렸다. 결국 돈을 내고 폐기해야 할지도 모른다는 쪽으로 생각이 기울고 있었지만 이왕이면 돈을 받고 버리고 싶었다. 그래야 자신이 피아노에 담았던 순수한 마음이 조금이나마 보상받을 수 있을 것 같았다.

　복잡한 생각에 잠겨 있는데 벨소리가 울렸다. 혜심은 택배겠거니 하고 문을 덜컥 열었다가 곧바로 후회했다. 그 아이였다. 준용이. 준용이가 멀건 얼굴로 혜심을 물끄러미 바라보고 있었다.

　―지금 너 올 시간 아닌데.

　혜심은 자신의 목소리에 가시가 돋쳐 있음을 느꼈으나 이젠 구태여 감추고 싶지도 않았다.

　―알아요.

　준용이 말하면서 고개를 문 안쪽으로 들이밀었다. 혜심은 물러설 생각이 없었다.

　―너 못 들어와. 수업 못 해.

　―왜요.

　혜심은 혀끝까지 튀어나온 말을 간신히 삼켰다. 돈 안 냈잖아. 넉 달이나. 들어올 자격이 없다고. 혜심은 하고픈 말을 가까스로 순화시켰다.

　―어머니가 이번달에도 등록을 안 하신 것 같아.

　그러나 준용은 '에도'를 의도적으로 강조한 혜심의 의중을 파악하지 못한 것 같았다.

　―잠깐만 있다 가면 안 돼요? 그냥 자습이라도 하고 있을게요.

　준용이 말하며 문을 조금 더 열었다. 혜심은 한숨을 내쉬며 몸을 비꼈다. 고단했다. 준용은 익숙하게 공부방 안으로 들어왔다.

그러곤 신경을 거스르는 소음, 예컨대 가방을 내려놓는다든지 지퍼를 열었다 닫았다 하며 필기구를 꺼내고 책상을 미는 등의 소리를 끊임없이 냈다. 혜심은 참을 만큼 참다가 물었다.

—다 됐니?

—네?

—이제 안 움직일 거냐고. 선생님이 좀 조용히 있으려고 했거든.

준용은 작게 고개를 끄덕였다. 혜심은 준용이 더이상 안쓰럽지 않았다. 첫 달에 돈을 안 냈을 땐 걱정스러웠고 두번째 달에는 의아했으며 셋째 달에는 하루하루 어디까지 가나 싶었는데 지금은 그 마음마저 사라졌다. 그나마 혜심이 석 달이나 참은 것도 준용이가 공부방 초창기 멤버였기 때문이다. 사실 준용이 자체는 크게 문제가 없었다. 이해력도 좋은 편이었고 집중력도 나쁘지 않았다. 누가 특별히 관리해주지 않는 눈치인데도 대부분 숙제를 해오는 게 대견하기도 했지만 그뿐이었다. 그 밖에는 특징이랄 게 없는 아이였다. 뛰어난 것도 모자란 것도 없는, 무채색의 보통 아이. 나쁘게 말하면 애들이 다 그렇지, 할 때 그려지는 그런 애였고 다르게 말하면 돈이 있으면 더 잘될 수도 있을 만한 아이였다. 혜심은, 마치 너무 오래돼 끊을 수 없는 습관처럼 계속해서 공부방을 찾는 준용과, 수많은 연락에도 묵묵부답으로 일관하는 그의 부모를 이해할 수 없었다. 넉 달이나 돈을 내지 않고 계속 다닐 수가 있다니…… 혜심은 어느 순간부터 준용과 그애의 가족을 몰래 혐오하고 있었다.

준용이 학습 만화를 한 권 꺼내 읽기 시작했다. 혜심은 등을 돌리고 앉았다. 차가 식어가고 있었지만 단지 먼지 냄새 때문에 마시지 않고 있는 건 아니었다. 갑자기 띠링 하고 커다랗게 핸드폰 알림음이 울렸다. 중고 거래 앱의 푸시 알람이었다. 놀랍게도 피아노에 대한 문의였다. 정확한 상태가 궁금하다며 사진을 찍어 보내줄 수 있겠느냐는 물음에 혜심은 이미 올린 사진을 참고하라고 답할까 하다가, 결국은 핸드폰 카메라를 켰다. 피아노 뚜껑을 열자 준용이 고개를 돌리는 게 느껴졌지만 혜심은 아랑곳하지 않고 사진을 찍었다. 찰칵찰칵 방안을 울리는 셔터 음이 무척이나 컸다. 사진을 본 상대에게선 건반이 좀 노랗다는 답이 왔다. 혜심은 사고자 하는 의사가 확실하다면 네고가 가능하다는 메시지를 보냈지만 상대에게선 더이상 답이 없었다.

—피아노 파실라고요?

어느새 몸을 돌린 준용의 시선이 혜심의 핸드폰을 향해 있었다. 혜심은 불편한 기색으로 핸드폰을 뒤집었다. 준용이 입을 삐죽거리더니 중얼거렸다.

—저 피아노 소리 좋았는데.

맞아, 그랬었지. 혜심은 공부방을 막 열었던 시기에 찾아왔던 준용을 기억했다. 그때 준용은 여섯 살이었다. 가느다란 머리카락이 이마를 사선으로 덮고 있었다. 잘 부탁드린다고 말하던 준용의 엄마는 단정하고 깨끗한 인상을 풍겼다. 아이가 학원 같은 데 와 보는 건 처음이라서요. 쭈뼛거리던 준용의 눈이 피아노로 향했다. 그래, 여기 앉아봐. 지금은 아이들이 없으니까 쳐봐도 괜찮아. 피아노 학원은 아니지만 공부만 하면 재미없잖아. 그애를 향해 진심을 다해 지었던 부드러운 미소와 흰 건반을 조심스럽게 훑던 작은 손가락이 어제 일처럼 생생했다. 아이가 음악을 좋아해요. 그래도 여기서는 공부해야 되는 거야, 알았지 준용아? 준용의 엄마가 해사하게 웃었다. 그땐 혜심의 눈도 더 반짝였을 것이다. 희망차게 싹트는 마음으로 뭔가를 시작하려던 때였으니까. 한때 이곳을 채웠던 웃음소리와 좋은 이야기들을 떠올리자 혜심은 고통스러워졌다.

준용은 공부 머리가 나쁘지 않은 편이었다. 세심하게 살펴봐주는 사람만 있어도 앞으로 더 잘할 수 있는 아이였다. 그런데 어느 날인가부터 혜심은 준용에게서 미세한 변화를 감지했다. 준용의 얼굴엔 그림자가 생겼다. 항상 월말에 결제되던 원비는 새로운 달이 시작된 지 며칠이나 지나서야 입금됐다. 그리고 훨씬 전부터 모든 것을 예고해준, 준용의 손톱.

아이의 상태가 어떤지 손톱보다 더 잘 말해주는 건 없었다. 깎지 않은 손톱, 때가 잔뜩 낀 손톱. 그런 손톱으로 짐작한 아이의 상태는 언제나 정확했다. 손톱에서 시작된 징후는 백이면 백 병균처럼 퍼져나가 다른 문제를 일으켰다. 감지 않은 머리, 빨지 않은

것 같은 옷, 미묘한 체취 그리고 늦어지는 원비 결제. 아무리 예뻐
했던 아이라도, 손톱이 온전치 않아졌다면 그 아이를 밉살스럽게
생각하게 되는 건 언제나 시간문제였다.

─그냥 버려야겠다.

혜심은 자기도 모르게 소리 내 중얼거렸다. 피아노와의 실랑이
를 이제 그만두고 싶었다. 준용과도 마찬가지였다. 혜심은 티가
나게 시계를 보곤 준용을 향해 말했다.

─준용아. 이제 가줘야겠어.

─저 온 지 얼마 안 됐는데…… 삼십 분만 더 있다 가면 안 돼
요?

─선생님 밥 먹어야 돼. 할일도 많고.

혜심은 곧 공부방을 닫을 거라는 말은 아꼈다. 말이 길어질 여
지를 두고 싶지 않았다. 준용이 훅 한숨을 내쉬었다. 왠지 절망이
섞인 숨결처럼 느껴졌다.

─선생님은 저 별로죠……

혜심은 준용을 지그시 바라봤다. 아니, 네 엄마가 별로야. 네 가
족이 별로인 거야. 너같이 그럭저럭 보살피기만 해도 가능성 있을
애를 낙오자처럼 느끼게 하는 네 주변이 문제야. 혜심이 속으로
뇌까렸다. 그러곤 희미하게 고개를 저었다.

─시간이 늦었어.

그날 한 말 중에선 그나마 온기가 담긴 말투였다.

—그리고 앞으론 오지 마. 선생님 이제 문 못 열어줘.

그날 저녁 혜심은 낑낑거리며 일층의 쓰레기 배출 장소에 여러 번 들락거렸다. 이삿날까지는 아직 시일이 남아 있었지만 가망 없는 것들부터 정리하고 싶었다. 공들여 만들었던 꽃바구니, 도자기, 여행지에서 모은 기념품이 모조리 쓰레기봉투 안으로 쓸려들어갔다. 봉투는 산타 할아버지의 자루처럼 불룩했고 안에 들어 있는 물건들이 비쳤다. 휴지조각 하나 없이도 이 모든 게 쓰레기가 된다는 점이 신기할 정도였다.

마지막으로 혜심은 피아노를 옮겼다. 낮에 중고 거래 앱에서 영양가 없는 문의를 받은 뒤 혜심은 피아노를 처분하는 쪽으로 마음을 정했다. 몸집이 작은 피아노인데다 바퀴가 달린 덕에 옮기는 게 어렵지는 않았다. 제대로 된 피아노였다면 수거 업체를 불러야 했을 텐데 이만하면 다행이라 여기면서도 등줄기에 흘러내리는 땀방울이 값지게 느껴지지는 않았다. 피아노에 이어 테이프로 친친 감은 피아노 의자까지 내다놓은 혜심은 출력한 폐기물 스티커를 스카치테이프로 붙이고 미련 없이 돌아섰다.

피아노 의자 안에 둔 클리어 파일이 불현듯 떠오른 건 며칠 후였다. 하필 그걸 잊다니. 혜심은 급히 쓰레기 배출 장소로 내려갔으나 당연히, 피아노와 피아노 의자는 이미 사라지고 없었다. 파일 안엔 두 가지가 들어 있었다. 먼저 중고 거래를 해서 모은 돈.

못해도 십오만원은 되는 금액이었다. 또하나는 공부방을 하면서 아이들에게 받은 편지와 카드, 쪽지들이었다. 그중엔 준용이 준 것도 있었다. 공부방을 오래 다녀서인지 준용이 쓴 편지는 개수가 많았다. 혜심은 얼마 전 파일을 정리하다가 준용의 손때 묻은 편지들을 다시 읽었던 것을 떠올렸다. 선생님 고마워요. 선생님 사랑해요. 이제 저 10과 이를 잘 알아요. 그랬었다. 준용이 자꾸 제 이름인 이준용을 1ㅇ준용이라고 써서 혜심은 몇 번이고 준용에게 이름을 제대로 쓰도록 연습시켰다. 그다음엔 구구단을 외게 하고 그다음엔 곱셈과 나눗셈을, 분수와 소수를 가르쳤다. 그리고 스승의 날과 크리스마스에 카드를 받았다. 선생님 고마워요. 선생님 사랑해요. 앞으로도 저를 계속계속 가르쳐주세요.

혜심은 머릿속에 떠오른 글자들을 외면하듯 천천히 돋보기안경을 벗었다. 삼십 분만 더 있다 가면 안 돼요? 변성기에 접어들어 쇳소리가 나기 시작한 며칠 전 준용의 목소리가 귓가에 맴돈 순간 혜심은 입술을 꽉 깨물었다. 빨리 이곳을 떠나고 싶었다. 온갖 상황과 감정이 뒤섞인 지금의 상태는 며칠 전 자신이 쓰레기봉투에 담은 잡동사니들 같았다. 그래도 아이들에게 받은 편지만큼은 가져갈 생각이었는데…… 모든 걸 다 버리더라도 아이들이 남긴 진심의 훈장만큼은 간직하고 싶었는데. 그마저도 얼토당토않게 잃어버렸다는 게 혜심은 못내 속상했다.

혜심은 틈날 때마다 집을 구석구석 닦았다. 행여 집주인에게 집의 상태에 대해 트집잡히지나 않을지 염려하는 마음에서였다. 하지만 피아노가 있던 자리의 먼지는 잘 지워지지 않았다. 벽과 바닥에 피아노가 그림자를 남기고 간 것처럼 어둡고 음울한 음영이 남아 있었다. 그곳에 시선이 갈 때면 혜심은 피아노가 남긴 네모난 그림자가 자신의 마음속 그늘의 크기를 닮았다고 생각했다.

피아노의 행방을 다시 알게 된 건 이사 열흘 전, 우연히 중고 거래 앱에 접속하면서였다. 이미 피아노 판매 글을 내린 후였는데 왜인지 추천 목록에 피아노가 떴다. 소파에 기대 하릴없이 남들의 피아노 사진을 훑던 혜심은 누군가 오만원에 올린 피아노 사진을 보자마자 몸을 일으켜세웠다. 자신의 것과 동일했다. 사진을 확대한 혜심은 이내 피아노가 자신의 것임을 확신했다. 사진이 필요 이상으로 밝게 찍혀 있었지만 작은 스크래치의 위치까지도 똑같았다.

글을 올린 사람의 판매 목록은 평범했다. 책, 옷가지, 누구도 사지 않을 것 같은 생활용품들이 전부였고 그마저도 판매된 건 거의 없었다. 혜심은 뭐라고 말을 걸어야 할지 한참을 망설이다가 채팅창에 이렇게 입력했다.

피아노 실물로 볼 수 있을까요? 아무래도 직접 쳐보고 결정하고 싶어서요.

메시지를 보내면서도 혜심은 곤란하다는 답이 올 거라고 예상했다. 기껏해야 동영상을 받아 확인하는 정도가 최선일 것 같았다. 하지만 상대는 뜻밖의 답을 보내왔다. 원래는 안 되지만 정말 생각이 있어서 묻는 거라면 예약금 일만원을 보내달라는 거였다. 혜심은 망설이다가 알겠다고 하고 곧바로 예약금을 입금했다. 앱 전용 페이를 통한 입금이라 상대의 실명 같은 건 나오지 않았다. 피아노 의자 안의 클리어 파일을 차치하고라도 혜심은 남이 버린 물건을 가져다 파는 사람의 낯을 한번 보고 싶었다.

상대는 혜심의 집에서 그리 멀지 않은 곳의 주소지를 찍어주며 이렇게 덧붙였다.

피아노는 집 앞에 있어요. 와서 보시고 맘에 들면 초인종 누르심 돼요. 사실 거면 만원 빼고 사만원에 드릴게요.

다음날 낮, 혜심은 피아노가 있다는 빌라를 찾았다. 모르는 사람의 집 앞까지 찾아가려니 적잖이 떨렸지만 전날 주고받은 메시지와 상대가 올린 판매 물품들을 보건대 위험한 사람일 것 같지는 않았다. 지은 지 오래된 빌라의 입구엔 잠금장치가 없었다. 피아노는 이층과 삼층 사이의 계단참에 덩그러니 놓여 있었다. 아니, 덩그러니라는 표현은 적절치 않았다. 그 공간엔 빗자루, 우산, 온갖 청소도구를 비롯한 잡동사니가 사납게 어질러져 있었다. 잡동사니 틈에 피아노가 던져져 있다고 하는 편이 더 어울렸다. 집 앞에 이렇게 물건을 쌓아놓는 집치고 제대로 된 집이 없다는 게 혜심의 오랜 지론이었다. 남이 버린 물건을 맘대로 가져가서 되팔다니, 어디서 배워먹은 막돼먹은 심보일까. 속으로 하는 말인데도 고운 표현이 나오지 않았다. 게다가 눈 씻고 봐도 피아노 의자가 없다는 걸 확인한 혜심은 약이 바짝 올랐다. 혜심은 집 앞에 찾아왔는데 문의드릴 게 있다고 채팅 창에 메시지를 남겼다. 조금 후 끼익 소리가 나며 문이 열렸다. 마스크를 눈 밑까지 올려 쓴 여자가 문 사이로 고개를 내밀었다.

—사실 거예요?

여자의 목소리는 나른했다.

—피아노 의자요. 의자가 없어서요.

—아, 그건 원래부터 없었어요.

여자가 말했다.

—원래요?

—네. 원래부터요.

혜심은 더는 지체할 필요가 없겠다고 결론 내렸다.

—저기, 말씀드릴 게 있는데요. 이거 제 피아노예요.

—네?

여자는 문을 더 열지 않고 작게 되물었다.

―제가 저희 집 앞에 잠깐 내놓은 건데 이게 여기 있네요?

혜심은 폐기물 스티커를 붙였던 걸 쏙 빼놓고 그렇게 말했다. 여자는 좀 놀란 것 같은 표정을 지었다. 덕분에 혜심은 조금 더 당당해질 수 있었다.

　―맞죠, 가져간 거?

혜심과 눈이 마주친 여자의 눈이 심하게 일렁이더니 툭 부러지듯 고개가 아래로 꺾였다.

　―죄송합니다.

그 말과 함께 닫히는 문을 혜심은 손가락으로 부여잡았다.

　―피아노 의자 어뎄어요?

　―……없었어요, 처음부터.

여자가 혜심을 외면하며 말했다.

　―말도 안 돼. 피아노 의자가 왜 없어요. 이건요, 도둑질이에요. 남의 거 가져다가 파는 거, 도둑질이라고.

자기도 모르게 말끝이 짧아졌다. 그러자 여자의 목소리에도 힘이 실렸다.

　―저 피아노, 한 번도 집안에 들어온 적 없어요. 갖고 온 그대로예요. 그러니까 그만 가지고 가세요. 만원 다시 드릴게요.

여자가 문을 쾅 닫았다. 그리고 조금 후 벌컥 문을 열더니 울분이 섞인 목소리로 항변했다.

　―버린 물건이었잖아요. 버려진 거였다구요. 아무도 훔친 적

없어요. 그러니까 말 함부로 하지 마세요.

문이 다시 닫혔다. 언제 떨어뜨린 건지 바닥에 만원짜리 지폐가 한 장 보였다. 혜심은 쓰레기를 줍는 심정으로 구깃구깃한 지폐를 주웠다. 여자의 말투에서 수치심과 분노가 읽혀 차마 다시 문을 두드릴 수 없었다. 혜심은 망연한 심정으로 피아노를 바라봤다. 사실 피아노를 다시 가져갈 이유도, 힘도 남아 있지 않았다. 그렇다고 이대로 피아노를 두고 가자니 목소리를 높이며 따진 게 민망했고, 다시 가지고 가자니 옮기는 건 둘째치고 모든 게 원점으로 돌아갈 처지였다. 또다시 돈을 내고 폐기물 스티커를 출력해서 피아노를 버려야 한단 말인가?

계단 아래에서 발소리가 들려왔다. 이어서 모습을 드러낸 사람을 보고 혜심은 낮게 탄식했다.

―너……

준용이었다. 혜심과 눈이 마주치자마자 준용은 도망갈 것처럼 한 걸음 뒤로 물러서더니 포기한 듯 멈춰 섰다.

―여기 너희 집이야?

―……

―너야? 이 피아노 갖고 온 게?

―선생님이 필요 없다고 하셔서요.

준용이 한참 만에 입을 열었다.

―내가 언제?

─그랬잖아요. 버려야겠다고.

준용이 말했다. 혜심은 준용이 집에 찾아왔을 때 작게 중얼거렸던 걸 돌이켜 후회했다. 경솔했다. 아이들은 작은 말에도 민감하다는 걸 누구보다 잘 알고 있었으면서.

─그래서 갖고 왔어?

혜심의 목소리가 조금 떨렸다.

─버렸잖아요. 상관없는 거 아닌가?

─엄마한텐 뭐라고 했는데?

혜심이 물었다. 조금 전 말을 나눈 마스크 뒤의 여자가, 몇 년 전 그 맑은 미소의 여자와 동일 인물이라고 도저히 생각할 수 없었다. 그 세월 동안, 혜심의 처지가 바뀌어가는 동안 준용을 둘러싼 많은 것들도 적잖이 바뀐 게 분명했다.

─그냥, 누가 버린 물건이 있는데 쓸 만하다고.

마침내 준용이 기어들어가듯 답했다. 혜심은 기가 차서 숨을 삼켰다.

─왜 그랬는데.

─죄송해요.

─아니, 왜냐고 물었어.

준용은 고개를 떨궜다. 아래로 내려뜨린 팔 끝에 달린 꽉 쥔 주먹이 바들바들 떨렸다. 준용이 천천히 고개를 들어 혜심을 바라봤다. 노려본다고 느껴질 정도로 아이의 날카로운 눈빛 안엔 많은 이야기가 들어 있었다. 혜심은 준용의 얼굴이 아이의 티를 벗고 소년이 돼가고 있다는 걸 그제야 처음으로 확인했다.

—……전 모르겠어요. 버린 걸 왜 가져다 팔면 안 되는지.

혜심은 눈을 한 번 질끈 감았다가 떴다.

—그래. 따지고 보면 안 될 이유가 없을지도 모르지. 근데 있잖아. 난 그걸 버릴 때 내가 그 물건의 운명을 정한 거라고 생각했어. 팔든 버리든, 내가 정한 상태의 운명이길 바랐어. 그래야 내 것인 상태로 내 기억 속에 온전히 남으니까.

준용은 여전히 이해하지 못하는 표정이었다. 혜심은 하고 싶은 말이 맴돌았지만 어떻게 꺼내야 할지 감이 서지 않았다.

—준용아. 너 어릴 때 선생님이 글씨 가르쳤던 거 기억나지. 그때 네가 자꾸 칸 밖에다 글자를 썼어. 선생님이 칸 안에 올바르게 써야 한다고 하니까 네가, 왜 글자를 네모 칸 감옥에 가두냐고 했었다? 그때 선생님은 이렇게 말했던 것 같아. 칸 안에 바르게 쓰는 방법을 알아야 어쩌다 글자가 칸 바깥으로 삐져나오더라도 어디가 얼만큼 삐져나온 건지 알고 다시 똑바로 쓸 수 있다고. 네가 우연히 들은 선생님 말에 꾀를 얹은 건, 그건 삐뚤빼뚤한 글씨 같은 거야.

준용은 고개를 끄덕이지 않았다.

—어쩔 수 없으면요?

준용이 발끝으로 바닥을 비볐다.

—그것밖에 방법이 없다고 생각이 들면 어떻게 하냐구요.

　혜심은 자신이 방금 뱉은 말이 얼마나 무책임한 것이었는지 충분히 깨달을 수 있었다. 준용이 정말로 답을 알고 싶어 묻는 거라는 사실도. 하지만 고집부리듯 이렇게 얘기하는 수밖에 없었다.

　—지금부터 그렇게 생각하기 시작하면 삶이 함몰돼.

　—함몰.

　준용이 어깨를 으쓱했다.

　—그게 무슨 뜻인데요?

　—함몰이라는 단어가 무슨 뜻인지도 모르는 상태로 어른이 되는 게 함몰이야.

　혜심이 차분하게 말했다. 그 단어에 담긴 질척거리는 진흙빛만은 전달되지 않기를 바라면서. 준용은 잘 알겠다는 듯 고개를 끄덕이곤 단어를 응용하듯 두 문장을 연이어 말했다.

　—함몰하지 않을게요. 함몰되지 않을게요.

　그리고 이렇게 덧붙였다.

　—다시 제자리에 가져다놓으면 되죠? 선생님이 허락해주시면 그렇게 하고 싶어요.

　건물 밖에는 짐을 옮길 때 쓰는 미니 카트가 모로 세워져 있었다. 피아노 의자는 바로 그 카트 뒤에 놓여 있었다.

　—이게 피아노보다 더 무거워서 안 옮겼거든요. 누구 앉고 싶

은 사람 있으면 앉으라고.

준용이 변명하듯 말했다. 테이프로 꽉 봉해진 의자엔 열린 흔적
도, 열려고 한 흔적도 없었다. 그 안에 든 돈과 편지의 존재를 준
용이 모른다는 점이 혜심은 다행스러웠다.

카트에 피아노를 얹고 두 사람은 언덕길을 찬찬히 내려왔다. 카
트를 혼자 끌고 혜심의 집 앞까지 와서 피아노를 가져갔을 준용을
생각하자 혜심은 마음이 아렸다.

—근데 버리신 거 아니었어요?

준용이 아까 했던 질문을 다시 했다. 준용의 엄마도 했던 말이
었다.

—그랬다고 생각했는데…… 찾을 게 있었어.

혜심이 말했다. 준용은 말없이 걸음을 옮겼다. 그러곤 한참을
쭈뼛거린 끝에 한마디를 얹었다.

—저 수학 모르는 거 있는데 조금만 알려주시면 안 돼요? 평균
구하는 방법을 정말 모르겠어요.

혜심은 짧게 숨을 토해냈다. 그 끝에 가벼운 콧바람이 새어나
왔지만 불쾌하지는 않았다. 아이들에겐 지겨울 정도로 꿋꿋한 구
석이 있었다. 바로 그 점이 아이들이 사랑스럽기도 지긋지긋하기
도 한 이유였다. 준용에게 아직 그런 게 전부 휘발되지 않았다는
사실이 조금은 반가웠다. 준용은 마음이 돈으로 환산될 수 있다는
걸 몰랐다. 한때의 혜심도 그랬을 것이다.

─다음에 하자. 손톱 깨끗이 깎고, 책이랑 연습장 잘 챙겨서 와.

이틀 후 혜심은 집을 깨끗하게 정돈하고 차를 끓였다. 딱 일주일 후면 이 집에 머문 순간이 모두 과거가 될 터였다. 하지만 버려지지 않는 것도 있었다. 다시 집안을 채운 피아노를 혜심은 가지고 갈 생각이었다. 좋은 소리가 나진 않더라도 많은 걸 간직한 작은 피아노를, 피아노 의자가 품은 아이들의 비밀스러운 목소리를 새로운 공간의 어딘가에 놓아둘 작정이었다.

곧 초인종이 울렸다. 혜심은 문을 열고 준용을 향해 언젠가 그랬던 것처럼 힘차게 인사를 건넸다.

─어서 와.

거뭇거뭇하게 수염이 나기 시작한 준용의 얼굴이 대번에 밝아졌다. 그 얼굴을 보자 혜심은 왠지 조금 눈물이 났지만 어른답게 눈물을 참아냈다. 그리고 선생으로서 해야 할 말을 했다.

─앉아. 책 펴고.

등대

이
정
연

○
이정연

2017년 『문예중앙』 신인문학상을 수상하며 작품활동을 시작했다. 소설집 『미러볼이 있는 집』, 장편소설 『천장이 높은 식당』 『속도의 안내자』가 있다. 제10회 수림문학상을 수상했다.

오늘도 주차 관리인은 핸드폰을 만지작거리고 있었다. 열두시 팔분, 식당이 점심 손님으로 북적일 시간이지만 이곳은 드나드는 사람이 많지 않아 한산해 보일 지경이었다.

설희는 건물 바깥을 돌아 식당의 메인 홀 쪽으로 이동했다. 그녀를 눈여겨보는 사람은 없을 터였지만, 감시라도 당하는 것처럼 눈에 띄지 않기 위해 걸음새에 신경썼다.

지난주 마지막으로 살폈을 때와 비슷한 광경이었다. 유니폼을 입은, 삼사십대가량의 여자 세 명과 그보다는 젊어 보이는 남자 두 명이 테이블에 둘러앉아 대화를 나누고 있었다. 그들은 테이블 가운데에 주전부리를 두고 커피를 홀짝였다. 테두리에 산타클로스와 루돌프, 전나무가 그려져 크리스마스를 연상시키는 접시에 담긴 게 견과류인지 과자인지 거리가 멀어 분간할 수 없었고, 마시는 음료가 차일지 커피일지 알아내기 불가했다. 그저 자신이 간식으로 자주 먹는 것들이라 저들도 비슷하겠거니 하고 짐작할 뿐이었다. 실은 접시도 주변의 크리스마스 장식 때문에 그렇게 보였는지 몰랐다.

설희는 바쁜 일이 없어 보이는 그들을 보며 이번에는 목표를 제대로 잡았다는 생각에 안도했다. 건물도, 건물이 자리잡은 위치도, 하물며 잘 관리되어 지은 지 얼마 안 되어 보이는 빌딩의 상태마저도 만족스러웠다. 밝은 모습은 아니지만 종업원들의 여유로운 표정과 말끔한 유니폼, 식당의 근무 환경 어느 하나 마음에 걸리는 게 없었다. '등대'라는 식당 상호도 설희의 길을 비춰주는 것 같았다.

*

"진설희님, 설희님은 당분간 식당 분위기만 살피세요. 어떤 고객들이 주로 방문하는지, 그러니까 나이대나 성별 같은 것들을요. 몇 명이 오고, 어느 시간에 와서 어떤 자리를 선호하고 무슨 메뉴를 즐기는지 등등. 얼마나 머무는지도 관찰하면 테이블 순환이 어떻게 되는지 감이 생길 테니 더욱 좋겠죠?"

매니저는 심각한 표정으로 진지하게 말했으나 설희가 듣기에는 그다지 어려운 요구가 아니었다. 다 아는 얘기였고, 안 해도 되는 참견이라 듣는 것 자체가 고역일 따름이었다. 설희는 불쑥 드는 불만에도 속엣말을 누르고 마음을 가다듬었다. 편한 곳에서 일할 기회를 어렵게 잡았는데, 이까짓 잔소리 하나 못 참겠어? 두어 달 식당을 맴돌며 세워둔 계획을 곱씹었다. 시답잖은 소리야 흘려들으면 되고, 그것만 참으면 이곳에서 오래 일할 수 있을 거야. 설희는 진심을 누르고, 잘해보겠다는 다짐을 다시 했다. 그렇다고 능수능란해 보여 일터를 자주 옮겨 다닌 것이 들통나면 안 되었다.

설희는 사흘 내내 식당의 룸을 청소했다. 청소라기보다는 정비라고 말하는 편이 맞을 것이다.

육인용 타원형 테이블을 윤이 나게 닦은 뒤 테이블보를 털어 활짝 펴고는 테이블에 올렸다. 테이블 정리를 혼자 하려니 테이블보를 올리면서 생긴 주름을 펴고 모든 면에서 균형을 잡느라 모양새를 만져야 해서 일이 만만치 않았다.

설희와 같이 일할 사람은 없었다. 매니저는 설희를 룸에 데려와 할일을 알려주고는 정해진 시간이 될 때까지 나타나지 않았고, 다른 직원은 일절 들이지 않았다. 매니저는 일할 때 개인 물품을 지니는 것과 다른 종업원과 함께 일하는 건 수습 기간이 지나야 허용될 거라고 말했다. 테이블 정돈부터 룸에 들여놓은 화분의 이파리를 닦고 도자기를 광내는 것, 벽에 걸린 액자의 먼지를 털고 지

저분한 유리를 마른 천으로 닦아내는 것까지 설희는 무엇 하나를 놓쳐 매니저의 눈 밖에 날까봐 사소한 일에도 정성을 쏟았다.

매란국죽, 금상첨화, 산해진미, 군계일학…… 복어 요리를 전문으로 하는 이 식당은 사자성어로 이름 지은 룸이 열두 개에 달했다. 각 방은 콘셉트가 있어 테이블 모양이 제각각이었고, 걸린 그림과 액자도 모양과 분위기가 사뭇 달랐다. 아무 생각 없이 정돈했다간 실수하기 십상이었다. 게다가 노곤해 의자에라도 앉을라치면 매니저가 인기척 없이 들어와 잘되어가느냐고 훈수를 두어 피곤하다고 쉬거나 일에 마음 편히 몰두할 수도 없는 노릇이었다.

벽시계를 올려다보았다. 정오가 지난 열두시 이십분, 다른 종업원들은 지금쯤 메인 홀에 나와서 간식을 먹는 중이겠지? 나른해 보이기조차 하는 한가한 얼굴이 떠올라 은근히 약이 올랐다. 이런 상황에서도 뱃속은 눈치도 없이 밥때가 되었다고 아우성쳤다. 설희는 저도 모르게 낮은 목소리로 짜증을 냈다. 그때 조그마한 구멍이 눈에 들어왔다. 이 년 전, 당시 일하던 공장에서 공장장은 직원을 몰래 감시하려고 작업장에 지금 보이는 것과 비슷한 구멍을 뚫고 설희에게 구멍 안에 설치하라며 카메라를 쥐여주었었다.

이 식당도 종업원의 동태를 몰래 파악하고 있나? 수습 종업원이 거쳐야 하는 일종의 테스트일지도 모르지. 설희는 매니저가 핸드폰을 룸에 들고 오지 말라고 한 이유가 있을 거라는 데 생각이 미쳤다. 불빛이라도 비춰 구멍 안을 들여다볼 거라 생각한 걸까?

카메라를 등지고 피곤해 어깨가 결리는 것처럼 몸을 틀어 목 주변을 주물렀다. 사실 직원 감시는 많은 곳에서 하고 있으니 큰 의미를 둘 필요가 없을 것이다. 가사 도우미나 육아 도우미, 공장, 심지어 일반 회사에서도 직원의 안전을 위한다는 명분으로 CCTV를 설치하고 있어 여기도 비슷한 변명을 댈지 몰랐다.

*

매니저는 설희를 종업원들 앞에 세웠다. 그는 다른 때보다 격식을 갖추어 맞춤 정장 같은 슈트를 입었고, 머리는 스타일링제를 사용해 만져 흐트러짐이 없는 모습이었다. 얼핏 보면 그는 고급 호텔에서 일하는 호텔리어와 비슷한 분위기를 풍겼다. 간식 테이블에 둘러앉았던 종업원들은 먹던 걸 멈추고 매니저가 있는 쪽으로 몸을 돌려 앉았다.

"설희님이 저희와 같이 일한 지 두 달이 지났습니다. 그제 점장님과 설희님의 승급을 어떻게 할지 논의했습니다. 보통 여섯 달이 지나야 수습에서 정직원으로 승급하는데, 설희님은 일에 대한 감각이 있고 응대한 고객들의 만족도도 높아서 수습 기간을 단축해도 좋겠다는 의견을 나눴어요. 하여 진설희님은 내일부터 일반 수습에서 조리실 수습으로 업무를 바꿉니다. 조리실 수습이 끝나면 홀 서빙으로 업무를 다시 한번 변경할 거고요. 말씀드렸다시피 수습 기간중 같이 근무하기 어려운 상황을 만들면 계약은 자동으로 해지됩니다."

설희는 갑작스러운 매니저의 발표에 놀라면서도 계획대로 일이 돼간다는 생각에 내심 안도했다. 이번에는 다른 사람에게 휘둘려 주저앉지 않을 것이다. 껄끄러운 상황이 생기면, 이를테면 CCTV로 자신을 감시하거나 손님이 성희롱성 농담을 하고 수상한 심부름을 시킨다면, 할 수 있는 만큼 항의하고 계속 일할 수 있게 환경을 바꿀 것이다. 누군가 작정하고 내보내려는 게 아니라면 설희는 최대한 버틸 생각이었다.

조리실에는 단 두 명만 들어가는 게 식당의 원칙이었다. 복어는 독이 있어 신중하게 다뤄야 하고, 셋 이상이 조리실에 들면 작업 환경이 혼잡한 와중에 걷잡지 못할 상황이 생길 수 있기 때문이었다. 안전과 생명에 관한 문제라 사소한 실수라도 무시하면 안 되었다. 어쨌거나 식당에서는 설희가 조리실에서 일을 배우는 동안 세 사람까지 그곳에 드나드는 것을 허용했다.

조리장은 설희가 고개를 숙이며 인사하자 아무 말도 하지 않고 설희를 자신의 앞에 세웠다. 그러곤 이동형 캐비닛을 끌어와 석장의 자격증을 꺼내더니 한 장씩 보여주었다. 복어 조리 기능사, 복어 조리 산업기사, 조리 기능장. 십여 년 전 공무원을 하겠다고 정보처리 산업기사를 준비한 적이 있어서 설희는 기능사와 산업

기사, 기능장이 무엇인지 대강 알았다.

"이걸 왜 보여주느냐? 촌스럽게 이런 자격증이 있다고 자랑하려는 건 절대 아니에요. 다른 자격에 비해서 유니크하고, 어려운 면허라고 말하고 싶어서죠. 기능사는 누구나 도전할 수 있지만 산업기사는 실무 경력이 있어야 응시할 수 있어요. 그렇다면 기능장은 어떨까요? 사실 복어 조리 기능장은 없습니다. 기능사와 산업기사는 분야별로 나누어서 선발하지만, 조리장은 별도의 구분 없이 그냥 조리장입니다. 한식, 일식, 중식, 양식, 복어를 통달하는 모든 분야의 조리장. 한마디로 슈퍼맨인가요?"

조리장의 우스갯소리에 보조 조리사는 소리 내지 않고 웃었고, 설희는 어떻게 반응할지 난감해 조리장을 응시하며 고개만 주억거렸다.

조리장은 나무 도마 위에 복어를 올렸다. 등 부분이 까맸는데 자세히 들여다보면 얼룩 같은 반점이 흩어져 무늬를 이루고 있었다. 얼핏 보면 그저 까만 등에 하얀 배를 한 어류였다. 복어에 관심 없던 얼마 전까지만 해도 설희의 눈에는 그렇게 비쳤다. 설희는 조리장이 무심코 던지는 말과 작은 움직임에도 신경쓰며 주변의 상황을 머릿속에 담으려고 애썼다.

며칠 전 설희는 수산시장에 들러 복어를 샀다. 그때 생선가게 주인은 복어를 잘못 다듬으면 황천길에 갈 수 있다며 같이 웃지 못할 농담을 던졌다. 설희는 그 말을 떠올리고는 조리장이 복어의 등과 배 지느러미를 잘라내는 걸 유심히 봤다. 조리장은 자신의 면허에 대한 자부심만큼이나 손이 날래고 거침없었다. 그는 지느러미를 잘라낸 복어를 배가 도마에 닿게 올리고 입 부위를 칼끝으로 눌러 자르고는 안쪽의 코뼈를 제거한 다음 입안의 이물질을 깨끗이 긁었다.

"복어 조리에 면허가 있는 건 요리를 잘하느냐를 따지려는 게 아니에요. 음식이 맛있으면 장사가 잘되어 식당은 당연히 좋겠죠. 그러나 그보다 중요한 것이 있으니 그건 손질입니다. 바로 안전에 관한 문제죠. 지금 제가 손질을 느리게 한다는 사실은 보고 있으니까 알 겁니다. 중요한 부분이라서 그래요. 복어의 피, 뼈, 요기요 내장, 눈알에는 모두 독이 있어요. 워낙 유명한 독이니까 알고 있을지도 모르겠네요."

설희는 저도 모르게 테트로도톡신, 이라고 대꾸했다. 며칠 유튜브를 열심히 찾아본 결과였다.

"맞아요, 테트로도톡신! 매니저가 추천한 사람이라더니 역시 기본기가 있네요. 알겠지만 테트로도톡신은 독성이 청산가리의 열세 배가 되는 맹독이죠. 강호동이도 이거 한 방울이면 반나절이 안 돼서 훅 가버려요. 요즘 세상에, 누가 복어 독을 먹고 죽겠냐고 하겠지만 의외로 사고가 곧잘 있어요. 가정에서 주부가 요리해 가족과 같이 먹다가 일가족이 병원에 실려가기도 하고, 얼마 전에는 일반 식당에서 면허 없는 요리사가 복 지리를 손님에게 내줬다가 두 명이 세상을 떴다더군요. 요리 좀 한다는 사람들은 유튜브를 보고 까짓거 못하겠어? 하고 얕잡아 보지만, 절대 그렇지 않아요. 안 그러면 왜 많은 사람이, 복어를 먹고 세상을 등지겠어요?"

조리장은 그 말까지 하고 복어의 혀가 잘리지 않도록 주의해야 한다고 짚어주고는 복어의 몸통을 돌려 등과 배 부분에 칼집을 내서 껍질을 제거했다. 칼은 껍질을 제거하고 뼈를 잘라내는 데에도 쓰였지만, 껍질을 벗길 때 복어를 눌러 고정하는 용도로도 사용했다. 조리장은 내장, 눈알, 알, 핏물 등은 독이 있어 제거하지만, 이리는 독이 없어 먹을 수 있으므로 남기라고 했다. 그는 칼로 껍질을 벗겨내며 다시 한번 강조했다.

"눈알을 뺄 때는 터지지 않도록 조심해야 합니다. 예전에 범죄 조직 무슨 파라던가 정확히 기억은 안 나는데, 거기 두목이 눈알이 없는 복어는 절대 안 먹었다더군요. 그 눈알로 살해당할 수 있어 조리사가 자신이 보는 데서 눈알을 제거하게 했답니다. 그 정도로 눈알에서 나오는 독도 위험하니까 경계심을 갖고 손질하세요."

조리장은 설희와 보조 조리사가 보는 데서 복어를 몇 차례 헹구었다. 여러 번 헹구었는데도 투명한 살에 핏물이 약간 비쳤다. 조리장은 씻은 복어를 가슴 높이로 올렸다.

"여기에서 끝난다면 좀 번거로울 뿐 손질이 어렵다고 할 수 없겠죠. 거의 다 왔지만, 아직 끝나지 않았습니다. 핏물을 확실히 없애지 않았거든요. 복어는 마지막으로 한 시간가량, 적어도 삼사십 분은 소금물에 재운 뒤 두어 차례 헹구어야 합니다. 이건 일반 생선찌개가 아니고, 어느 부위를 먹어도 문제없는 횟감도 아니니까요. 복어는 끓는 물에 넣어도 독이 없어지지 않아요."

조리실에서의 한 달은 그야말로 숨가쁘게 지나갔다. 이른 아침 일곱시에 출근해 신선한 복어를 골라내고, 그것을 물에 깨끗이 씻고, 조리 기구의 위생 상태를 확인했다. 그런 뒤 조리장이 출근하면 그가 재료를 손질하고 조리하는 걸 지켜보면서 잔일을 거들었다. 독이 있는 재료니까 손에 상처라도 나면 안 된다며 매사에 주의를 기울였으나 서툰 것은 어쩔 수 없었다. 하루에 두어 차례 복어 가시에 찔리고 칼에 손을 베였으며, 사나흘에 한 번꼴로 복어의 눈알과 내장에 상처를 내 생선을 통째로 버리기도 했다. 영업을 종료하고 조리실에서 버린 복어 부속물을 다른 음식물과 분리해 끝 처리까지 마치면 시간은 어느덧 열한시가 넘었다. 퇴근 시간인 세시가 한참 지나서였다. 퇴근은 들쑥날쑥해 보통의 직장처럼 나인 투 파이브는 꿈꿀 수 없었다.

"진설희님은 한 달의 조리 수습을 마치고, 내일부터 홀로 이동합니다. 쉽지 않은 과정이었는데 군말 안 하고 따라주어 대견하네요. 한편으로 다른 곳으로 보내려니 아쉬운 마음도 크고요. 홀에서 수습을 마치면 최종 보직을 선택해야 하는데 이곳으로 했으면 해요."

설희는 물기가 흥건한 손을 마른행주로 서둘러 닦고, 조리장과 보조 조리사에게 허리 숙여 인사했다. 하지만 겨우 한 달 일했고 셋뿐인데 이런 의례적인 말을 왜 주고받는지 쑥스럽기만 했다. 보조 조리사는 설희의 손을 붙들고 한동안 얼굴을 바라봤다.

또 한 단계를 지났구나. 두 달의 공식 수습 기간 그리고 한 달의 조리 수습, 이제 마지막으로 홀에서 두 달 수습 기간만 버티면 이곳에 머물 수 있다. 설희는 잘 참아낸, 예전의 쓰린 기억에서 벗어난 자신을 칭찬했다. 식당에서 일하며 내내 긴장해 올라갔던 어깨가 조금 느슨해졌다.

홀에서 설희를 지도할 사수는 다시 매니저였다. 알고 보니 설희 말고 수습으로 교육받는 사람이 한 명 더 있었는데 그는 매니저가 아닌 홀을 총괄하는 반장을 따라다녔다. 설희와 다른 수습 직원은 서로 소개할 자리도 없이 각자의 사수에게 불려 다니는 통에 인사도 나누지 못했다.

설희와 다른 수습생은 홀에 배정되는 날 식당 유니폼을 받았다. 설희는 진회색 피케 셔츠에 검정 치마를 입었고, 다른 수습생은 감색 피케 셔츠에 검정 바지였다. 실크 재질의 셔츠를 입은 정직원들과 다르게 눈에 띄지 않는 무채색 폴리 스판 재질이라 근무하기 편하고, 음식물이 튀어도 표가 나지 않아 실용성이 있었다. 식당에서는 수습 종업원이 여섯 달 안팎 입을 옷에 큰돈을 쓰지 않고 가성비가 높은 유니폼을 제작한 것 같았다. 두 수습 직원은 유니폼을 받으며 처음으로 얼굴을 마주했다.

설희는 정직원 유니폼에 박음질된 매니저의 명찰을 흘깃대며 이곳에서 이룰 목표를 마음에 새겼다. 두 달 뒤 정직원 유니폼으로 바꿔 입고 자신의 이름이 적힌 명찰을 달려면 홀 서빙 수습을 잘 마쳐야 했다. 비록 휴일 없이 식당 일에 매달리는 처지였지만 희망 고문일지라도 가시적인 목표가 생기자 피로에 지친 몸을 추스를 수 있었다. 며칠 동안 받은 교육이 식당 종업원에게 과하다고 생각하면서도 전 직장들의 수준보다 한 단계 올라섰다는 사실에 우쭐한 기분이 들었다. 건물 바깥에서 봤을 때 여유로워 보였던 종업원들도 이 과정을 거쳤다고 생각하니 매니저의 까다로운 요구나 바쁜 일정도 견딜 만했다. 이렇게 사는 것도 나쁘지 않다고 생각했다.

홀 근무는 새벽 출근과 야근을 동시에 하지 않았다. 2교대로 근무하는데 1조는 오전 일곱시에 출근해 퇴근은 세시에 했고, 2조는 오후 세시에 출근해서 열한시에 마쳤다. 설희와 다른 수습 직원은 출퇴근 시간과 근무 장소가 엇갈려 마주치는 일이 없었다. 그러나 그게 이상하다는 의문은 잠시였고, 잡다한 식당 일을 쫓아다니느라 다른 직원의 존재는 머릿속에서 차츰 지워졌다.

오십대로 보이는 중년 여성과 일흔 살은 넘어 보이는 노신사,

그리고 그들 앞에 서른 살을 갓 넘긴 것으로 추측되는 남녀가 앉았다. 설희는 주로 룸 서빙을 하는 종업원 K와 함께 금상첨화 룸에 들어갔다. 설희가 홀 수습 직원으로서 처음 손님을 맞는 자리였다. 매니저는 조회 시간에 설희를 따로 불러 말했다.

"잘하고 있습니다만, 처음 서너 번 정도 베테랑 직원과 같이 룸에 들어가면 배울 게 있을 거예요. 배운다기보다는 분위기를 익힌다는 정도로만 생각하고 서빙에 익숙해지면 좋겠네요."

설희는 K에게서 두어 걸음 떨어져 그가 일하는 모습을 지켜보았다. K는 조리장만큼은 아니지만 노련한 종업원임이 분명해 보였다. 그는 표 나지 않게 손님의 지위와 모임 분위기를 파악하고는 그에 맞추어 음식을 올렸다. K는 식기를 내려놓을 때 나는 어쩔 수 없는 소리만 낼 뿐, 마치 다른 모든 소리를 조종하는 것처럼 조용히 움직였다. 심지어 걸음 소리마저 통제하는 인상이었다.

K는 중년 여성, 노신사, 젊은 여자와 남자 순으로 물수건을 올리고는 고개를 돌려 설희에게 다음을 진행하라고 눈짓을 보냈다. 그건 룸에 들어오기 전에 설희와 입을 맞춘 사항이었다. K가 눈짓을 보내면 다음 절차를 순서대로 진행하기로. 설희는 K의 눈짓에 걸음을 최대한 가볍게 하며 조리실로 가 다음 요리를 내어달라고 말하고는 음식이 나오길 기다렸다. 보조 조리사가 설희를 알아보고 조리실에서 나와 안부를 묻고는 시니컬하게 말을 이었다.

"사람을 안 죽이려고 독이랑 싸우는 거보다 산 사람을 상대하는

게 마음 편하지. 후, 우리가 뭐라고 사람을 살려? 그건 조리장쯤
되니까 할 수 있는 개소리라고. 애초에 저거 안 먹으면 문제될 게
없는데. 뭐, 죽이고 싶은 놈한테 딴맘 먹었다면 모를까."

조리실 안쪽에서 조리사를 찾는 바람에 대화는 더 가지 못하고
끊겼다. 조리사는 안 하던 반말을 하며 표정을 구겼다. 어쩌면 그
는 숨 돌릴 틈이 없는 조리실 근무에 지쳐 있는지 몰랐다. 그의 표
정을 마주하니 설희도 덩달아 노곤해졌다. 조리실 입구에서 몸을
돌려 사방을 둘러보았다. 근무한 지 거의 넉 달에 접어들어 눈에는
익었지만, 여전히 모르는 곳이었다. 다 파악할 때까지 긴장하며
처신해야 하는데 알 수 없는 불안이 스멀스멀 꿈틀댔다. 조리실
생활이 어렵다고 툴툴대는 조리사의 하소연이 마음에 걸렸으나
설희는 생각을 고쳐 먹었다. 그건 반복된 일이 지겨워진 직장인의
투정일 따름이다. 그저 소화가 안 되어 억지로 내는 트림 같은.

조리실 앞에 음식 카트 넉 대가 줄지어 세워져 있었다. 설희는
빈 카트를 내려다보며 앞날을 그렸다. 발음하기 어려운 테트로도
톡신의 위험이 있는 곳에서 일하느니 화를 뿜어내는 사람을 상대
하는 게 안전할지 모르지. 위험은 피하는 게 상책이었다. 설희는
복어 독으로 사망에 이른 사고들을 곱씹으며 더이상 직장에서 사
람들에게 휘둘려 누명을 쓰는 일은 없을 거라고 마음을 다잡았다.
그러다 잠깐 자신을 구석으로 몬 사람들에게 테트로도톡신을 먹
인다면 어떨까 하는 공상에 빠졌다.

복어 지리에 곁들일 소스와 동치미를 올렸다. 그리고 잠시 뒤 감자조림, 배추김치, 유채나물, 미나리 복 껍질 무침을 그 옆에 같이 두었다. 손님들은 별 관심 없이 그들 앞에 놓인 반찬을 내려다봤다.

"소주 한잔 어떻습니까? 복어에는 화이트 와인이다, 사케가 낫다 의견이 갈리는데 아무리 그래도 뜨끈한 국물엔 소주가 궁합이 최고죠."

오십대 중년 여성은 보충할 반찬을 들고 온 설희를 보며 기분좋게 소주와 탄산수를 주문했다. 그러자 노신사가 손을 가로저었다.

"아뇨, 물건을 본 후에 마음 편하게 드시죠. 술이 들어가면 감각이 떨어지잖아요. 한두 푼 하는 것도 아니고, 비밀리에 하는 거래가 이어질 텐데 이번에 어영부영하면 다음에도 그럴 가능성이 커요. 안 그렇습니까, 손팀장님?"

맞은편의 젊은 남자 손팀장이 어색하게 미소 지으면서 고개를 갸웃거렸다.

"거래가 합법이 아니라 걱정되시나봅니다. 우려하시는 부분은 잘 알고 있습니다. 하지만 작품에 문제가 있는 게 아니니 안심하셔도 돼요. 정 마음에 걸리시면 약주는 작품을 보시고, 의견을 나누신 뒤에 드셔도 좋고요."

손팀장의 말이 끝나자마자 K는 설희에게 한쪽 눈을 찡긋거리며 입 모양을 냈다. 설희는 K가 하는 말을 알아들을 수 없었으나 룸에 들어오기 전에 K는 자신이 윙크하면 준비한 것을 챙겨서 들어오라고 시켰던 말을 기억해냈다. 설희는 무엇인지도 모르면서 알았다고 대꾸했고, K가 말한 시간이 바로 지금이라고 해석했다.

설희는 광목으로 만든 테이블보를 주름이 가지 않게 펴서 룸에 들어왔다. K가 거들어 다른 쪽을 마주잡았다. 테이블보는 보통의 누런 기운이 도는 광목과 다르게 표백을 한 듯 새하얬고, 두께는 일반 광목의 절반 정도로 얇았다. 크기는 널찍했는데 테이블 위에 펼치니 의자에 앉은 사람의 무릎에 닿지 않을 정도로 길이가 길지 않았다.

사람들이 테이블에 다시 둘러앉았다. 서로의 안부를 묻던 좀전과 분위기가 달랐다. 오십대 여성과 노신사는 돋보기안경과 휴대용 확대경을 들고 앉았고, 반대편의 젊은 두 남녀는 하얀 장갑을 낀 채 커다란 나무 함을 테이블에 올리고는 중년 여성과 노신사가 무슨 말을 하는지 집중해 쳐다보았다. 노신사는 모두 자리에 앉은 것을 확인하고 마지막으로 중년 여성에게 고개를 끄덕이며 입을 열었다.

"준비됐어요. 이제, 시작합시다."

손팀장은 이미 낀 장갑을 다시 한번 추켜올리고는 나무 함을 열었다. 설희는 비밀스러운 분위기에 호기심이 일어 테이블에 가만히 다가섰다. 나무 함을 열고, 한지 포장지를 찢고, 그리고 그것이

나왔다.

"화조도는 예로부터 시험에 합격하거나 승진을 기원하는 의미를 지니고 있습니다. 한마디로 준비한 일이 잘되라는 희망을 담고 있죠. 이걸 집에 걸어두시거나 선물을 하시면 기운이 뻗어올라 값어치를 톡톡히 할 것입니다."

손팀장은 앞에 앉은 두 사람에게 눈을 맞추고는 그림을 들어 기울인 다음 그것을 쓰다듬는 것처럼 허공을 쓸었다. 마치 만지면 깨지기라도 할 것처럼 조심스러운 손길이었다. 설희는 손님들이 시키는 잔심부름을 거들기 위해 룸에서 나가지 않고 멀찍이 떨어져 대기했다. 실은 호출 벨이 있어서 밖에서 기다려도 되었지만 대체 무슨 자리인지 궁금해 자리를 뜨지 않았다.

"그런데 이 민화, 신윤복이 그린 거 맞아요? 요새 작자 미상의 회화가 고미술품 시장에서 심심찮게 거래돼서 말이죠. 지난번 거래가 만족스러워서 여기에 나오긴 했지만, 이 바닥이 사람을 믿으면 안 되는 게 정설이잖아요."

중년 여성의 말에 그때껏 조용했던 젊은 여자가 침묵을 깨고 손을 들었다. 지금까지 거의 움직임이 없었기에 시선은 자연스럽게 그녀에게 몰렸다.

"지난주에 미국 경매시장에서 고미술품 평가사로 활동하는 분으로부터 신윤복의 작품일 가능성이 높다는 의견을 받았습니다.

저희 회사도 미술품 거래에 문제가 생기면 두 분만큼 타격이 커서 사업이 힘들어지거든요. 이걸 보시죠."

젊은 여자는 A4 크기의 서류를 내밀었고, 노신사와 중년 여성은 돋보기안경을 끼고 서류를 들여다봤다. 두 사람은 안경을 쓰고도 안 보이는지 인상을 찌푸리며 한일자로 입을 다물고 집중했다. 한참 뒤 중년 여성은 핸드폰을 들어 뭔가를 검색하고는 노신사에게 그것을 내밀었다.

그뒤로 분위기가 한결 부드러워졌다. 손팀장이 다시 작품을 들어 나이든 남녀에게 내보이자 둘은 아까와는 다르게 온화한 미소로 민화를 올려다봤다.

"신윤복이 여성을 주제로 그림을 그려 유명하지만, 그가 그린 몇몇 풍속화를 보면 여성 못지않게 나무와 화초, 동물의 묘사가 탁월합니다. 춘화로 보기에는 애매한 〈이부탐춘嫠婦耽春〉이나 기생이 멱 감고 그네를 타는 그 유명한 〈단오풍정端午風情〉도 자연을 어떻게 그렸는지 살피면 화가의 작품세계를 엿볼 수 있어요. 그의 작품 〈수탉〉이 유명하나 인물화가 아닌 작품으로는 알려진 게 드물어 이 민화는 시장에 나오면 진품 여부가 논쟁이 될 겁니다. 거꾸로 얘기하면 투자가치가 높다는 소리죠."

그날 이후로도 열두 개의 룸에 많은 사람이 오갔다. 매니저는 설희가 그곳에 들어갈 때마다 듣고 본 모든 것을 비밀로 하라는 다짐을 받아냈다. 테이블 위에는 민화 같은 미술품 말고도 서류,

영상물, 음악, 패션 잡지 등이 올라갔다. 소수의 사람이 모여서 은밀하게 얘기를 나누는 방식은 대동소이했다. 거래되는 물품에 따라서 모이는 사람들이 달라졌으나 그들의 공통점은 좀처럼 찾기 어려웠다. 다만 이따금 무언가 찜찜한 기분이 들 때가 있었다. 매니저는 모임이 끝날 때마다 수고비로 현금 삼십만원을 설희에게 들려주었다.

　삼십대 초중반으로 보이는 남자와 여자, 그리고 그 앞에 화장이 진해 정확한 나이를 짐작하기 어려운 젊은 여자가 앉았다. 그들의 앞에 잡지 두 권이 놓였다. 삼십대의 남녀는 앞의 젊은 여자가 고개를 끄덕이자 각각 잡지 한 권씩을 집었다. 둘은 진중한 표정으로 잡지를 보다가 들고 온 태블릿에 메모했다. 대화는 전혀 없었다.
　무슨 회의길래 모여서 잡지를 보지? 설희는 이들이 단지 회의를 이유로 모인 게 아닐 거라고 짐작했지만, 무엇을 위해 앉았는지 당최 예측할 수 없었다. 얼핏 본 잡지는 젊은 모델이 나온 패션 잡지로 보였다. 그러나 일반적인 잡지와 달리 검은 표지가 서류 파일처럼 뺏뺏하고 두꺼웠으며, 페이지마다 모델의 전신을 찍은 사진 두 장에 글이 몇 줄 적혀 있었다. 모델은 여자가 대부분이었는데 성인도 안 된 앳된 인상으로 노출이 심한 옷을 걸치고 있었다. 잡지를 내려다보는 두 사람은 모델을 평가하는 모양으로, 고개를 흔들거나 끄덕이고, 웃거나 인상을 찌푸리고 때로는 화가 난

듯 잡지를 거칠게 넘겼다.

"이거 물건이 죄 후져서 선택이나 하겠어? 이럴 바엔 차라리 룸살롱에 가고 말지."

설희가 룸에 들어오기 전에 매니저가 단속을 했었다.

"대답 외에 다른 말은 하지 마세요. 손님의 요청이 있을 때만 움직이고, 특이 상황이 발생하면 일이 끝나고 나중에 보고해요. 앞으로 우리 식당을 자주 이용할 중요한 고객들이니 각별하게 신경써야 합니다."

매니저는 설희의 어깨를 두드리며 실수하지 말라고 당부했다. 설희는 새로 받은 정직원 유니폼과 자신의 명찰을 내려다보며 이것이 마지막 테스트임을 직감했다. 그리고 이번만큼은 함부로 행동하면 안 된다는 사실도 되새겼다. 어떻게 입게 된 정직원 유니폼인데 오늘이 마지막이 되어선 안 되었다.

혹시 일이 잘못되진 않겠지? 아직 문제가 터진 것도 아닌데 기시감에 불안해졌다. 희망과 낙망, 기대와 포기, 기쁨과 억울함, 도전과 실패…… 직장생활중에 설희는 불행히도 후자에 가까워 궁지에 몰릴 때가 종종 있었다. 바로잡으려고 하면 할수록 문제는 꼬여 되돌리지 못하는 상태가 되었다.

등대에 오기 몇 달 전에도 그랬다. 설희는 강변역 전자상가에 있는 대리점에서 칠 개월 가까이 근무했다. 그녀가 담당한 분야는 게임기였는데 그중 플레이스테이션과 닌텐도, 게임 팩을 판매했다. 플레이스테이션과 닌텐도는 기종과 추가하는 기능에 따라 가격이 천차만별이었고, 게임 팩은 오락실용 일이만원짜리에서 시작해 휴대용 기기에 장착하는 백만원이 넘는 것까지 선택 사양이 다양했다.

신제품이 출시되거나 행사가 있으면 일이 몰렸고 시간외 근무를 하기도 했지만 늘 그러는 게 아니라서 고민하지는 않았다. 고객이 살펴보다 떨어뜨린 제품이 망가지기도 했고, 가끔은 가격을 깎아달라는 실랑이도 있었으나 물건을 판매하는 데라면 어디서도 종종 벌어지는 일이었다. 다행히 도난 사건은 드물었다. 직원이 제품을 직접 들고 고객에게 보여주며 판매하는데다 곳곳에 CCTV가 설치되어 개념 없이 물건을 훔칠 대범한 도둑은 흔치 않았기 때문이다. 그런데 도난 사건이 터졌다. 게임 팩 하나가 어느 틈에 사라지고 없었다.

"같이 일하는 사람 의심하고 싶지 않은데 그 시간에 매장에 있던 사람이 설희씨가 유일하잖아. 하필 전기공사가 있어서 매장 CCTV 전선이 끊기는 바람에 영상도 확인할 길이 없고. 설비실에 요청해서 복도 CCTV를 겨우 봤는데 거기에서 자기가 퇴근하는 모습이 딱 찍혔어. 정황상…… 내가 무슨 말 하는지 알지?"

점장은 정황상이라고 강조하면서 설희를 훑어보았다. 그는 게임 팩을 설희가 훔쳤는지 다시 묻지 않았으나 그날도, 그다음날도 수상쩍은 시선은 그대로였고, 다른 동료들도 그와 다르지 않았다. 그리고 그 주가 지나기 전에 설희는 경찰서에 불려가 도난 사건과 관련해 조사를 받았다. 설희가 범인이라는 증거나 증인은 없었다. 경찰은 '혐의 없음(증거 불충분)'으로 검찰에 조사 결과를 넘겼으나 설희는 대리점 분위기와 점장의 압박으로 일을 그만두었다. 퇴직금은커녕 실업급여도 받을 수 없었다. 잡범이라는 꼬리표를 단 채 점장에게 어디에도 취직 못 하게 만들겠다는 악담을 듣고, 도난당한 게임 팩 가격 오십팔만원에 위로금을 보태 백만원을 대리점에 물어준 다음이었다.

사람을 거래하는 거라면…… 모델 사진에 집중한 그들을 지켜보던 설희는 불현듯 떠오르는 시나리오에 머리가 뜨거워졌다. 또 다시 범죄에 연루되어 하지 않은 잘못으로 피해를 보게 되는 건가. 이 상황을 어떻게 벗어나야 하나. 몇 달 전처럼 경찰서에서 자신을 범인으로 몰아 호출할까. 모든 걸 몰랐다고 부정하면 어떤 대가를 치르게 될까. 또 구석에 몰렸다는 생각에 설희는 혼란스러워 가슴이 답답했다.

설희는 룸에서 하는 모임을 서빙할 때마다 매니저에게 받은 삼십만원을 생각했다. 식당에서는 모임에 관해 비밀을 지키라고 할 뿐 모임에서 무엇을 하는지는 말해준 적이 없었다. 무엇이 문제인지도 모르고 일했으니 무죄를 인정받을 수 있을까. 혹은 몰랐어도 같이 했으니 방조죄에 해당할까. 아니면 공범이 된 건가. 주변을 둘러봤다. K는 약간의 미소를 띠며 아무 일도 없는 것처럼 손님의 시중을 들고 있었다. 식당은 궁지에 몰리면 자신 같은 종업원을 보호해주지는 않을 테다. 그렇다고 앞에 나서 저들에게 무슨 일을 벌이고 있느냐며 따질 상황은 아니었다. 사람들을 잘 지켜보다가 위험을 피하는 게 최선이었다.

코스의 마지막 메뉴를 낼 차례였다. 설희는 복잡한 속내를 들키지 않으려고 손님들의 시선을 피하며 복 지리 국물로 죽을 만들었다. 약간의 국물에 밥과 잘게 자른 당근, 부추를 넣고, 그 위로 간장 한 큰술을 부어 가열한 뒤에 달걀을 풀어 섞었다. 두 달째 비슷한 일을 하니 속이 시끄러워도 죽에 김가루를 뿌리면서 평소와 다름없이 일할 수 있었다. K는 설희가 죽을 담는 것을 보고는 무전기 호출을 받고 조용히 룸에서 나갔다.

설희는 밝은 조명이 눈을 찔러 인상을 찌푸렸다. 룸의 간접조명을 모두 켜자 눈앞에 하얀 장막이 내려왔다. 세 명의 경찰관 중 한 사람이 테이블 앞에 섰다. 그의 뒤로 두 명의 경찰관이 표정 없는 얼굴로 대기했다.

"여기 계신 분들은 손을 내리고 움직이지 마세요. 거부할 경우는 강제로 현장 점검에 들어가겠습니다."

젊은 여자가 항의하며 일어서려고 하자 앞에 선 경찰관이 목청을 높여 앉으라면서 둘을 제재했다. 삼십대 남녀가 자신들은 이유도 모르고 이곳에 나왔다며 변호사를 불러달라고 외칠 뿐 경찰관의 질문에 어떤 답도 하지 않았다. 뒤에 섰던 경찰관 두 명은 테이블 위의 잡지를 확인하고는 현장 사진을 찍은 뒤 그들이 가져온 누런 대봉투에 잡지를 담았다. 설희는 매니저에게 보고해야 한다는 생각에 몸을 황급히 뒤졌으나 핸드폰은 없었다. 중요한 모임이니 핸드폰은 사무실에 두고 가라는 매니저의 말에 마지막 테스트라는 사실을 상기하며 책상 위에 핸드폰을 반듯이 올려두고 온 터였다. 억울하게 당하지 않으려면 정신을 차려야 했다. 정식 유니폼을 입고 이름표를 단 설희는 경찰에게 '정황상' 가담자이거나 모임을 주최하는 사람으로 보일 터였다. 설희는 뒷걸음질을 쳐 출입문에 가까이 붙었다.

"거기 참고인, 아니 가담자로 보이는데 바로 조사할 거니까 대기하세요."

여자 경찰관이 설희의 앞을 막았다. 경찰관은 설희의 몸 어느 곳도 붙들지 않았고, 경찰봉이나 총으로 위협하지도 않았다. 그러나 설희는 앞이 가로막히는 것만으로도 겁을 먹고 자리에 주저앉았다. 또 어처구니없이 말려들었구나. 매니저도, 홀 반장도, 심지어 K나 조리실 종업원들도 보이지 않았다. 앞에서 소란이 벌어졌지만 귀가 먹먹해 뭐라고 하는지 잘 들리지 않았다.

그때 테이블 구석에 치워진 복어 회가 설희의 눈에 들어왔다.

학의 형상으로 날개를 활짝 편 모습이었다. 검은 다시마를 정교하게 깎아 부리를 만들고, 머리에 당근을 올려 진짜 학인 것처럼 생명감이 느껴졌다. 학의 꼬리는 복어의 지느러미로 장식돼 있었고, 활짝 편 날개는 핏물이 덜 빠져 붉은 기가 슬쩍 비쳤다. 독을 담은 복어의 지느러미와 피. 그것 때문에 종업원 중 누군가가 테이블에 올리지 않고 보이지 않게 구석에 밀어놓았을 것이다. 누가 손질이 잘못된 복어 회를 내왔을까? 설희는 이 식당의 어떤 사람이 일을 망치려고 했다는 사실에 씁쓸해져 웃음을 참았다.

설희는 아주 적은 양의 복어 독만 있으면 이곳에서 조용히 빠져나갈 수 있다는 사실을 알고 있다. 강호동이도 이거 한 방울이면 반나절이 안 돼서 훅 가버려요. 조리장의 말이 귓가에 맴돌았고, 그의 조언을 들어야 할 때가 지금이라는 생각이 들었다. 아주 현실적이고, 정황상 딱 맞아떨어지는 조언.

경찰관이 천장 가운데의 주 조명까지 켰다. 설희는 빛을 바라보다 눈이 부셔 고개를 숙였고, 테이블 밑의 복어 회에 시선을 멈췄다. 학의 날개에 조명의 빛이 닿아 날카롭게 반짝였다. 한밤, 등대의 불이 더욱 밝아지고 있었다.

인성에 비해 잘 풀린 사람

임
현
석

○
임현석
2022년 조선일보 신춘문예에 단편소설 「무료나눔 대화법」이 당선되어 작품활동을 시작했다.

회사에서 받은 차는 주행중에 바닥이 덜컹거리면서 튀었다. 중부권 화장품 가맹점을 도느라고 육 년 만에 주행거리가 이십칠만 킬로미터를 찍었는데도, 재무팀에선 아직 교체 연식이 되지 않았으니 고치면서 타라고 했다. 수리비를 회사에서 다 대주지 않느냐는 식이었다.

　언제 사고 나면 제 장례식에 육개장이라도 먹으러 와요. 이진영은 가맹점주들에게 그런 농담을 하곤 했다. 하여간 본사 놈들. 영업을 오래한 점주들은 덩달아 본사를 비난했다. 오랫동안 같이 고생한 가맹점 대신 온라인이랑 올리브영에 납품하는 게 말이 돼? 가맹점주들은 본사 판매 정책에 대한 불만으로 가득차 있던 터라 본사 욕이라면 한마디씩 보탰다.

진영은 푸념을 통해 자신이 점주와 같은 편이라는 인상을 심어주곤 했다. 넋두리엔 그런 효과가 있다는 걸 사회생활하며 일찌감치 알아차렸다. 그도 가맹점주가 푸념할 땐 고개를 끄덕였다. 그러나 진영의 일은 어디까지나 본사의 이익을 관철시키는 것이었다. 진영은 본사를 욕할 때에도 그 점을 결코 잊지 않았다.

저 오늘 또 죽을 뻔했다고요. 진영은 신규 프로모션이라며 선크림과 토너 샘플이 담긴 작은 박스를 건네면서 말했다. 이선영은 근 몇 달간 점주 중 처음으로 본사 욕을 하지 않은 사람이었다.

"위험해서 어떡해요. 본인 차로 운전하는 건 어때요?"

"차 없어요."

둘은 매장 밖으로 고개를 돌렸다. 2017년식 하얀색 스포티지가 못마땅한 눈빛을 받아내면서 거기 서 있었다. 겉보기엔 멀쩡한 차였다. 둘은 차만 한참 바라보았다. 진영이 침묵을 깼다.

"저 돈도 없어요." 그 말은 열두 평 매장 공기를 더 어색하게 만들었다. 이번엔 아예 해명해야 할 것만 같았다. "지난해 대출 풀로 끌어와서 화성시 신축 들어갔는데, 요즘 아파트값 보셨죠? 거지됐어요, 저."

"아파트값도 값인데, 금리가 너무 올라서……" 선영이 말했다.

"경제 잘 아시네, 젊은 분이."

진영은 서른일곱, 선영보다 고작 두 살 더 많을 뿐이지만 퇴직후 가게를 차리는 중장년 점주들을 상대하다가 애늙은이가 됐다.

미혼이면서, 점주에게 맞추느라 영어 유치원이나 초등학교 입학처럼 자식 교육 이야기도 주워섬겼다. 회사 일을 하다보니 노하우가 쌓였다. 젊은 축을 상대할 땐 젊은 사람이라고 반쯤 하대하는 편이 낫다는 게 진영의 생각이었다. 젊은 분이 그런 것도 알아요? 말로는 치켜주는 듯하면서.

"알죠. 저도 매장 얻으려고 대출 끌어와서⋯⋯"

"그럼 점주님도 차 없어요?"

"없죠. 버스 타고 다녀요."

"하긴 요즘은 충주도 버스 노선이 예전에 비하면 잘돼 있어요. 그죠?"

진영은 아직 안면이 충분히 트이지 않은 경우엔 상대 표정을 지켜보곤 했다. 반응이 좋지 않다면, 곧바로 과장되게 웃으면서 지난 말을 농담으로 돌려버리면 되었다. 얼어죽을 버스 노선, 웃자고 한 말이라며.

"맞아요. 예전엔 버스 놓치면 답이 없었죠."

선영은 파란색 유니폼 앞치마 주머니에 손을 찔러넣으면서 회상에 잠겼다. 예전엔 정말 그랬다고. 그럴 땐 오전 수업을 제치곤 했다고. 학교에 가는 대신 하릴없이 산성 주변을 걷거나, 음료수를 사 들고 벤치에 앉아 발을 가까이 대도 날아가지 않고 총총 걷는 새를 봤다며, 선영은 책임님도 그런 적이 있어요? 물었다.

"그죠. 그럴 때면 누구나 학교를 제치죠. 누구라도 그랬을 거예요."

아니, 그런 적은 없었다. 단 한 번도. 신규 점주에게 호감을 주고 비위를 맞추는 게 그의 일이었다. 재고분을 점포에 밀어넣고, 선영이 본사에 불만을 터뜨리지 않도록 관리하는 것까지도. 점주가 달뜬 채로 옛날 일을 돌이키는 동안 그는 고개를 끄덕여줬다.

"다음에 올 땐 판촉용 신제품 샘플을 더 가져올게요."

그건 오랫동안 반복해온 말이었다. 능숙한 점주일수록 그런 말을 들으면 웃고 만다. 곧 있을 그룹사 프로모션 때문에 어차피 나눠줘야 할 샘플이었다. 반면 어떤 점주들은 처음부터 턱없이 감격했다. 진영의 눈엔 그건 잘 속는 사람들의 특징이었다.

"젊은 분이 고생하시니까."

그러고 보니 그는 첫 만남 때에도 같은 말을 했다. 제가 이 점포 담당 이진영 책임입니다. 신규 가맹점 지원 기간이라 앞으로 석 달 동안은 매주 들를 겁니다. 이미 교육 받아서 아시겠지만 발주는 온라인으로 하시면 되고요. 보통은 판촉물도 택배로 보낼 텐데, 가끔은 직접 와서 점포별 프로모션용 판촉물 드리려고요. 본사 놈들은 몰라도 전 믿으세요. 마지막 말을 할 땐 손으로 입을 가렸다. 이 매장은 제가 더 신경쓰려고요. 젊은 분이 고생하시니까. 나도 점주님처럼 아무것도 모르던 때가 있었는데 마음이 짠하겠어요, 안 하겠어요. 그죠?

짠하긴. 옛날 일을 생각하면 미숙했던 시간들에 진저리가 났다. 그땐 항상 안절부절못했고, 모든 게 어색하기만 했다. 상사에게 '네 덕에 터미널점 점주 불만 잘 막은 거 같다'라는 카톡을 받고 어떻게 대답해야 할지 몰라서 갑작스레 갓길로 차선 변경을 했던 적도 있다. 그땐 진짜 사고를 낼 뻔했지만, 차를 세워두고 어떤 말을 할지만 오래 고르고 골랐다. '넵!' 한참 뒤에 나온 대답이 고작 그거였다. 옛날이란 그런 시간들로 채워져 있었다.

이젠 어리숙한 사람도 싫었다. 이미 지나쳐온 날들을 떠올리게 하니까. 샘플 챙겨준다는 말 고맙다면서 뭐라도 줄 게 없는지 찾느라 허둥지둥하는 선영을 보면서, 자신과는 맞지 않는다고 진영은 생각했다. 뭐라도 드려야 하는데. 선영은 중얼거렸다.

첫날엔 종이컵에 아몬드를 담아서 줬다. 그때도 선영은 분명 아몬드가 든 지퍼백을 매장 안에 뒀는데 어디로 갔는지 모르겠다면서 허둥지둥 찾았다. 까치발을 하고 선크림이나 샴푸가 놓인 진열대 선반들을 두리번거리기도 했다. 진영은 아몬드가 그런 데 있을 리 없다고 생각했다. 아몬드는 서랍 깊숙한 곳에서 발견됐다. 선영은 다이어트용으로 먹는다며, 절반 정도 채워져 있던 지퍼백을 열어서 종이컵에 아몬드를 따랐다. 이번엔 바나나 우유였다. 진영은 괜찮다며 고개를 내저었다. 에휴, 별것도 아닌데. 선영은 그의 손에 우유를 쥐여주었다. 진영은 혹시 빨대도 있느냐고 물었다.

어쩌자고 이런 데 매장을 차렸을까. 입지가 반인데. 아니, 전분

데. 그는 그 매장에 갈 때마다 생각했다. 신규 화장품 매장이 들어섰다는 말을 들었을 때, 충청권 신규 매장이 워낙 오랜만이라서 놀랐고, 찾아와서 보곤 또 놀랐다. 진영은 매장을 나올 때마다 일대를 두리번거렸다.

매장은 중규모 아파트 단지 후문이 난 샛길에 있었고 시장과 가까웠지만, 교통편이 몰리는 메인 도로는 아니었다. 그마저도 건어물이 유명한 시장이었다. 브랜드 콘셉트상 젊은 층을 잡아야만 하는데도, 직장인이나 학생 손님이 모이는 상권이 아니었다. 여긴 단골 많은 미용실이나 학원 정도가 맞지 않을까. 배후 빌라촌까지 감안하면 편의점 정도가 적당했을 것이다. 진영이 막상 그렇게 생각하고 주변을 둘러봤을 때 학원, 미용실들이 높은 층을 다 차지하고 있었다. 카페도 코너를 돌기 전에 테이크아웃 전문점 한 곳과 중저가 매장이 다 들어와 있고 CU와 세븐일레븐이 길 양쪽에 마주서 있었다.

이미 있을 건 다 들어와 있는 동네. 머릿속에 입지 조건이 그려졌다. 그래서 찾아낸 게 화장품인가? 사내 공지에선 점포 수가 줄더라도 자영업자가 하는 가맹점은 줄이고, 직영점을 늘리겠다고 하지 않았나. 그래야 올리브영 납품이나 본사가 운영하는 온라인몰 사업이 활발해진다면서, 이젠 점포가 하나씩 사라져도 어쩔 수 없는 일이라고 말이다. 회장도 신년사에서 결국 우린 온라인 사업으로 가야 한다고 했다. 가맹점주들은 어느덧 천덕꾸러기 취급을 받고 있었다. 그런 와중에도 영업본부 소속 가맹 파트는 여전히 신규 확장 실적을 내야 하는 모양이지. 이런 데서 장사한다고 해도 받아야 할 만큼?

그러고 보면 가맹점을 관리하는 영업관리팀도 그런 형편이긴 했다. 영업본부장은 말했다. 점포 매출 늘리기 어려운 건 알지만, 전년 대비 마이너스는 되지 말자고. 어떻게든 매출 방어하라고. 매장이 해마다 수십 개씩 사라지는데, 가능한 소리인가. 하여간 본사 놈들. 진영은 정말 점주처럼 넋두리했다. 사라지는 가게들을 최근에 너무 많이 봐왔다. 그걸 생각하면 마음이 뻐근해졌다.

새로운 매장은 어떨지. 초기 투자금 회수는 몇 년이나 걸릴까. 분명 한 해도 지나기 전에 불평이 나올 것이다. 제품비가 너무 비싸다고, 온라인만 신경쓰는 판매 정책 분명 문제 아니냐고 할 것이다. 본사가 점포로 안 돌리는 온라인 한정판 제품이 있다는 것도 알게 될 테고, 그게 다 뭐냐고 묻겠지. 그럼 진영은 매출까지도 포함해서, 가게 운영에 대한 책임은 온전히 점주에게 있다는 점을 분명하게 못박아야 할 것이다. 그전까진 장사가 기울더라도 달래야 할 테고. 세상일 모르니까 조금만 더 버텨보자면서. 그러나 진영은 버티다가 잘된 점포를 알지 못한다. 거기엔 분명 얼마간은 점주 잘못도 있다고 생각했다. 부주의하거나 무능한 사람들이 있기 마련이었다. 요령 없고 실력 없는 사람들. 안타깝지만 그들까지 구제할 방법은 없다고, 진영은 생각했다. 따지자면, 선영도 그런 범주에 들어갈 것이다.

최근 한 달간 지켜본 선영은 자주 허둥지둥했다. 어딘가에 무심히 둔 아몬드 지퍼백을 찾느라고, 선크림과 샴푸 테스터가 조금 틀어진 걸 보고 다급하게 바로잡아놓느라고, 손님에게 회원 정보인 전화번호 뒷자리를 두 번씩 물어보느라고, 카드 결제가 안 되자 전자기기 전원을 모조리 껐다가 다시 켜느라고. 매장을 들른 한 달 동안 그런 모습을 봐왔다. 문제없을까요? 저 손님 다시 오겠죠? 선영은 초조해했다. 진영은 걱정하지 말라고 했다. 그러나 손님이 정말 다시 들를지는 아무도 모르는 일이었다.

"거긴 잘될 거 같아?" 외근 없는 금요일 점심, 지하 구내식당에서 영업관리팀 김순오 중부파트장은 식판을 자리에 내려놓으면서 물었다. 진영이 미리 앉아서 잡아놓은 테이블이었다. 순오는 매출에 큰 영향 없는 신규 점포보다는 시내 쪽 대형 매장을 챙기라는 주문을 하면서도, 신규 매장이 화젯거리는 된다는 식이었다. 그 지역에 신규 점포가 들어선 건 거의 일 년 만이었다. 있던 점포도 줄어가는 판에 가맹점 신청하는 사람이 명물이긴 했다.

"솔직히 말씀드려요? 안될 거 같아요." 진영은 주변 입지를 설명했다. 거리에 젊은 사람들이 도무지 안 보인다고. 그거야 요즘은 어디 그 동네만 그런 거 아니잖아. 서울 명동도 그래. 순오는 반찬을 뒤적이면서 대꾸했다.

"일단 좀더 친해져봐. 초기에 갑자기 가게 접겠다고 나오면 결국 우리가 사정하는 수밖에 없어. 발주 관련해선 결국 우리 팀이 쪼이니까."

신규 점포에 대해서라면, 순오는 매출은 둘째치고 문제가 생기지 않기만을 바라는 쪽이었다. 그에겐 모든 점포가 잘 돌아간다고 본부장에게 보고하는 일만이 중요한 것 같았다. 그런 사람이었다.

장사 틀어지면 정말 별의별 일 다 있다고, 순오는 가맹점 얘기를 하다 곤잘 옛날 생각에 빠져들곤 했다. 젓가락엔 나물이 들려 있었다. "내가 매장 한쪽에 양파 놓고 파는 것도 봤어. 흙냄새가 어찌나 나던지. 자기 얼굴 봐서 눈감아달라는데 내가 겨우 말렸다."

순오는 그렇게 말하고선 파란색 셔츠에 음식이 튀지 않도록 목을 길게 빼고 식판 쪽으로 고개를 숙이면서 먹었다. 잘 다림질된 셔츠였다. 진영은 저 빳빳한 셔츠 깃을 볼 때마다 정답의 감각을 강하게 의식했다. 저항할 수 없는 정답의 영역.

진영은 신입사원 인사 배치 후 인사팀 직원을 따라 사무실에 처음 발을 디뎠을 때를 기억했다. 과장이던 순오는 그때도 저런 셔츠였다. 그는 진영과 악수한 뒤에 일어나선 넥타이가 삐뚤어졌다며 고쳐주고 어깨를 털어줬다. 신입사원이 뭐 이리 칠칠맞어. 순오는 그렇게 핀잔했다. 우리는 넥타이까지 차려 입는 풀 정장 말고, 비즈니스 캐주얼 정도면 충분해. 요새는 넥타이 보면 더 불편해하거든. 셔츠는 누가 다렸지? 아내가 다려줬나? 아 참, 미혼이

렸지. 그래, 와이프한테 안 혼나본 태가 풀풀 난다. 요즘은 셔츠 여러 벌 사서 세탁 맡기면 싸고 편해. 보통은 셔츠가 세탁소 미끼 상품이거든.

그는 늘 정답을 알고 있는 사람이었다. 푸념을 통해서 점주와 말을 트고 한번 호의적인 반응이 돌아온 말은 다른 점포에서 또 써먹으라는 건 순오에게 얻은 요령이었다.

회사 건물 밖에서 담배를 피우면서 순오는 말했다. 그렇게 어리 바리해서 어디 말이나 붙이겠어. 세상엔 다 요령이 있는 거야. 농 담이랑 인사말을 준비해. 반응 좋으면 계속 해. 그 말을 떠올릴 때 마다 진영은 정말 옳은 말이라며 인정할 수밖에 없었다.

진영은 수첩에다 말 붙이기 좋은 멘트를 적어가며 외웠고, 주 기적으로 반복했다. 이를테면 저 죽을 뻔했어요 같은 끔찍한 말도 인사말로 썼다. 하여간 본사 놈들! 진영이 말할 때마다 점주들이 고개를 내저었다. 미세먼지, 말도 마세요. 운전하면 앞이 캄캄하 다니까요. 진짜 난리예요. 그런 표현들. 처음엔 외우다시피 하다 보니 단어를 이어붙여서 숨가쁘게 발음했다. 그러다가 차츰 덜 어 색해졌다. 미세먼지, 거참, 환장하겠네. 안 그래요?

"안 그래요?"

진영은 손수건으로 입을 막고 콜록거렸다.

"진열대에도 먼지가 누렇게 끼는 것만 같아서 오전 내내 마른

걸레로 문질렀어요."

선영이 대답했다. 점주들은 대개 비슷했다. 진영은 바로 직전에 들른 다른 점포에서도 같은 말을 듣고 왔다.

진영은 판촉물 샘플 박스를 계산대 위에 올려놓았다. 재킷 안주머니에서 커터 칼을 꺼냈다. 테이프로 봉해진 박스의 양 모서리를 갈라서 윗부분이 조금 뜨게 한 다음 날개를 비틀었다. 테이프는 손으로 마저 뜯었다. 내용물이 상하지 않게 물건을 꺼내는 요령이었다. 포스터와 수분크림 샘플이었다.

"제가 몇 개 더 챙겨왔어요." 진영이 이번에도 손으로 입을 가리면서 말했다. 집에도 좀 가져가요. 알바생도 좀 챙겨주시고. 진영은 윙크를 했다. 그건 전혀 능숙하지 못해서, 한쪽 눈을 감을 때 입가도 눈가로 딸려오며 헤벌쭉 벌어졌다. 순오가 점주와 친해지는 방법이라며 알려준 것이었다. 거기만 특별히 혜택 주는 것처럼 해. 윙크를 하든 소곤거리든 도와줬다는 거 은근히 티 내고.

"알바생 없어요. 주말 오후에 잠깐씩 알바 해줄 사람 찾는데 시간이 너무 짧아서인지, 하겠다는 사람이 잘 없네요."

"돈 벌려면 없는 게 낫죠." 알바생 따위. 진영은 아무래도 좋았다.

포스터를 펼치자, 오른쪽 얼굴이 부각되도록 클로즈업한 단발머리 모델이 나타났다. 브랜드 컬러인 파란색을 배경으로 붉은빛이 도는 진갈색 염색 머리의 모델이었다. 뭐랄까, 참 그거 되게 부조화스럽네. 진영은 생각했다. 진영의 눈엔 가맹점 매출이 꺾이면서 회사가 가맹점 사업에 제대로 투자하지 않는 것처럼 보였다. 모든 것이 애매하고 어색해지고 있었다. 무엇보다 최근 모델들은 너무 인상이 강해서 청량한 브랜드 콘셉트랑 잘 맞지 않아 보였다.

선영은 광고 모델이 아이돌 가수라고 했다. 노래 들어보셨어요? 선영이 묻고. 요즘은 옛날 노래만 들어서요. 진영이 대답했다. 싸이월드 배경음악이 뭐였어요? 그러나 진영은 그걸 대답하는 게 멋쩍게 느껴졌다.

"점주님은 뭐였는데요?"

"빅뱅요."

"점주님 또래는 그땐 다들 빅뱅이었죠. 전 하도 오래돼서 기억 안 나요."

아니, 소녀시대였다. 진영은 풍선을 들고 팬미팅에도 갔다. 그러나 그는 자기 이야기는 하고 싶지 않았다. 그저 실없이 맞장구만 치고 싶었다. 그러나 진영은 예전 일을 떠올리는 바람에 자신도 모르게 〈다시 만난 세계〉를 흥얼거렸다. 빅뱅을 흥얼거리는 선영과는 음이 맞지 않았다. 오후는 이상한 화음으로 흘러갔다. 진영은 계산대 왼편에 기댄 채로, 선영은 계산대 안쪽에 선 채로 가게 앞 거리를 바라보았다. 낮 시간대엔 사람보다 차가 더 많이 지나가는 동네였다.

진영은 매장 안을 점검했다. 제품 재고는 충분한가요? 선크림은 이제 더 많이 팔리기 시작할 텐데, 미리 챙겨놓으시는 게 좋을 거 같아요. 진영은 진열장을 살피기 위해 매장을 어슬렁거렸다. 신발이 끌릴 땐 하얀 타일 바닥에서 뽀드득 소리가 났다.

"장사는 처음예요?" 진영은 무심히 물었다.

"처음이죠. 여성복 디자이너였어요. 서울에 있는 골프복 회사에서 여성용 니트 했거든요."

"그렇군요." 진영은 심각한 표정을 하고 턱 주위를 매만졌다. "장사 만만치 않습니다. 초심 잃지 마세요."

가끔씩은 아무 조언이든 경고든 해. 머리 꼭대기에 있는 사람처럼 굴어. 때론 장사든 세상이든 다 아는 것처럼. 역시 순오가 알려준 관리법이었다. 그러다가 무슨 하소연이든 하면 다 받아주고. 우리도 죽는소리할 땐 그쪽도 받아줘야 한다는 걸 알려주는 거지. 순오는 점주 마음속에 수시로 빚을 얹으라고 했다. 진영은 점주를 괜히 겁주는 것 같아서 그런 말이 사회생활 초반엔 입에서 잘 떨어지지 않았다. 더구나 그땐 너무 어리기도 했으니까. 그러나 진영은 점차 사회생활에선 무능해서 비웃음을 사느니, 약간은 비열한 게 더 낫다고 생각하게 됐다.

"맞아요. 장사 만만치 않죠. 만만치가 않네요." 선영은 넋두리했다.

그때 유리문 위에 달린 벨이 울렸다. 대학생 나이쯤으로 보이는 여자 손님이었다. 진영은 계산대에서 비켜섰다. 뒷짐을 진 채로 진열대 쪽으로 옮겨가선 선크림을 들었다가 놨다 했다. 그는 멀찍이 거리를 유지하느라고 손님과 가장 먼 매대 쪽으로만 움직였다. 마침 로션에 손이 닿아 흔들어보기도 했다. 그러면서 선영 쪽을 힐끔거렸다.

지성 피부엔 금방 스며드는 이 제품이 더 좋아요. 선영이 손님에게 설명했다. 체크 리스트대로였다. 제대로 외우지 못하고 버벅거리던 첫 한 달보단 나았다. 이젠 안내 멘트가 입에 조금씩 붙는 듯했다. 이걸로 할게요. 진영의 등뒤에서 회원번호를 묻고, 전화번호 뒷자리를 말하는 소리가 들렸다. 선영은 이번엔 되묻지 않고, 한 번에 제대로 해냈다. 접객 매뉴얼상으로는 구매 이력이 있는지 확인하는 게 먼저지만, 그 정도 틀리는 건 큰 흠은 아니었다. 고객님, 오늘도 행복한 하루 되시고요. 또 찾아주세요. 선영이 한 토씨도 틀리지 않겠다며 반복해서 외운 인사 멘트였다.

계산을 마친 손님이 나가려고 헛기침으로 신호를 줬다. 유리문을 닦는 시늉을 하던 그가 화들짝 놀라서 비켜섰다. 선영이 계산대에서 나와서 그에게 다가왔다. 이번엔 선영이 한 손으로 입을 가리고, 속삭이듯 말했다.

"오늘 첫 손님예요."

진영은 엄지손가락을 들어 보였다. 제가 이렇게 하는 거라고 했잖아요. 잘하셨어요. 그러나 선영은 접객 매뉴얼대로 했을 뿐이었다. 진영이 특별히 해준 조언 같은 건 없었다.

"장사 잘될 거 같죠?" 선영이 소곤거렸다.

"그럼요, 잘되죠." 진영은 이번엔 그래야 할 이유가 없다는 걸 알면서도, 같이 목소리를 낮췄다. 잘되죠. 잘될 겁니다. 입 밖에 낸 말은 어쩐지 주문처럼 들리기도 했다. 물론 잘되면 좋은 일이었다.

오전 회의가 끝나고 순오는 핸드폰을 왼쪽 볼과 어깨에 거의 끼운 채로, 복도를 걸으면서 통화했다. 아니, 아무리 친한 지인 간이어도 그렇죠. 목소리는 일순 높아졌다가, 다시 은근하게 달래는 듯한 톤으로 돌아왔다. 점포 양수 양도 하려면 가맹비는 다시 내셔야 해요, 점주님. 본사 정책이 그래요. 순오는 화장실에서 나오던 진영과 눈이 마주치자 수화부를 막으면서 입 모양으로 말했다. 또 그 사람이야, 그 사람. 순오는 눈을 찡그리면서 혀를 내두르는 시늉도 했다. 지인에게 가게 양도하고 차라리 아파트 경비원이라도 하러 가겠다던 중년 남성 점주일 것이다. 진영은 그 남자에 대해 들은 적이 있었다.

"아니, 요샌 점포 접어도 아쉬울 거 없다는 판이라니까요. 아니, 본사 놈들은 나도 싫어요." 순오의 목소리가 다시 높아졌다. 마침 복도를 지나던 이커머스 본부 직원들이 방금 말에 힐끔 놀라 쳐다보자 순오도 움찔했다. "아니, 지금 제가 도와드리려는 거잖아요, 점주님."

영업사원은 일주일 근무 시간 중 절반을 현장에서 보내야 했다.

보통은 오전 회의가 끝나자마자 매장으로 나갔다. 차를 끌고 나가기 전, 진영과 순오는 테이크아웃 전문점까지 걸어서 커피를 사왔다. 순오는 언제나 속에서 화가 치밀어오른다면서 아이스 아메리카노만 마셨다. 너도 일하려면 천불나지? 내가 사는 거니까 아이스로 해. 순오는 키오스크 앞에서 조작법을 몰라 머리를 긁적이다가, 그냥 주문 수량을 하나 더 추가했다. 진영의 손에 턱하니 같은 음료를 들려주었다.

둘은 걸으면서 몇몇 점포를 흉봤다. 어느 매장은 쥐라도 있나, 패키지 가장자리가 찌그러지거나 뜯긴 채로 반품 보내온다며 순오가 투덜거렸다. 꼭 클렌징 오일만 반품하는 점포와 유독 선크림 샘플만 더 달라고 하는 점포를 씹을 땐 진영과 순오 사이에 공감대가 형성됐다. 꼭 그렇더라고요. 제 담당 매장도 선크림만 그래요. 진영이 말하고. 우리가 선크림을 잘 만드나봐. 아내도 꼭 그것만 써. 순오가 말했다. 선크림 사지 말고, 회사 몰래 샘플 다 쓸어오래. 말하다보면 꼭 그렇게 순오는 가족 얘기로만 흘러갔다.

가족과 관련해선 어떤 주제를 입에 올리든 순오가 막바지에 할 말은 늘 정해져 있었다. 뭐, 내가 결정하나. 마누라가 하자는 대로 해야지. 살다보니까 가족 말 듣는 게 정답이더라. 그 말을 들을 때 진영은 정말 그런가, 생각했다. 확신하지 못하면서도, 수첩에 적어놓고 점주들에게 말하곤 했다. 가족 말 들으세요, 점주님.

진열 방식 관련해선 사모님 말 좀 들으세요. 센스는 사모님이 훨씬 더 나아요. 누가 그렇게 장사하는 진열대 쪽에 물건을 박스째로 꺼내놔요. 사모님 말이 백번 맞지. 아드님 말씀 들으세요. 요즘은 할인 쿠폰도 다 앱으로 뿌린다니까요. 포스기가 안 되시면 아드님한테 도와달라고 해보세요. 잠깐 놀러온 아드님은 보자마자 바로 알더만. 말을 안 들어요? 에이, 뭘 그래요. 타이르면서 하면 되지. 그래도 가족예요.

　그렇게 말할 때 진영의 마음이 텅 비어 있다는 걸 눈치채는 사람은 없었다. 어떤 이들은 가족의 호의에 기대고, 서로에게 필요한 조언들을 하며 단단하게 얽힌다는 걸 진영도 머리로는 이해했다. 그러나 그는 언제나 자신이 속했던 세계의 풍경만을 떠올릴 수 있을 뿐이었다. 그 세계엔 마트에서 캐셔로 일하는 어머니와 주물 공장에서 공장장이라는 허울 좋은 직함을 달았으나 봉급이 오르지 않는 아버지가 있다. 진영은 그들을 보는 동안 삶이란 성장의 축적이 아니라 그저 그때그때 문제를 안고 육박하는 것일 뿐이며, 어떤 삶은 개선되지 않고 줄곧 서툰 채로 흘러만 간다는 결론을 내렸다. 그리고 그는 그 세계를 실감할 때 진저리쳤다.

　가끔 찾아갈 때마다 그들은 주식 같은 허튼짓 하지 말고, 같은 말을 당부처럼 했다. 지방대 출신이 그런 좋은 회사 가기 어디 쉽냐. 대기업 가고 잘 풀렸지. 엄마는 그렇게 말했다. 잘 풀리긴. 현장 업무 이렇게 오래 뛰는 것을 누가 좋아한다고. 사회에서 버티려면 어떤 노력을 해야 하는지, 아무것도 모르는 사람들. 진영은 자기네 조언이 무슨 도움이라도 되는 것처럼 여기는 부모가 영 마땅치 않았고, 속으로 비웃었다. 진영은 그곳을 빠져나올 때마다 어떤 고양감을 느꼈다. 자신이 벗어난 세계를 돌아보면, 안도가 되기 때문이었다.

선영의 세계는 점포 안에 있다. 선영이 손님과 대화하는 걸 보면서 진영은 밖에 차를 대고 잠시 기다렸다. 운전석을 뒤로 젖히고 안전벨트를 푼 다음 머리 뒤에 손을 얹으면서 몸을 뉘었다. 선영이 제대로 해내고 있을까. 이번엔 손님을 보자마자 핸드폰 번호 뒷자리부터 물어봤길. 이전에 우리 제품 산 이력이 있다면 같은 피부 타입 라인업 신제품을 추천했길. 회원 정보는 여러 번 묻지 않고 이번에도 한 번만 물었길. 쿠폰이랑 판촉물 주고, 최근 육 개월간 두 번 구매한 사람이라면 특히 더 신경썼길. 세 번. 그 숫자가 중요했다. 짧은 기간 그 이상 구매했다는 건 반드시 점포를 다시 찾을 거란 의미니까.

선영과 손님의 대화는 예상보다 길어졌고, 진영은 핸드폰으로 짧은 동영상을 꽤 오래 본 다음 검은색 터틀넥 니트를 입은 좀전의 손님이 길가로 걸어나가는 뒷모습을 봤다. 육십대? 나이가 꽤 있는 여자 손님이었다. 그녀가 든 종이봉투가 꽤 묵직해 보였다.

"이번에도 해냈군요." 진영은 매장에 들어서면서, 마치 훌륭한 공격수를 보는 축구 감독처럼 두 주먹을 불끈 쥐어 보였다. 세상

물정 잘 모르는 어르신들은 눈탱이 쳐서 다짜고짜 많이 팔아넘기기 좋은 법이다. 벌써 그걸 깨달았다는 건 센스가 남다른 거다, 그렇게 칭찬했다. 장사도 다 요령이라며.

"방금 나가신 분, 저희 엄마예요." 선영은 말했다.

"아, 그렇구나. 어쩐지 닮았더라." 진영은 생각을 가다듬었다. "저희 제품은 어린 친구들이 좋아하는데, 어머님 젊게 사시는 모습이 방금 되게 보기 좋아 보였어요."

"저랑 별로 안 닮았는데."

선영은 아직도 누가 거기 있기라도 한 것처럼 매장 바깥의 한 점을 오래 바라보았다. 거긴 멀찍이 건물이 보일 뿐인, 빈 곳이었다. 그런 선영에게 진영은 말했다. 가족들이 물건도 사주고 그러는 거라며, 든든한 격려 받아서 좋겠다고.

"아뇨, 사실 우리 제품 필요 없으시거든요. 집에 가면 물건이 얼마나 쌓여 있는데. 지금도 시장 돌면서 화장품 방문판매 하세요. 엄마는 단골만 관리해도 벌 만하시대요."

선영의 마음속에선 지난 삶의 어떤 구간이 되풀이되고 있는 듯했다. 어머니와의 기억을 꺼내놓기 시작했으니까. 어릴 때 어머니에게 받은 용돈도 액수가 꽤 되었다고. 엄마 혼자 벌어도 괜찮구나, 아빠가 없어도 괜찮다고 생각했다고. 아직 학생일 때 엄마가 할 거 없으면 이거라도 하라던 말이 농담 같아도 얼마나 힘이 세던지, 그 말에 자기도 모르는 새 딸려온 것 같다고 했다. 그런 회상 끝에 선영은 어머니의 장사 수완에 대해 한마디로 말했다.

"하지만 저 같으면 그렇게 비위 못 맞춰요."

진영은 그동안 숱한 사람을 만나오며 그들이 좋아할 만한 말과 돌아오는 반응을 축적해왔다. 그리고 어떤 말은 여러 번 되풀이했다. 하지만 그렇게 오랫동안 반복해온 말과 표현과는 상반되는 순간들을 마주칠 때가 더러 있었다. 가족 말이 맞아요, 가족 말씀 들으세요, 같은 말들이 엮어서 구획하고 포괄하는 영역의 먼 바깥. 저도 그랬어요, 라고 공감할 수도 없는 그냥 선영의 삶.

이 일을 하다보면 자신이 알고 있는 좌표 밖에도 가끔 점이 찍혔다. 진영은 방문판매에 대해선 잘 몰랐다. 자신이 모르는 세계를 마주칠 때마다 말이 떨어지지 않았다. 선영은 말했다. "물건 넣어주고 외상 장부에 달아놓은 다음, 나중에 돈 받으러 다니는 것도 못할 일이죠. 거의 전쟁이라니까요."

진영이 볼 때, 선영은 자주 그리고 쉽게 추억에 잠기는 사람이었다. 회상에 빠질 때마다 선영은 길가 쪽으로 시선을 옮겼다. 진영도 같은 곳을 봤다. 그러곤 자신이 세부를 이해하지 못하는 다른 삶에 대해서 잠시 생각했다. 바깥에선 야쿠르트 아주머니가 탄 전동 카트가 일정한 속도로 길을 지나갔다. 맞은편 건물 앞엔 택배 차가 세워져 있고 택배 기사가 생수통 번들을 나르고 있었다. 모두 길 위에서였다.

방문은 매주 계속됐다. 매장 오픈 두 달째가 넘어갔다. 진영은 이번엔 서류철을 들고 들어섰다. 계산대 위에 서류를 내려놓더니, 몇 장 넘기면서 이달 매출 계획과 실적을 비교했다. 선영도 서류를 보면서 말했다. 기초 수분 제품이 많이 팔리긴 해요. 에센스랑 세럼을 팔아야 하는데, 그건 너무 안 나가구. 그 말처럼 실적이 한참 부족했다. 그럴 때면 진영이 할 수 있는 말은 하나였다. 잘될 겁니다. 잘되겠죠.

그는 계산대 안쪽에 있던 먼지털이를 꺼내와서 하릴없이 진열장을 털기도 했다. 그가 팩 쪽에서 서성일 때, 선영이 말했다. 우리 팩이랑 마스크도 진짜 좋은데. 제가 어렸을 때부터 이 팩 썼거든요. 이거 친구들이랑 같이 했다가 너무 좋아서, 지금까지 줄곧 색조 빼곤 여기 거만 써요. 가게 차릴 때도 그래서 여기로 한 거예요. 진영은 그 말을 듣고 놀란 표정이 됐다.

진영은 구내식당에서 숟가락을 내려놓고 순오에게 물었다. "우리 화장품 좋아하세요?"

"좋으니까 다니지."

"아뇨, 직장 말고 제품. 화장품. 잘 팔리고 말고를 떠나서, 그냥 좋아할 수도 있어요?"

"안 팔리면 왜 좋겠어."

진영도 같은 생각이었다. 점주에게 너무 좋은 물건이라고 설득하는 것도 영업관리직 일이었다. 주문 좀 늘려주세요. 그런 당부와 함께. 진영은 새삼스러운 기분에 휩싸였다. 선영에겐 뚜렷하고 선명한 감각이 자신에겐 없었다. 경험과 취향이 뒤엉킨 애호의 감정이, 기술력과 품질과는 명백히 다른 마음의 자리가. 마음이라니.

수분크림 신제품이 나왔다. 진영은 샘플을 뜯어 짜낸 크림을 자기 팔목 위로 옮겨온 뒤에 손가락으로 원을 그리듯 문지르며 보세요, 했다. 꾸덕하니, 크림치즈 같죠? 진영은 신제품 소개 매뉴얼에 담긴 내용을 외우다시피 했다. 꾸덕꾸덕. 이 표현 잊지 마세요. 손님한테도 그렇게 설명하면 좋아요. 유분기 없이 푸석해지는 분들에게 추천해주시고.

"교육팀이 온라인 강의로 설명해주는 내용은 봐도 어렵잖아요. 옛날엔 교육팀도 다 매장 돌아다니면서 직접 설명해주곤 했는데 정말 정 없다. 그죠. 요샌 저처럼 찾아와서 설명해주는 사람도 없다니까요." 수시로 생색낼 것. 순오가 해준 조언이었다. "다른 매장 같으면 내가 이렇게 안 해. 근데 젊은 분이 고생하니까."

진영은 입가에 미소를 띤 채로, 그러나 실은 외워놓은 표현을 숨가쁘게 몰아서 읊다시피 했다. 발음이 뭉개져서, 선영 귀엔 '정말 정 없다'가 '젊다, 젊다'로 들렸는데, 한때 교육팀도 젊은 시절이 있었는데 이젠 다 늙어서 못 온다는 말인가 싶었다. 그게 아련하게 들렸다. 슬프네요. 선영은 말했다. 진영은 전혀 그럴 일이 아네요, 하면서 손을 휘휘 저었다. 슬프다니. 어떤 점에서? 보통은 고맙다고 말하는 게 정답일 텐데. 그는 자신이 뭘 실수했는지 잠시 생각해봤지만, 알 수 없었다.

"한번 따라 해보세요."

선영은 샘플에서 크림을 쭉 짜서, 검지와 중지 위에 올렸다. 그러곤 크림을 발라 이미 번들거리는 진영의 팔목을 들어올리고선, 다짜고짜 크림을 발랐다. 진영은 그 차가운 감촉에 화들짝 놀랐다. 눈이 커진 표정을 보고 선영이 말했다. "따라 해보라고 하셔서……"

"아뇨 점주님. 자기 팔에 직접 발라보시면서, 손님 있다 생각하고 설명해보세요. 이거 참 꾸덕꾸덕하다, 말씀하시면서요."

선영은 다시 크림을 짜 자기 팔목에 얹었다. 그리고 문지르자 유분기로 반짝거렸다. 정맥의 푸른빛이 드러나도록 하얀 팔이었다. 참 꾸덕꾸덕하죠? 크림치즈처럼 뻑뻑하니 밀도가 높아요. 선영이 가상의 손님을 상대하며 설명했다. 그곳엔 그 둘 말곤 아무도 없었다. 신제품 설명에 아무런 호응도 대꾸도 돌아오지 않는 적막이 길어졌다. 천장 조명이 하얀 바닥에 쨍하게 비쳤고, 신제품의 화한 냄새가 둘의 팔뚝에서 풍겼다.

"좋네요." 진영은 자신이 손님 역할을 해야 한다는 걸 깨달았다.

"진짜 손님이라면 좋네요, 같은 말은 안 할 거예요." 선영이 피식했다. 그럼 무슨 말을 했어야 할까. 진짜 손님은 뭐라고 해요? 진영이 물었다. 오우, 진짜 수분감이 좋네요. 싸악 흡수하고. 선영이 대답했다.

"오우, 와우. 진짜 수분감이 장난 아니네요. 싹 흡수하잖아요. 제 팔뚝 보세요." 진영이 팔을 드러내면서 말했다.

"많이 건조하신 타입인가봐요. 회원번호가 어떻게 되세요? 전화번호 뒷자리요." 선영이 접객 매뉴얼대로 대응했다.

그 순간 진영은 자신의 팔목을 들여다봤다. 크림 제형의 화장품이 묽은 기운 같은 것을 남기며 조금씩 스며들고 있었다.

"저기 고객님? 전화번호요. 아 참, 저번에 선크림 사셨죠. 이제 기억난다." 선영은 수완 좋은 점주 연기를 계속했다.

진영은 운전을 해 집으로 돌아가고 있었다. 한밤의 고속도로에 들어설 때, 왼쪽 사이드 미러를 보면서 깜빡이를 켰다. 차는 차선을 여러 번 교차하며 달려나갔다. 이곳에서, 저곳으로. 그러다가 먼 곳으로 한없이 이어지는 도로 위 선들을 보면서 그는 어딘가에 진입하거나 빠져나가고 있다는 실감에 사무쳤다. 여기 세계는 모두 평행선에 놓여 있다. 무수히 나아가거나 어딘가에 머무는 다른 차들과 함께.

앞유리에 빗방울이 후두둑 맺히자 그는 와이퍼를 작동시켰다. 블레이드가 규칙적으로 움직이며 빗물을 닦아냈다. 그 순간 그는 정확한 의미를 모르는 채로 반복되는 일들, 되풀이되는 농담과 대화들을 생각했다. 잘될 겁니다. 그런 말들. 그는 집으로 돌아가서 메모해야겠다고 생각했다. 신규 점주에게도 잘 먹힌 농담, 안부, 위로를. 그는 선영에게 했던 것처럼 기억나는 대로 모두 중얼거렸다. 그럼요. 잘될 겁니다. 예전엔 정말 그랬어요. 근데 젊은 분이 고생하니까.

길게 뻗은 도로를 주행하다가, 고속도로 휴게소에 차를 대고 저녁으로 오징어 핫바를 베어먹다가, 집으로 돌아와서 수첩에 신규 점주 인덱스를 채워넣다가, 불을 끄고 누운 채로 어렴풋이 형태를 드러내는 천장을 보다가, 진영은 그런 말들을 되풀이했다. 그럼요. 잘될 겁니다. 거짓말 아녜요. 정말입니다. 고생하시니까. 짠하잖아요.

진영은 진열대와 양쪽 수납장에 간격을 두고 채워진 제품들을 쓱 훑어보았다. 가로세로 교차하는 선반 위에 고객 동선을 따라 기초 스킨케어, 메이크업, 남성용 라인업, 화장 도구들이 반듯하게 배치돼 있었다. 바닥엔 아무런 흠집이나 얼룩이 없었다. 파란색 앞치마도 더할 수 없이 깔끔했다. 진영은 그만하면 됐다는 의미에서 엄지를 들어 보였다. 선영은 앞치마 주머니에 두 손을 끼워넣은 채로 흐뭇한 표정을 지어 보였다. 개업하고 벌써 석 달이 지났다. 신규 가맹점 지원 기간은 그날이 마지막이었다.

그동안 별일 없었느냐고 진영이 물었고. 선영은 어디까지가 별일인지 가늠하느라 잠시 생각에 잠겼다. 며칠 전에 천장에서 물이

샜어요. 위층 이탈리아 레스토랑에서 배관을 잘못 건드렸거든요. 철물점 아저씨 부르고 난리도 아니었네요. 다행히 바로잡긴 했는데, 장사를 하루 공쳤어요.

저런, 진영은 딱하다는 표정을 지었다. 말씀하시지 그러셨어요. 하지만 그가 그 자리에 있었다고 해도, 고개를 든 채로 무기력하게 물이 번지는 걸 보는 것 말고는 달리 할 수 있는 건 없었을 것이었다. 다행히도 선영이 이미 벌어진 일을 감당하고 해결한 뒤였다.

"에이 뭘 연락까지 할 정돈 아녔어요. 어차피 다 해결될 일인데. 다른 점포들도 종종 그런 일 있죠?" 선영이 묻고, 진영은 끄덕였다. 정확히 말하자면 그렇기도 했고, 아니기도 했다. 물이 새는 건 흔한 일은 아니었지만, 난데없는 일이 속수무책으로 벌어지기도 하냐고 묻는 거라면, 그랬다.

매뉴얼엔 손님을 어떻게 맞을지만 나와 있다. 회원번호가 없는 상황엔, 피부를 보면서 제품을 추천해야 한다. 하지만 장사는 그런 일만 있는 것은 아니다. 점주들의 하소연을 듣다보면, 언제나 매뉴얼을 넘어서는 일이 벌어지고 있었다.

여기가 혹시 술집이냐고 묻는 주정뱅이가 들어오고, 누군가 매일 새벽에 컵라면을 먹고 문 앞에 놓고 가서 점포 오픈할 때마다 쓰레기를 발견하고, 담배를 꼭 그 앞에서만 피우는 무리가 있고, 정말 저 포스터 모델이 이 브랜드 쓸 것 같냐면서 빈정대는 손님을 마주하거나 테스터 제품 대신 포장이 뜯긴 제품을 뒤늦게 발견하는, 그런 일들이 벌어진다.

"흔하다면 흔하고 이상하다면 이상한 일이 일어날 거예요." 진영은 무슨 말을 해야 할지 잠시 고민했다. "그땐 너무 놀라지도 말고, 마음 상하지도 마세요."

훗날 그는 점포를 돌기 위해 운전하며 라디오를 듣다가 이 순간을 떠올리게 된다. 지도에 없는 곳에서 항해를 계속해온 당신에게. 진행자 소개 멘트가 끝난 다음 빅뱅이 흘러나왔다. 음악을 듣는 동안 진영은 생각했다. 더 나은 위안과 응원을 건넸어야 했던 게 아니었을까.

그러나 그는 누군가를 진심으로 응원하고 위안을 건네는 요령 같은 건 배운 적이 없었고. 무슨 일이 생겨도 너무 놀라지 말라는 말밖엔 그때 달리 할말이 없었다.

지금도 충분히 잘하고 있다고 말했어야 했던 것일까? 잘될 겁니다는 어땠을까? 그건 오랫동안 반복해온 말이었다. 하지만 그땐 진영의 입이 쉽사리 떼어지질 않았다. 최선의 호의를 담고 싶어서 말을 고르고 골랐다. 그가 그날 가게를 나오면서 했던 말은 이랬다. "잘 버텨야죠, 뭐."

진영은 그 순간을 돌이켜볼 때마다. 이상하게도 유빙이라는 단어가 함께 떠오르곤 했다. 바다 위를 떠도는 얼음 조각. 어째서 그런 말이 생각나는지는 알 수 없었다. 세상에 둥둥 떠도는 것이 있다는 사실이 왜 문득 생각나는 걸까. 둥둥.

진영은 차에 타기 전 매장 안에 있는 선영과 눈인사를 나누다가 미소 지었다. 그는 어색할 때에도 웃고, 점주를 상대하는 요령을 떠올리면서도 웃고, 기뻐서도 웃었다. 방금 웃은 건 어디에 해당하는지 잠시 궁금해졌다. 그동안 익혀온 지침과 노하우에 따라 마지막까지 제법 꽤 잘 웃는 표정을 지은 것이라면, 그랬다면 할일을 다 했다는 의미였다. 그는 가게를 막 나가기 전 선영이 쥐여준 바나나 우유를 한 손에 들고 핸들을 돌려, 차를 조심스럽게 도로 쪽으로 빼냈다.

그 무렵 회사는 난리도 아니었다. 리브랜딩 바람이 불었고, 조직 개편이 있었다. 온라인 사업 비중을 키운다면서 이커머스 본부는 팀을 더 키웠다. 영업본부는 지역 조직을 다 통합하며 축소시켰다. 몇 명은 교육팀으로 넘어가기도 했다. 그게 싫어서 퇴사하는 사람도 있었다. 퇴사자 대부분은 미리 이직 자리를 알아봐둔 부장급 이상 연차였다. 낮은 연차 직원들 중에선 매출 실적에 치이는 영업보다는 교육이 낫지 않냐는 반응도 적지 않았다. 진영은 다른 본부로 이동하는 후배 직원을 복도에서 만났다. 둘은 안부를 물었고, 진영은 후배의 어깨를 다독였다.

진영과 순오는 같은 부서에 남았다. 하지만 승진 자리는 이제 없는 거지. 순오는 말했다. 팀장 자리는 세 자리에서 한 자리로 줄었다. 이제 더는 올라갈 데가 없는 거야. 그건 너도 알고 있어. 좋은 자리 있으면 옮겨갈 생각 하고. 그러나 진영은 새로운 업무와 자리에서 적응한다는 게 도무지 쉽지 않을 것만 같았다. 다녀야 죠, 뭐. 진영은 말했다. 다녀야지. 순오는 그거야 당연한 것 아니 겠냐는 식이었다.

조직 개편 후 첫 본부 회식이었다. 방문이 열고 닫히는 고깃집 이었다. 방은 스무 명이 들어가니 꽉 찼다. 본부장이 메뉴판을 보 다가 종업원에게 건네면서 소 안심 등심 섞어서 달라고 했다. 식 당 직원들이 문을 여닫고 와선 고기를 구웠다. 본부장이 직원들의 첫 잔을 돌아가며 따르고, 고생 많다면서 건배를 제의했다. 자리 에 모인 직원 모두 잔을 들어 맞부딪쳤다. 자기 차례가 되어 진영 은 외워두었던 건배사를 한 음절씩 끊어 말했다.

우리 일이 쉬운 편은 아니잖아. 솔직히. 본부장은 말했다. 술기 운이 돌고 회식 자리가 너무 시끄러워서 그의 말에 집중하는 사람 은 없었다. 근데 점포가 줄어들수록 직원 개개인에게 돌아가는 업 무 부담은 더 커질 거야. 점주들은 언제든지 화낼 준비가 돼 있으 니 꼭 잘 막으라고. 본부장은 맞은편을 바라보았다. 진영이 거기 있었다.

"가만 보면, 매장에 일이 별로 많지 않아서 그런 거 아닌가 싶 기도 해. 생각해봐. 치킨 프랜차이즈 쪽 점주들은 불만 터뜨릴 새 도 없어. 일하기 바쁘거든. 일이 너무 편해도 문제라니까."

본부장은 그렇게 말하곤 주위를 돌아보며 사람 좋게 히죽거렸다. 그거 재미있다는 듯이. 다른 부서원들은 무슨 말인지 제대로 듣지 못한 채로 따라 웃었다. 진영은 웃지 않았다. 웃는다는 게 어떤 의미인지 알고 있기 때문이었다. 잘 웃을 것. 그냥 웃을 것. 그래야 인성 좋아 보여. 일도 잘 풀리고. 순오가 해줬던 조언이었다. 진영은 화장실 거울 앞에 서서 연습 삼아 미소를 지어보곤 했다. 젊은 분이 짠하잖아요. 노트에 적힌 멘트들을 연습하면서였다. 테이블 끝에서 순오가 옆자리 직원을 붙들고 무슨 농담을 주고받았는지 깔깔거렸다. 아주 잠시 동안, 진영은 그곳에서 아무 표정도 없는 사람이었다.

두 친구

정아은

○
정아은

2013년 한겨레문학상을 수상하며 작품활동을 시작했다. 장편소설 『모던 하트』 『잠실동 사람들』 『맨얼굴의 사랑』 『그 남자의 집으로 들어갔다』 『어느 날 몸 밖으로 나간 여자』는, 산문집 『엄마의 독서』 『당신이 집에서 논다는 거짓말』 『높은 자존감의 사랑법』 『이렇게 작가가 되었습니다』, 사회과학서 『전두환의 마지막 33년』이 있다.

침상에 누운 여자의 눈엔 눈물이 고여 있었다. 원망 섞인 눈길을 받으며 서 있다가, 지현은 조심스레 입을 열었다.

"무슨 일 때문에 그러시죠?"

어젯밤에 들어온 여자였다. 당직이었던 최선생에 따르면 빙판 길에 넘어져 어깨가 부서졌다 했다. 로컬 병원에서 응급처치를 받고 지현이 일하는 병원으로 넘어왔는데, 붕대가 오른쪽 손목까지 감겨 있고 그 끝에 보이는 오른손은 통통 부어 있었다. 오른팔 전체를 단단하게 동여매놓은 품에서 여자가 당한 사고의 정도를 짐작할 수 있었다.

"저거요!"

턱짓으로 이동식 수액 폴대를 가리키던 여자가 아, 소리를 내며 몸을 비틀었다. 살짝 움직이기만 해도 통증이 이는 모양이었다.

"수액이 불편하신가요?"

수액 팩에서는 규칙적으로 내용물이 떨어져내리고 있었다. 왼쪽 팔목에 꽂힌 주삿바늘도 딱히 이상이 있어 보이지 않았다. 지현은 입가에 힘을 주며 여자와 수액 폴대를 번갈아 쳐다보았다.

"안 보이세요?"

성한 쪽 팔로 침대를 짚으며 상체를 일으키려던 여자가 으으, 소리를 내며 다시 누웠다. 지현은 침대 밑에 놓인 리모컨을 집어들어 버튼을 눌렀다. 지잉 소리와 함께 침대가 접히면서 여자의 상체가 위로 올라왔다.

"어떤 걸 말씀하시는 건지?"

"다 쏟아졌잖아요!"

"김지현 선생님, 빨리 와주세요!"

여자가 음성을 높이는 순간 옆 호실에서 다급한 목소리가 들려왔다. 간호사인 박선생이었다.

"저 917호에 있어요. 여기 환자분 도와드리고 바로 갈게요."

외치듯 말한 뒤 여자를 쳐다보았다. 애초에 지현이 917호실에 들어온 것은 이 여자의 맞은편 환자가 화장실 가는 걸 도와주기 위해서였다. 다리 수술을 마친 칠십대 여성 환자가 화장실에서 일을 보고 나오는 걸 도와주고 옆방으로 가려는데, 여자의 목소리가 날아왔다. 잠시만요! 처음엔 그냥 지나치려 했다. 918호에서 발목 수술을 마친 육십대 환자와 박선생이 기다리고 있었다. 간호사인 박선생이 바이털 체크를 마치면 조무사인 지현이 옷을 갈아입혀 주고 보조기 사용법을 알려주어야 했다. 지현은 적을 때는 열여덟 명, 많을 때는 서른 명 가까운 환자들을 돌보았고, 그중 가장 우선순위를 두어야 하는 건 막 수술을 마치고 돌아온 환자였다.

"저게 안 보이세요?"

퉁명스럽게 말하는 여자의 입 한쪽이 씰룩이는 것을 본 다음에 야 지현은 문제가 뭔지 알아차렸다. 수액 폴대 중간에 달린 트레이에, 물이 쏟아져 있었다. 바퀴 달린 폴대를 밀고 다니는 환자들은 중간에 달린 그 트레이를 수납 공간으로 활용했다. 대개 핸드폰이나 물통을 넣고 다녔다. 여자의 트레이에 오백 밀리짜리 빈 페트병이 있는 것으로 보아, 페트병이 넘어져 물이 쏟아진 모양이었다. 지현은 몸을 돌려 병실 출입구 쪽으로 갔다. 벽에 부착된 일회용 핸드타월을 무더기로 뽑아와 물을 닦아내고 있는데 여자의 볼멘소리가 날아왔다.

"뚜껑을 닫아놓으셨어야죠!"

트레이 구석을 닦던 지현이 고개를 돌려 여자를 응시했다. 지금 무슨 소리를 하는 거지? 아침 열한시. 여자가 응급실에서 병실로 올라온 것은 어제저녁이었다. 사고를 당해 이곳에 들어온 지 아직 24시간이 지나지 않은 셈이다. 로컬에서 응급조치를 받고 진통제를 맞았지만 여전히 아픔에 시달리고 있을 것이다.

"제가 지금 수술 환자분께 가봐야 해서……"

핸드타월을 다시 뽑아온 지현이 트레이에 남은 물기를 닦아내며 말했다. 병원에 막 들어온 환자들은 신경이 날카로워져 있다. 사고를 당한 충격과 이전에 겪어보지 못한 고통, 일상이 산산조각 나버린 데서 오는 당황스러움을 소화하지 못하고 온몸으로 절망감을 뿜어낸다. 그렇게 흘러나온 기운은 대개 지현 같은 간호 인력에게 날아온다. 다른 조무사들은 환자가 의사보다 간호사를, 간호사보다 조무사를 더 우습게 여긴다고 불평을 하지만 지현은 딱히 환자들이 간호사와 조무사를 다르게 대한다고 생각하지 않았다. 간호사와 조무사는 입고 있는 유니폼의 색깔로 구분되는데, 막 사고를 당해 들어온 환자들이 유니폼 색상을 인식해 차별을 할 정도로 여유 있을 것 같지는 않았다.

"커튼 좀 쳐주세요!"

젖은 핸드타월을 뭉쳐 쥐고 병실을 빠져나가려는데 등뒤로 비명 같은 여자의 목소리가 날아왔다. 무시하고 발걸음을 옮기려다가, 지현은 몸을 돌려 여자의 침대로 다가갔다. 처음에 여자에게 갔을 때, 문가 쪽에 놓인 여자의 침대를 둘러싼 커튼은 살짝 젖혀져 있었다. 지현은 살짝 벌어진 그 틈새로 들어가 여자와 말을 나누었었다. 엄밀히 말하면 커튼은 지현이 걷은 게 아니었다. 그에 대해 말해줄까 하다가, 지현은 묵묵히 커튼을 쳐주었다. 어쨌거나 상대는 고통 때문에 꼼짝할 수 없는 약자였다.

"감사합니다."

커튼 건너에서 끊길 듯 말 듯한 음성이 새나왔다. 그 목소리에 담긴 울음기를 의식하며 지현은 다급하게 발걸음을 옮겼다.

*

여자가 왜 자신을 원망했는지 깨달은 것은 수술을 마치고 돌아온 918호 환자의 옷을 갈아입혀준 다음이었다. 화장실 갈 때 호출하라고 말하며 환자를 눕혀주는데, 문득 몇 시간 전에 있었던 일이 떠올랐다. 병동의 아침식사가 끝난 직후, 여기저기서 환자들의 요청이 밀려드는 시간이었다. 핸드폰에 특정 앱을 깔아달라는 916호 환자의 요구를 들어주고 나오는데 917호에서 여자의 목소리가 들려왔다. 선생니이임. 끝을 늘어뜨리는 애원조의 음성이었다. 지현은 빠르게 917호로 갔다. 열린 커튼 틈으로 얼굴을 들이밀자 여자가 수액 폴대 트레이에 놓인 빈 페트병을 가리켰다. 여기 물 좀 채워다 주시겠어요? '죄송해요'라고 덧붙이며 금방이라도 울 것 같은 표정을 해 보이는 여자에게, 지현은 부러 활짝 웃어 보인 뒤 정수기에서 물을 받아다 주었더랬다. 페트병 옆에 놓인 컵에 물을 부어주고 병뚜껑을 꽉 닫으려다가, 여자가 오른팔을 쓰지 못한다는 사실을 떠올렸다. 그래서 꽉 닫지 않고 뚜껑을 두 바퀴만 돌렸다. 왼손으로 뚜껑을 열기 쉽도록 나름 배려해준 것이었는데,

여자가 수액 폴대를 밀고 돌아다닐 거라는 점을 생각지 못했다.

"그만 가시죠."

918호 환자가 침대 옆 냉장고를 가리키며 선생님들 음료수 좀 꺼내 드시라고 말하는 순간 옆에 서 있던 박선생의 재촉이 들려왔다. 음료수는 다음에 마시겠습니다. 웃음으로 화답한 뒤 지현은 그새 병실 문간에 다다른 박선생의 뒤를 쫓았다. 917호 여자의 항의에 발이 묶여 지체하는 동안 박선생은 바이털 체크를 마치고 혼자서 918호 수술 환자의 옷을 갈아입히고 있었더랬다. 지현이 왔을 때는 허리에 손을 넣어 하체를 들어올리는, 가장 힘들고 어려운 작업을 마친 상태였다. 환자복 하의 옆선의 벨크로를 붙이기 시작한 박선생에게 죄송하다고 하려다가, 지현은 말을 삼켰다. 조용히 침대 옆으로 가서 반대쪽 다리의 환자복 벨크로를 붙였다.

많아야 삼십대 초반으로 보이는 박선생은 언제나 같은 표정과 말투를 유지했다. 반년 전 지현이 병원에 처음 입사했을 때는 그런 박선생이 양반으로 보였다. 다른 간호사들이 가시 돋친 음성, 나직이 되뇌는 혼잣말, 혹은 다른 간호사와 주고받는 말을 통해 지현의 '서투름'을 질타할 때, 박선생은 무표정과 건조한 말투로 일관했다. 지현이 놓치는 것들을 자신이 묵묵히 해치웠고, 다른 간호사들이 웬만하면 미루었다가 조무사에게 넘기는 일들도 급하면 직접 그 자리에서 해치웠다. 환자의 기저귀를 갈아주거나 힘을 들여 환자의 몸을 들어올려야 하는 일이 대표적이었는데, 그럴 때마다 지현은 미안해서 어쩔 줄을 몰랐다. 시간이 걸리더라도 기다렸다가 지현에게 그런 일들을 떠넘기는 편이 훨씬 마음 편할 것 같았다.

"917호 이승미 환자 말이에요."

박선생과 나란히 걸어가던 지현의 입에서 갑자기 말이 튀어나왔다.

"페트병에 물을 채워달라 했거든요. 물을 떠다가 컵에 부어주었는데, 나중에 제가 병뚜껑을 꽉 닫아놓지 않았다고 화를 내더라고요."

수술 환자에게 늦게 간 것에 대한 변명을 하고 싶었던 것일까. 아니면 감정을 드러내는 법이 없는 얼음 같은 삼십대 젊은이에게 틈새를 내보고 싶었던 것일까. 생전 하지 않았던 수다를 시도한 뒤 지현은 조마조마해졌다.

"선생님 잘못이 아니잖아요."

박선생이 지현을 흘끔 쳐다보며 말했다.

"그렇게 생각하려고 하는데……"

"이승미님 복도에서 마스크 안 쓰시더군요."

대뜸 이렇게 말하는 것으로 박선생은 대화를 마무리했다. 그리고 빠른 걸음으로 데스크의 컴퓨터 앞에 가 앉음으로써 더이상 지현과 말을 섞고 싶지 않다는 의사를 표명했다.

의자에 안착한 살구색 간호사 유니폼 상의가 컴퓨터 쪽으로 기울어지는 것을 지켜보던 지현은 후, 하고 한숨을 쉰 뒤 계단참 물품 창고로 향했다. 보관함 서랍을 열어 920호실 환자에게 갖다줄 대변기를 찾는데, 조금 전 박선생과 눈이 마주치던 순간이 떠올랐다. 어쩌면 그것이 박선생과 지현이 눈을 맞춘 첫 순간일지도 모른다는 생각, 차라리 일 못하는 신참 김지현에게 티 나게 린치를 가했던 선생들이 더 인간적일지도 모르겠다는 생각이 잠깐 동안 일었다 사라졌다.

920호실 환자에게 대변기를 가져다주고 나오는데 복도에서 시끌벅적한 소리가 들렸다.

"대체 마스크를 왜 써야 되죠? 진짜 이해가 안 가네요."

붕대가 칭칭 감긴 오른팔 쪽으로 상체를 기울인 채 왼쪽 팔로 수액 폴대를 붙잡고 선 여자는 917호실 여자, 이승미였다. 이승미와 마주서서 실랑이를 벌이는 건 들어온 지 두 달이 채 되지 않은 신입 간호사 민선생이었다.

"병원 규칙입니다. 병실 바깥에서는 환자든 보호자든······"

울상을 짓고 서 있던 민선생이 말했다. 국어책을 읽는 듯한 말투였다.

"병실에선 죄다 마스크 벗고 있잖아요. 복도에서만 쓰는 거, 사실 요식행위 아닌가요? 이렇게 비합리적인 일이 어디 있어요? 이건 뭐 완전히 환자 건강에 해를 가하는 거지 어떻게······"

민선생 뒤로 다가간 지현은 이승미의 입이 움직이는 모양을 가만히 보았다. 요식행위, 비합리적, 환자의 건강에 해를 가하는…… 그 입에서 나오는 말들을 들으며 지현은 자신의 직감이 맞았음을 알았다. 이승미라는 이름의 이 여자, 보통 사람들이 잘 쓰지 않는 문어체를 쏟아내는 이 여자는 지현이 알고 있는 인물이었다. 과거 한때, 지현과 여자가 중학생이라 불리던 시절에 잠깐 동안 우정을 나누었던 인물.

*

중학생이던 때 승미가 '요식행위'라는 말을 썼는지는 모르겠다. 삼십 년도 넘은 일이라 기억이 분명하지 않다. 확실한 것은 당시에도 승미가 웬만한 아이들은 쓰지 않는 특별한 말을 입에 올렸다는 점이다. 언제나 책을 끼고 있던 승미는 스스로 자신이 '쓸데없이 책을 너무 많이 읽어서 이상한 문어체를 남발한다'고 했다. 평생 누군가를 가르치며 살아온 부모의 직업에 영향을 받았기 때문이라고도 했다. 덕분에 승미가 사용하는 말이 '문어체'라는 것, 그리고 승미의 엄마 아빠가 모두 교수라는 사실을 알게 되었다. 승미는 그런 아이였다. 세련되게 자신을 표현할 줄 아는, 자칫하면 잘난 척으로 보일 수 있는 제 가족 이야기를 밉지 않은 방식으로 드러내 상대가 호감을 품게 만드는 아이. 깨끗한 피부에 긴 생머리, 언제나 웃으며 맛깔스럽게 이야기를 풀어놓는 승미는 교내의 스타였다. 여학생들은 물론 남학생들에게도 호감을 듬뿍 받았다. 성인이 되어 '엄친딸'이라는 유행어를 접했을 때, 지현은 곧바로 승미를 떠올렸다.

내성적이고 말수가 적은 편인 지현이 승미와 일정 기간 친하게 지냈던 것은 전적으로 승미의 의지에 따른 것이었다. 지현이 하는 말과 행동에 승미는 이상할 정도로 관심을 보였고, 지현을 솔메이트라 칭하며 과장되게 친근감을 표시했다. 두어 달 이어지던 두 사람의 친분이 깨진 것은 승미가 벌인 소소한 사건 때문이었다.

"병실 바깥 공간에서 마스크를 착용하는 것은 저희 병원 방침입니다."

지현이 민선생 옆으로 바짝 다가서며 말했다. 박선생은 오늘 아침 조무사들과 마주칠 때마다 계속 환자들의 마스크 미착용에 대해 주의를 주었다. 신입인 민선생에게까지 오더가 내려간 것으로 보아, 박선생이 수간호사 혹은 의사 중 누군가에게 한마디를 들은 듯했다.

"이런 바보 같은 짓이 어딨어요? 코로나 시국 지나간 지가 언젠데."

한층 높아진 승미의 음성에 지현은 살짝 코웃음을 쳤다. 물론 코로나는 끝났다. 그러나 이곳, 병원은 끝나지 않았다. 병실 안에서 벗고 있는데 병실 바깥에서만 마스크 쓰는 게 요식행위라고? 그걸 왜 모르겠는가. 의사, 간호사, 조무사, 미화원, 모두가 알고 있을 것이다.

"그래도 병원에는 면역력 떨어지는 분들이 많이 계시니까요."

억지로 웃는 표정을 만들어 보이면서 지현이 상체를 승미 쪽으로 기울였다. 승미 같은 외부인은 모른다. 실제로 병원 방침이 어떻게 세워지고 돌아가는지. 중요한 건 마스크로 코로나를 막을 수 있느냐 없느냐가 아니다. 지침이 그렇게 세워졌고, 그 지침이 실현되도록 윗선에서 오더가 내려왔다는 사실이 중요하다. 비단 코로나 대응 방침만이 아니다. 환자의 바이털을 체크할 때도, 없어진 물품에 대한 책임을 추궁할 때도, 무조건 윗선의 지침을 따라야 한다. 환자의 호흡 수치를 그대로 기록했음에도 윗선에서 그런 과호흡 수치가 나올 리 없다고 말하면 아랫선 간호사 혹은 조무사는 호흡 수치를 다시 재러 뛰어가야 한다. 베개 하나가 없어진 사실에 대해 그 일과 무관하더라도 당직이었던 간호사 혹은 조무사가 책임을 져야 한다고 하면 그걸 운명으로 받아들여야 한다.

"그렇게 온종일 쓰면 안 답답하세요? 어차피 점심 먹으러 가면 다 벗으실 거 아니에요."

승미가 턱짓으로 지현의 얼굴을 가리키다가 아악, 소리를 냈다. 통증에 일그러지는 얼굴을 보는데, 지현의 뇌리에 몇 년 전 티브이에서 봤던 승미의 모습이 떠올랐다. 대학에서 심리학을 강의하는 승미는 가끔 공중파나 유튜브에 출연했다. 지현이 봤던 건 강연이 한 번, 특정 사건에 대해 자문에 응하여 나온 경우가 두어 번이었는데, 볼 때마다 승미가 정말 어울리는 직업을 택했다 싶었다. 언변과 스타일, 뿜어내는 오라에서, '심리학과 교수' 타이틀에 승미만큼 어울리는 인물도 없을 것 같았다. 낭랑한 목소리와 또렷한 발음, 활짝 웃는 얼굴로 논리를 전개하는 승미에게는 청중을 빨아들이는 흡인력이 있었다. 그런데 눈앞의 이 찡그린 얼굴에, 영상에서 봤던 어떤 표정과 비슷한 색깔이 드러났다. 완전히 다른 표정인데 뭔가 유사점이 있었다. 승미는 고개를 오른쪽 어깨로 기울인 채 눈을 질끈 감았다. 아파서 어쩔 줄 몰라하는 기색이었다. 지현은 승미를 안아주는 상상을 했다. 얼마나 아플까. 수술을 받기 전까지, 꽁꽁 동여맨 붕대 안의 근육과 뼈는 계속 불타오를 것이다.

"병원 방침입니다. 따를 수밖에 없어요."

승미는 내일, 아마 오후 느지막한 시간이 되어야 수술을 받을 수 있을 것이다. 갑작스레 덮친 폭설과 영하 십오 도에 달하는 추위 때문에 온 세상이 빙판길로 변하면서 어제와 오늘, 삼십 분 간격으로 낙상 환자가 들어왔다. 응급실이 터질 것처럼 북적이고, 지현이 있는 9병동으로 쉴새없이 입원 환자가 들어왔다. 환자 대부분이 칠팔십대 노인들이었기에, 사십구 세인 승미는 '젊은 사람'으로 분류돼 수술 순서에서 밀리고 있었다.

"어차피 선생님도 밥 먹을 땐 마스크 벗으실 거 아니에요?"

얼굴을 오른쪽 어깨에 거의 붙일 것처럼 기울인 승미가 그새 눈을 뜨고 지현을 쳐다보았다. 그 눈빛에 지현은 움찔하며 상체를 뒤로 젖혔다. 이 눈빛. 탐색하듯 살피며 제 주장을 관철시키는 기세. 승미는 하나도 변한 게 없었다.

"식사 시간만 예외고 다른 시간엔 항상 마스크를 씁니다."

뻣뻣하게 서서 지현과 승미의 대화를 듣던 민선생이 기다렸다는 듯 끼어들었다. 그새 자신감을 찾은 듯 목소리 톤이 높아져 있었다. 웬만해선 간호사들과 말을 섞거나 그들의 일에 끼어들지 않는 지현이지만, 유독 민선생 일에는 끼어들게 되었다. 이전에 서너 번 민선생이 환자들과 입씨름을 벌일 때 중재해준 적이 있는데, 그때마다 민선생은 고맙다며 허리를 숙였다. 굳이 참견을 했던 건 민선생이 그만둬버릴까봐 걱정이 돼서였다. 민선생은 두 달전에 그만둔 신입 직원의 대체로 들어왔다. '가르쳐놓았더니 삼개월 만에 나가버린' 자리를 채운 새로운 신입인 민선생마저 그만둬버리면 그것은 간호사들에게 재앙 수준의 일이 될 것이다. 그리고 간호사들에게 재앙이 닥치면, 그 여파가 조무사들에게 미치지 않을 수가 없다.

"코로나 병균이 식사할 때는 휴가를 갔다가 식사 끝나면 잽싸게 돌아오나봐요?"

승미가 이렇게 말하면서 칫, 소리를 냈다. 지현은 저도 모르게 미소 지었다. 삼십여 년 전 그날, 오십대의 교련 선생에게 맞서던 때도 승미는 이런 기세를 보였더랬다. 콧소리, 비웃음 섞인 표정,

똑 부러지는 말투. 고압적인 태도로 악명이 자자했던 교련에게 반기를 든 승미를 같은 반 급우들 거의 모두가 전폭적으로 지지해주었고, 교련은 그 이후 지현의 반에서 수업할 때 한풀 꺾인 태도를 보였다. 다른 반에서는 몰라도 승미가 있는 학급에서는 예전 같은 기세를 유지하지 못했다.

"그게 무슨 말씀이세요?"

고개를 모로 틀고 있던 민선생이 응수하자 승미가 빙긋 웃으며 말했다.

"바보 같은 짓을 하고 있단 소리죠, 우리 모두가!"

"민선생님, 이 환자분 입실하실 때부터 호흡이 좀 힘드신 것 같았어요. 환자분은 일단 병실로 들어가시죠. 말씀은 충분히 알아들었습니다."

지현이 병실 쪽으로 손을 뻗어 승미에게 신호를 보내면서 민선생에게 살짝 고개를 흔들어 보였다.

"하, 참……"

승미가 어처구니없다는 듯 민선생과 지현을 한 번씩 쳐다보았다. 날카로운 시선이 두 사람을 훑고 지나간 뒤, 한쪽 팔을 붕대로 칭칭 감아 매고 헐렁한 환자복을 걸친 사십대 여성의 몸체가 뒤돌아 병실로 향했다.

"저분 아직 수술 못 받아서 그래요, 민선생님."

지현이 말하자 민선생이 입술을 삐죽 내밀어 보였다.

"환자들은 우리가 봉인 줄 아나봐요. 제가 의사였어도 저런 식으로 말했을까요?"

"수술 받으면 좀 나아질 거예요."

뭐라고 더 말하고 싶은 눈치인 민선생에게 눈웃음을 지어 보인 지현은 9병동 출입문으로 향했다.

"막 들어온 환자분들 원래 예민하잖아요. 너무 신경쓰지 마세요."

덧붙인 뒤 지현은 걸음을 빨리했다. 외부 반입 물품을 분류해 각 병실 환자들에게 전달해야 할 시간이었다. 통합 병동인 이 병동은 면회 시간 외에는 외부인의 출입이 금지돼 있어, 그 외 시간에 환자들에게 필요한 물품을 가져온 보호자들은 물품을 일층에 맡기고 가야 했다. 복도에 쌓인 물품을 출입구 안쪽으로 들이는 지현의 뇌리에 삼십오 년 전 승미의 모습이 떠올랐다.

'다 못 본 척해도 너는 옆에 있어줄 줄 알았어.'

이렇게 말하며 뚫어질 듯 쳐다보던 승미의 얼굴은 그후로도 가끔 떠올랐었다. 지현이 결혼하고 아이를 낳을 즈음 잊혔던 그 얼굴은 어느 날 티브이에서 승미를 보게 되면서 다시 떠오르기 시작했다. 그러다 다시 잊히는가 했는데, 이제 병원에서 마주친 것을 계기로 더욱 확실하게 부활해 형체를 드러내고 있었다.

오십대 여성인 교련 선생에게 노골적으로 반기를 든 그 사건에서, 급우들 중 세 명은 승미의 손을 들어주지 않았다. 지현은 그중 한 명이었다. 당시 지현은 승미의 행위가 부당하다고 생각했다. 지현이 보기에 교련과 승미 중 강자는 승미였다. 겉보기에 교련이 강자처럼, 승미가 약자처럼 보였지만, 지현이 보기에는 그 반대였다. 당시엔 왜 그렇게 느꼈는지 몰랐는데, 조금 전 민선생과 승미 사이에 벌어졌던 해프닝을 떠올려보면 당시 그렇게 판단했던 이유를 알 것 같았다. 그것은 승미라는 인물의 핵심을 이루는 어떤 기운이었다. 기세 혹은 기질이라고 할 수 있을 어떤 덩어리. 지현은 그 덩어리에 거부감을 느꼈다. 강력하게 아니라고 말하고 싶은, 네가 틀렸다고 말하고 싶은 충동이 치밀어올랐다. 하지만 지현은 말없이 아무것도 하지 않는 편을 택했고, 학생들이 교장 앞으로 보내는 청원서에 사인하지 않음으로써 그런 제 의사를 드러냈다. 그리고 그 사건 이후로, 승미와는 서로 인사도 하지 않고 지나치는 사이가 되었다.

*

이브닝 근무는 승미의 근황을 듣는 것으로 시작되었다. 직접 들은 건 아니고 당직 간호사의 통화 내용을 들으며 자연스럽게 알게 되었다. 전날 있었던 수술 과정에서 승미와 박선생 사이에 실랑이가 있었던 모양이었다. 전공의와 간호사가 나누는 대화, 그리고 전날 당직이었던 동료 조무사의 이야기를 종합해볼 때, 문제는 승미가 수술 전 투하받은 '철분 주사제'에 있었다. 수술 전날, 담당 교수가 승미에게 철분제 두 바이알을 처방했다. 빈혈 수치가 심각하다는 이유였다. 간호사가 철분 주사제는 비급여라 바이알 하나당 삼십만원을 자비 부담해야 한다고 고지하러 갔을 때, 승미는 펄쩍 뛰었다. 철분제가 체내에 들어가 작용해 피로 변환되는데 못해도 사흘은 걸릴 텐데 수술 바로 전날 주사제를 맞는 게 무슨 효과가 있느냐는 게 승미의 요지였다. 담당 간호사였던 박선생은 따져 묻는 승미 앞에 가만히 선 채 교수님이 내린 처방이라는 말을 반복했다. 같은 대답을 거듭 들은 뒤, 결국 승미는 철분 주사제를 맞았다. 두 바이알을 다 맞은 뒤 피검사 수치가 제대로 나오지 않자 담당의가 이번엔 '수혈'을 지시했고, 박선생은 이번엔 수혈에 대한 고지를 하러 갔다가 승미의 포효에 직면해야 했다. 내이럴 줄 알았다. 이럴 거면 처음부터 수혈을 했어야지 왜 애먼 일을 해서 비급여 철분 주사제를 맞혔느냐, 병원 상술인 것 같아 내그렇게 안 맞겠다고 했는데! 그때 당신이 뭐라고 했냐, 무조건 의사의 지시이니 따르라고 하지 않았느냐! 지현의 머릿속에 무표정하게 서서 침대 너머 커튼을 응시하는 박선생 특유의 스타일이 승미의 화를 돋우는 장면이 선명하게 그려졌다. 그 일로 박선생은 담당 교수에게 엄청나게 '깨졌다'. 교수는 자신에게 알리지 그랬느냐며 역정을 냈다. 수화기 너머로 들려오는 불같은 음성에 주위 선생들이 진저리를 쳤지만, 박선생은 미동도 하지 않은 채 끝까지 통화를 감내했다는 전언이었다. 그때 박선생의 마음에 무엇이 오 갔을까. 내가 박선생이었다면 어떻게 했을까. 짚어보던 지현은 박 선생의 무표정이야말로 제 직업을 유지하게 해주는 강력한 무기 일지도 모르겠다는 생각이 들었다.

917호 병동에 들어섰을 때, 높은 톤의 여자 웃음소리가 들려왔 다. 승미였다. 병실 오른편 창가 쪽 침상의 주인인 육십대 여자가 창가를 등지고 놓은 의자에 앉아 있고, 그 앞에 승미가 이동식 수 액 폴대를 붙잡고 서 있었다. 왼편 창가에 놓인 침대에는 전날 무 릎 인공관절 수술을 받은 칠십대 여자가 과자 봉지가 쌓인 쪽으로 손을 뻗으려 애쓰고 있었다. 커튼이 둘러쳐진 내측 침대에 든 칠 십대 여성을 제외하면 사 인실 병실 구성원들이 일종의 단합대회 를 연 듯한 모양새였다.

"선생니임, 사과 드세요!"

지현이 들어오는 걸 인식한 승미가 콧소리를 내며 이쑤시개에 꽂힌 사과를 건넸다. 병원 마크가 찍힌 남색 보조기에 의지한 오 른팔, 제대로 갖춰 입은 환자복, 빛이 쏟아져나오는 듯한 웃음. 지 난번 봤을 때와 같은 사람인가 싶을 정도로 달라진 승미를 보며 지현은 피식 웃었다. 그래. 이런 게 이승미지. 승미에게는 에너지 가 있다. 작은 일에 세상을 다 가진 것처럼 웃어대거나, 혹은 별것 아닌 일에 금방이라도 죽어버릴 것처럼 격렬하게 불행해하는 에너지가. 나는 이런 승미의 에너지에 압도당했던 것일까. 불현듯 지현은 자신이 교련 사건 때 승미를 외면했던 이유를 알 것 같았다. 그것은 일종의 반항이었을 것이다. 승미의 기질, 승미의 야망, 승미의 흡인력에 대한 총체적인 저항 같은 것. 자신은 꿈도 꿀 수 없는 잉여의 에너지를 양껏 뿜어내는 타인에 대한 거부감 같은 것.

"아, 아니에요. 이쪽 환자분 화장실 가신다 해서 왔는데, 주무시나봐요?"

건너편 방에 수술 환자가 들어오는 바람에 내측 환자의 화장실 동행 요청에 제때 응하지 못했다. 요청 콜을 받은 지 얼마 지나지 않은 것 같은데 환자는 그새 커튼을 꽁꽁 둘러치고 있다. 그새 잠들었을까. 화장실은 해결했을까.

"아까 제가 도와드려서 화장실 다녀오셨어요. 지금 주무세요."

승미가 지현을 잡아끌며 말했다. 날아올라 춤을 추는 듯 들뜬 음성이었다.

"하나 드셔보세요. 조금 전에 수녀님이 깎아다 주신 건데 진짜 맛있어요. 실은 수녀님이 그저께도 사과를 갖고 오셨는데……"

창가의 팔걸이 의자에 앉은 여성의 아들이 이 병원에 소속된 신부였다. 그 덕에 917호에는 병원에 소속된 사제와 수녀들이 수시로 드나들었다. 가톨릭계 병원이라는 건 알고 있었지만, 그토록 많은 신부와 수녀를 가까이서 본 건 지현이 입사한 이래 이번이 처음이었다.

"못 먹는 게 천추의 한이었다니까요."

전날 병실을 방문한 수녀님이 과일을 건넸을 때 수술 전 금식 기간이라 먹을 수가 없었다. 그때 그 사과가 얼마나 먹고 싶었는지 모른다. 이제 수술을 끝내고 먹어보니 세상에서 사과만큼 맛있는 게 없다는 생각이 든다…… 길게 이어지는 말을 들으며 지현은 승미에게 건네받은 사과를 깨물었다. 사고 직후 충격과 공포에 질린 환자가 수술 받은 뒤 극적으로 변하는 모습은 여러 번 지켜보았지만, 승미의 변신은 그중에서도 유별났다. 어쩌면 사람이 몇 시간 만에 이렇게 달라질 수 있을까.

"다른 병실에 가봐야 해서요. 잘 먹었습니다."

병실 내 다른 환자들과 먹거리를 나누며 이야기꽃을 피운다는 것은 고통과 충격에 쩔들었던 환자가 안정을 찾았다는 징표다. 지현은 그런 모습을 보고 있으면 사람은 그야말로 상황에 따라 시시각각 변하는 존재구나 싶어 뭉클해졌지만, 한편으론 시샘이 일었다. 부럽다는 생각이 드는 것이다. 아프고 약해진 상태로 오지만, 일정 기간을 감내한 뒤에 웃음꽃을 피울 수 있는 이들은 진정한 병원의 주인이 아닌가. 스무 명이 넘는 환자들의 요구를 들어주느라 늘 쫓기듯 뛰어다녀야 하는 자신과는 처지가 달라도 너무 다른 것이다.

"이것도 한번 잡숴봐, 우리 신랑이 사다준 쌀과자인데 맛있어."

인공관절 수술을 받은 칠십대 여자가 바스락거리는 봉지를 건네며 눈웃음을 지었다.

"다른 병실 호출이 있어요. 죄송합니다."

지현이 고개를 숙여 인사한 칠십대 여자의 남편은 젊은 시절 여러 여자와 바람을 피우고 다녔다. 심지어 지금도 바람을 피우는 중이다. 이 병실을 드나드는 동안 지현은 여자의 남편이 바람피웠다는 이야기를 세 번도 넘게 들었다. 그럼에도 이 푸근한 인상의 여자는 일흔여섯 살 먹은 제 남편을 '신랑'이라 칭하며 애정을 표했다.

"맞아, 선생님들 엄청 바쁘신 것 같아. 보내드리는 게 맞죠. 한 번에 몇 명을 보셔야 하죠, 선생님?"

승미가 과자 봉지를 건네받아 지현에게 건넸다.

"낮에는……"

이런 것까지 말해야 하나 싶어 망설이는데 승미가 놀랍다는 듯 눈을 치켜떴다.

"아, 낮과 밤이 다르군요!"

"낮에는 열여덟 명……"

말하지 못할 것도 없다 싶어 입을 여는 순간 지현과 승미의 눈동자가 허공에서 마주쳤다. 승미의 검은 동자 언저리에서 뭔가 반짝임 같은 게 일었다 사라지는 것을 보면서 지현은 생각했다. 알고 있었구나, 이승미! 언제부터 알았을까? 처음부터 알았으리란 생각이 번개처럼 스쳤다. 지현이 일찌감치 그랬듯 승미 또한 알아챘을 것이다. 연보라색 유니폼을 입은 눈앞의 간호조무사가 제 중학교 동창이라는 사실을. 조금 전 일었던 눈빛의 반짝임은 직감에 대한 확신이었으리라.

밤에는 서른 명 넘는 환자를 보아야 한다고 말한 뒤 지현은 서둘러 병실을 빠져나왔다.

"이 병원 진짜 너무하네. 어떻게 한 사람한테 환자를 그렇게 많이 맡긴대요?"

등뒤로 승미 특유의 낭랑한 목소리가 흘러나오고, 이내 나이든 여성들의 맞장구가 잇달았다.

*

창으로 바짝 다가가 뺨을 댄다. 유리 특유의 차가운 감촉을 맛본 뒤 한 걸음 물러서 주위를 둘러본다. 아무도 없음을 확인한 순간 만족감이 밀려온다. 자정에 가까운 시간. 병동은 고요하고 복도엔 인적이 없다. 창밖으로 묵직한 능선을 드러낸 밤의 산이 보인다. 그리고 그 주위를 둘러싼 하늘. 푸른빛을 머금은 진회색 하늘이 산과 어우러져 완전한 밤의 도래를 알리고 있다. 원경으로 갈수록 시야는 밝아진다. 산자락에 위치한 병원 건물은 단독자의 위용을 뽐내며 휘황한 불빛을 뿜어낸다. 병원 주변을 어둠이 테두리처럼 둘러싸는 이즈음은 지현이 병원 근무를 하면서 가장 안도 감을 느끼는 시간이다.

멀리 보이는 뉴타운 아파트 단지와 병원의 근경을 눈으로 빠르게 훑어 담은 뒤 지현은 창턱에 두었던 작은 페트병을 집어든다. 920호실 환자가 부탁한 물을 떠다 주러 가는 길에 잠깐 창가에 들렀다. 채 일 분도 안 되는 시간이지만, 거대한 병원 건물 구층에 서서 서울의 서북쪽 신도시를 내려다보는 이 순간은 지현에게 명상이나 기도처럼 작동한다. 말없이 창밖을 보며 자신을 다독이는 시간. 거대한 어둠 가운데 솟아난 인공 빛에서 무언의 메시지를 받아드는 시간.

정수기가 있는 복도 쪽으로 발길을 옮기는데, 문득 이 일을 하길 잘했다는 생각이 든다. 병원에서 일한 육 개월, 집에서 살림만 하던 때보다 마음이 확실히 좋아졌다. 바깥에 나와 집이 아닌 장소에서 남편이나 아이들이 아닌 타인을 만나는 것에는 분명한 환기 효과가 있다. 물을 가져다달라, 기저귀를 갈아달라, 당장 진통제를 놔달라 아우성치는 악귀 같은 타인이라 할지라도, 평소 만나지 않던 누군가를 만나는 일은 뚜렷한 위안을 준다.

정수기에서 흘러나온 물이 페트병을 채우는 것을 보면서 지현은 대학 졸업 후 입사했던 첫 직장을 떠올린다. 첫 직장인 S사는 외국계 명품 회사였다. 대학 동기 중 지현만큼 많은 연봉을 받는 사람은 없었다. S사에 다니던 동안, 지현은 어디에서든 당당하게 명함을 내밀었다. 연봉, 인지도, 업종, 회사가 입주해 있는 건물…… 여러 면에서 남들 앞에 내놓을 만한 직장이었다. 지현은 그다지 풍족하지 않은 환경에서 자랐다. 아버지가 생의 대부분을 실직 상태로 보냈고 어머니가 근근이 파트타임 일을 해서 지현과 여동생을 교육시켰다. 외식이나 여행, 취미생활은 당연히 하지 않는 것으로 여기며 성장했다. 가족들 간에 대화도 거의 오가지 않았다. 하지만 어려운 형편에도 어머니는 지현이 공부하겠다면 어떻게든 뒷받침해주었고, 지현은 열심히 공부했다. 상향 지원했던 대학에 들어가 장학금 받으며 다니던 지현이 마침내 좋은 회사에 들어간 것은 어머니와 지현의 오랜 인내의 결실이었다. S사를 다니면서 지현은 점점 밝은 성격이 되었다. 예전보다 말도 많이 하게 되었고, 친구를 가장 많이 만든 것도 S사에 다닐 때였다.

직장명을 밝히는 것만으로 상대에게 즉각적인 부러움의 눈빛을 받을 수 있었던 S사를 그만둔 것은 큰딸이 초등학교 입학을 앞두었을 때였다. 학원 강사였던 남편의 인지도가 올라가면서 수입이 두 배 가까이 늘었고, 저축도 웬만큼 돼 있었다. 경제적 여유가 생기자 아이 교육을 위해 이제 엄마가 집에 있어주어야겠다는 생각이 들었다. 그래서 덜컥 직장을 그만두었다.

사직한 지 채 석 달이 되지 않아 양가 부모가 차례로 앓아누울 줄은 몰랐다. 동시에 남편이 불미스런 일로 학원에 사직서를 쓰게 될 줄은 더더욱 몰랐다. 알았다면 지현은 그렇게 직장을 그만두지 않았을 것이다. 일은 약속이라도 한 듯 연이어 일어났고, 지현네 가족이 '먹고살 길'을 걱정하게 되는 데는 채 이 년이 걸리지 않았다. 그때 지현이 바로 구직을 했으면 지금보다 집안 형편이 나았을까. 남편과 큰딸의 사이가 지금처럼 벌어지지 않았을까. 그랬을 것이라고 이후로 수없이 되뇌었지만, 당시 지현은 그렇게 하지 않았다. 경력에 공백이 생긴 삼십대 여성이 갈 수 있는 자리는 제한적이었다. 지원 가능한 일은 사무 보조나 마트 물품 정리 같은 일이었는데, 지현은 그런 자리에 지원하고 싶지 않았다. S사에서 받았던 연봉과 비교해보면 그런 일을 해서 받는 돈이 너무 적게 느껴졌다. 자신이 그런 대우를 받으면서 일할 사람이 아니라는 거부감도 있었다.

계속 이렇게 살면 큰일나겠다는 자각은 지현이 마흔 중반을 넘긴 다음에야 찾아왔다. 두 번의 사업 실패 뒤 집에서 밤낮이 바뀐 생활을 하던 남편이 다툼 끝에 큰딸에게 손찌검을 한 것이 발단이었다. 남편과 큰딸 사이가 걷잡을 수 없을 정도로 나빠졌다는 걸 깨달은 지현은 비로소 상황의 심각성을 인식했다. 가족들에게는 당면한 가난과 앞으로 닥칠 가난의 여파에 대한 두려움이 깊게 서려 있었고, 이는 서로에 대한 공격성으로 표출되었다. 지현은 그날로 이런저런 자격증을 검색했다. 간호조무사 자격증은 구직 가능성 면에서 가장 적합한 일이었다. 그렇게 해서 지현은 사 인 가족을 먹여 살리는 가장이 되었다. 집안 분위기가 더 좋아졌는지는 모르겠지만, 적어도 의료보험료를 내주고 일정한 급여를 주는 직장이 생겼다는 면에서, 또한 가족이 아닌 어딘가에서 소속감을 느끼게 되었다는 면에서, 지현에게 조무사 일은 일종의 구원이었다.

가득 채운 물병을 920호실 환자에게 전해주고 다시 복도 끝 창가로 돌아가다가, 지현은 자리에 멈춰 섰다. 조금 전 지현이 섰던 자리에 누군가가 웅크리고 앉아 있었다. 환자복을 입은 긴 머리 여성이, 이동식 수액 폴대를 붙잡은 채 왼쪽 어깨와 귀 사이에 핸드폰을 끼우고 있었다. 고개를 불안정하게 까딱이고 있었는데, 가까이 갔을 때에야 그 여자가 승미라는 사실을 알았다. 고개를 까딱이는 걸로 보였던 것이 실은 흐느낌으로 인한 몸의 파동이었다는 사실도 깨달았다.

"나한테 와. 부탁이야."

승미의 입에서는 시종일관 같은 말이 흘러나오고 있었다. 나한테 와. 나한테 와.

얼핏 보면 울음이라기보다 토악질로 보이는 동작이었다. 보조기를 착용한 쪽의 반대 방향, 폴대를 붙잡은 팔 쪽으로 몸을 접으며 울음을 쏟아내는 승미의 움직임은 연극의 한 장면처럼 과해 보였다. 울음소리도, 몸의 움직임도 너무 크고 부자연스러웠다.

가까이 가 인기척을 내든가 아니면 자리를 피해줘야 한다는 생각이 들었지만, 지현은 무언가에 짓눌리기라도 한 듯 그 자리에서 움직이지 못했다. 그리고 제 어린 시절 친구가 흐느끼며 쏟아내는 말들, 한 타인이 지금 어떤 인생 행로를 지나고 있는지를 또렷하게 짐작하게 해주는 말들이 귓전으로 들어와 얹히는 것을 날카롭게 인식했다. 승미가 이혼했다는 사실은 기사를 통해 알고 있었다. 상대가 유명 기업인인데다가 승미 또한 가끔 방송에 나오는 '공인' 이었기에, 두 사람의 이혼 사실은 여러 매체에서 거론되었다.

승미는 이혼한 뒤 혼자 아이 둘을 키우고 있었다. 첫째인 고등학생 여자아이는 병실에 잠깐 왔다 가기도 했다. 승미가 와달라고 애원하는 대상은 누구일까. 아이들의 아빠일까, 아니면 다른 사람일까. 지현은 승미의 몸이 파도처럼 일정한 움직임을 만들어내는 것을 한동안 지켜보다가, 조용히 돌아서서 발걸음을 옮겼다.

*

퇴원하고 며칠 뒤, 승미는 카톡으로 선물을 보내왔다.

지현아 고마웠어.
우리 언제 한번 만날까.

선물과 함께 온 카드에는 두 문장이 적혀 있었다. 메시지를 읽은 뒤 지현은 탁, 소리가 나게 핸드폰을 닫았다. 연락처를 알아내기 위해 승미가 했을 일들, 그러니까 중학교 때 친구들에게 전화를 걸어 제 이야기와 지현의 이야기를 특유의 정연한 솜씨로 풀어냈을 순간을 생각하자 인상이 찌푸려졌다. 동창과의 뜻밖의 마주침을 얼마나 솜씨 좋게 떠벌렸을까. 자신이 승미가 퍼뜨리는 가십의 도구로 쓰였으리라 생각하자 속에서 뭔가가 치밀어올랐다. 지현은 선물을 수락하지 않았다. 승미의 카톡 아이디를 차단해버릴까 하다가, 그대로 두기로 했다. 그렇게까지 하는 건 과하다 싶었고, 나중에 한번 만나보고 싶다는 생각이 마음 한켠에 조금 있기도 했다.

이틀 뒤 포털에 뜬 기사를 보지 않았다면 지현은 승미가 카톡으로 선물을 보냈다는 사실을 까맣게 잊었을지도 모른다. 출근하는 지하철 안, 지현은 선 채로 핸드폰을 들여다보고 있었다. 전동차가 지상 구간으로 올라가면서 서서히 눈앞이 밝아졌고, 핸드폰 화면에 뜬 기사에는 승미로 추정되는 L교수에게 최근에 일어난 일이 요약돼 있었다. 그것은 L교수가 모 정치인의 아내에게 고소당했다는 사실을 알리는 기사였다. L교수가 가정이 있는 유명 정치인의 불륜 상대라는 혐의를 받고 있음을 알리는 기사의 말미에는 고소당하던 날 밤에 L교수에게 추락사고가 일어나 인근 병원으로 실려갔다는 사실이 짤막하게 언급되어 있었다. 이니셜 처리된 병원의 이름과 위치에 한동안 시선을 주던 지현은 눈을 감았다 뜨며 고개를 들었다. 전동차는 한강 다리를 지나는 참이었다.

창밖으로 석양빛을 받은 강물이 반짝이는 것을 지켜보다가, 지현은 카톡 선물함을 열었다. 승미가 보낸 특급 한우 세트는 아직 그대로 있었다. 받을 주소를 입력하고 완료 버튼을 누르려다가 지현은 멈칫했다. 받아도 될까? 병원에서 도움 받았던 간호 인력에게 보내는 선물로 한우는 좀 과하다는 생각과, 오랜만에 만난 중학교 동창이 보낸 선물을 받지 않으면 그거야말로 오버라는 생각이 번갈아 왔다 갔다. 한강 다리를 지난 지하철이 서서히 지하 구간으로 접어들었고, 지현은 회색빛 벽이 사선으로 잘리며 펼쳐지다가 한순간 시야가 어둑하게 변하는 것을 가만히 지켜보았다. 시야가 완전히 암흑으로 변하면서 덜컹거리는 차체의 움직임 소리가 커다랗게 들려왔을 때, 지현은 신경질적으로 손톱을 물어뜯기 시작했다.

빌런

천현우

○
천현우

2021년부터 주간경향, 미디어오늘, 피렌체의 식탁, 조선일보에 칼럼을 기고했다. 산문집 『쇳밥일지』가 있다. 현재 게임 제작사에서 시나리오 라이터로 일하고 있다.

살풍경한 방 안에서 곡소리가 들려온다. 23세 군필 삼수생 도지윤씨의 비명과 흐느낌 뒤섞인 괴성은 점차 울음으로 뒤바뀐다. 그저 베개에 얼굴 파묻고 한참 거친 숨만 내쉬다 다시금 노트북 모니터 고개를 젖혀 차가운 현실을 흘겨본다. 컴퓨터 화면 속은 자이로드롭처럼 급강하한 차트로 꽉 차 있다. 사고하길 멈춘 머릿속은 돌아오지 않을 기억만 반복 재생한다.

2021년 2월 18일은 꿈같은 날이었다. 가상화폐인 페이코인이 최고점을 찍었다. 이 은행 저 은행에서 현금 서비스로 달달 긁어모은 오백만원이 하루 만에 일억이 되었다. 환전 버튼을 누르고 나서도 믿기지 않아 한밤중 은행에 달려가 ATM기로 통장 정리까지 했다. 자릿수가 두 개나 늘어난 액수를 보자 입꼬리도 덩달아 치솟았다. 편의점 가는 길에 맥주 네 캔을 샀다. 집으로 돌아오자마자 세 캔을 내리 해치우며 취기가 오르자, 감정의 나침반 바늘은 기쁨보단 우울로 서서히 기울었다. 앉은자리서 떼돈 번 쾌거를 함께 나눌 사람이 없었다. 몇 없는 친구들은 대부분 군대 갔고, 함께 사는 부모님껜 알려봐야 당장 독립하란 소리나 들을 테고…… 횡재를 가슴에 고이 묻어둔 채 잠들려 해도 의식이 셔터 내리길 거부했다. 자랑질 욕구란 지박령 같아서 소원 이뤄주기 전까진 좀처럼 성불하지 않는 법. 결국 노트북을 켜고 국내 최대 가상화폐 커뮤니티, 디시인사이드 비트코인 갤러리에 접속했다.

게시판은 이미 페이코인의 떡상으로 축제 분위기였다. 투자해서 손해본 이가 없으니 화내는 사람도 없었다. 다들 얼마나 돈을 땄는지 자랑하느라 혈안이 되어 있을 뿐이었다. 도지윤은 반쯤 감은 눈으로 게시글을 훑다가 별안간 코웃음이 났다. 아무리 찾아봐도 원금의 스무 배를 딴 유저는 없었다. 곧바로 평가손익 및 수익률을 캡처. 게시판 하단의 '게시글 쓰기' 버튼 클릭. 캡처 이미지를 첨부해 글을 올렸다.

페이 최저점 떡상 인증한다

돈 복사 개쉽네 ㅋ

빨간맛 잘 맛보고 갑니다 꺼어억

몇 분이나 지났을까. 모바일 게임 한 판 돌리고 오니 인증글은 어느새 실시간 베스트 게시물로 승격했고 댓글이 세 자릿수에 육박했다. 부러워하는 인간, 고작 일억 벌었냐며 열폭하는 인간, 합성이라고 정신승리하는 인간, 돈 좀 달라며 계좌번호 써놓고 간 인간까지. 별별 인간 군상을 구경하다가 그제야 떼돈 벌었다는 실감에 기분좋게 잠들었다.

그후 일주일 동안 평소와 다를 바 없는 일상이 이어졌다. 잠, 게임, 배달 음식, 인터넷 방송만 존재하는 삶. 쓰레기 투기와 편의점 방문 외 일절 외출이 없는 삶. 일주일 평균 걸음 수 삼백 보 미만의 삶. 달라진 점이 있다면 돈을 아낌없이 썼다. 먹고 싶은 음식을 다 시키고 남기면 몽땅 버렸다. 모바일 게임 아이템을 아낌없이 샀다. 마음에 드는 유튜버, 특히 여자들한테 마구 슈퍼챗을 쐈다. 게임과 유튜브로 이틀 밤 꼬박 새운 다음 열네 시간을 내리 자고 깬 어느 날, 도지윤은 생각했다. 너무 좋다. 이렇게 평생 방구석에서 살 순 없을까. 일억이란 액수는 참 애매해서, 분명 큰돈임에도 잔고가 줄어드는 속도가 확연히 체감됐다. 제대로 불로소득을 누리려면 지금보다 훨씬 거액이 있어야 했다. 대충 머리를 굴려보니 이십억 정도. 까마득한 액수였지만 이미 한 번 큰돈 따본 경험이 현실감을 압도했다. 원금의 스무 배를 건져봤는데 또 못 하리란 법도 없지 않은가.

목표가 생긴 그날부터 도지윤은 하루종일 노트북 화면만 들여다보면서 수시로 핸드폰을 확인했다. 물론 전문 투자자도 아닌 일개 학생이 대단한 투자 정보를 캐낼 수 있을 리 만무. 기껏해야 온종일 비트코인 갤러리를 뒤적이거나, 가상화폐 투자자들이 모인 오픈 채팅방을 기웃댈 뿐이었다. 그렇게 몇 날 며칠 인터넷 세상을 돌아다닌 결과 마침내 한 코인이 눈에 밟혔다. 얼랏코인이란 가상화폐였고 차트가 두 달 넘도록 차근차근 우상향해왔다. 떨어질 기색이 보이면 바로 뺄 생각으로 전 재산을 털어넣었다. 운영진이 만든 공식 단톡방에도 들어갔다.

투자는 성공하는 듯했다. 얼랏코인은 매일 꾸준히 비싸지고 있었다. 단톡방엔 매일 수익 인증 캡처 이미지가 줄지어 올라왔다. 가만 앉아 일일 수익 삼사백만원. 사흘 동안 천만원을 벌었다. 그렇게 돈벌이가 우스워질수록 오히려 투자 계획은 구체화되어가고 있었다. 물론 구체성과 엄밀함은 전혀 다른 영역인지라, 계획이라 한들 기껏해야 '로또 당첨되면 뭐 하지?' 수준이었고, 그마저 2021년 3월 4일 오후 네시 삼십분을 기점으로 박살났다. 얼랏코인은 단 일 분 만에 이만이천원에서 삼백오십원이 됐다. 단톡방엔 난리가 났다. 구매자들의 공황매도가 줄지어 일어났다. 낮에 눈 감기 시작해 심야까지 퍼질러 잤던 도지윤이 깨어났을 땐 이미 거금 일억이 피자 한 판값으로 변해 있었다.

그렇다, 얼랏코인은 스캠코인이었다.

현실로 돌아온 도지윤은 그후 사흘 내내 식음전폐하다가 기어이 병원에 실려갔다. 낯선 천장 아래로 뚝, 뚝, 눈물처럼 떨어지는 링거액을 바라보자 다시금 코가 매워졌다. 거액을 잃은 상실감은 둘째치고 당장 현실이 막막했다. 왜냐면, 은행 가기 귀찮다는 이유로 현금 서비스를 곧바로 상환하지 않았다. 더 문제는, 기절한 사이 현금 서비스 청구서 더미가 집 우편함에 꽂혀 있었다. 돈을 어디 썼느냐는 어머니의 물음에 대답하지 못하자, 원금 다 못 갚으면 집에서 쫓아내겠다는 엄포가 떨어졌다. 오백만원을 대체 어디서 벌지…… 도지윤은 병원 침대가 내려앉을 듯 한숨 쉰 다음 단톡방을 보았다. 이미 대다수가 나갔고 남아 있는 기록은 아비규환이었다. 죽고 싶다, 이혼당했다, 돈 꿨던 친구가 찾아왔다, 중고나라에 살림살이 다 팔았다, 전세 보증금 다 집어넣었는데 어떡하나, 다른 코인이 좋다더라, 2차전지주가 떡상한다, 이럴 거면 토토나 하고 말지, 돈 되찾을 수 있다, 변호사를 선임했다, 주인장을 찾아내고 말겠다, 제각기 흩뿌려놓은 집단 독백 속에서, 한 메시지가 눈에 띄었다.

'혹시 인천 구빵 물류센터에서 같이 일하실 분 있음?'

*

불과 일주일 전까지 오전 여섯시 반은 산책 시간에 불과했다. 도지윤은 가끔 아파트에서 나와 부평역 인근을 지나 편의점으로 향하곤 했다. 지하철역 6번 출구와 잇닿은 버스 정거장엔 새벽부터 사람들이 바삐 오갔다. 각자 성별 나이 옷차림 방역용 마스크까지 다 달랐지만 축 처진 눈썹과 반만 뜬 눈은 교복처럼 똑같았다. 다들 출근길이겠지. 돈 벌기가 얼마나 쉬운데 왜 회사에서 아등바등 일하면서 사나. 무슨 전생에 영토를 적국에 무료 나눔이라도 했나, 아니면 졸다가 실수로 핵미사일 버튼이라도 눌렀나…… 밤새워 게임하다 외출한 도지윤은 그들 모습이 진심으로 불쌍해 보였다. 그 안타까운 출근 행렬에 자신이 끼리라곤 생각지도 못한 채 말이다.

창백한 하늘 아래, 오늘도 회사로 향하는 발걸음들이 분주히 오갔다. 도지윤은 버스 정거장 앞에서 딸꾹질처럼 자주 하품을 했다. 긴 백수 생활에 적응한 몸이 이른 아침을 전심전력으로 버거워했다. 그저 눈뜨고 있을 뿐, 뇌가 이미 동면한 채로 자동 사냥 중인 모바일 게임 화면만 멍하니 바라보던 도지윤에게 한 남자가 다가왔다. 덩치는 컸지만 운동과 도통 인연을 안 맺고 산 듯

한 몸매의 사내였다. "청바지에 회색 후드티, 청바지에 회색 후드티……" 남자는 홀로 중얼대다가 도지윤 앞에 우두커니 서고선, 한참 망설이다 기어들어가는 목소리로 말을 걸었다.

"저…… 존버는승리한다님?"

"아…… 무한익절가즈아님?"

무심결에 대답한 도지윤은 좀처럼 다음 한마디를 떼지 못했다. 사내, 무한익절도 마찬가지인 듯했다. 코로나의 여파는 단순히 내과 질환에 그치지 않았다. 상당수 사람이 초면에 얼굴 보고 대화 진행하는 법을 망각했다. 어색함이 가득 얹혀 무거워진 초침은 한없이 느리게 움직였고, 삼십 분 같던 삼십 초가 지나서야 비로소 대화 형식의 상호 독백이 이어졌다.

"출근 확정 문자 받으셨죠?"

"네……"

"무한익절님은 혹시 나이가?"

"스물셋이요."

"동갑이네요."

"네."

"네……"

"존버님은 얼랏에 얼마 태우셨어요?"

"일…… 오백이요."

"아 저는 칠백 태웠어요. 등록금 뻥땅 친 돈인데……"

"그렇군요……"

"네……"

"물류센터는 처음이시죠?"

"네."

"저도요."

"네……"

그들의 가상화폐 투자가 그러했듯, 단타로 치고 빠지는 대화는 좀처럼 이어지지 못했고, 도지윤은 속으로 후회만 거듭했다. 무한익절의 행색은 몹시 꾀죄죄했는데, 전통 시장에서 각각 만원에 팔 법한 주황색 등산 바지와 검은 패딩 차림이었다. 가슴팍에 'The South Face'라 쓰인 로고는 남루함의 대미를 장식하고 있었다. 와중에 아침은 살뜰하게 챙겨 먹었는지 말할 때마다 마늘 냄새가 진동했다. 혼자 가기 무서워서 사람 끼고 일해보려고 했더니만. 이런 인간인 줄 알았으면 홑몸으로 오는 게 나았지. 벌써부터 상대가 성가셔진 도지윤과 달리 무한익절은 계속 말을 걸어왔다. 모바일 게임을 틀어놓은 게 화근이었다. 둘은 하필 같은 게임 유저였고, 현금 수백만원을 들이부은 도지윤의 캐릭터는 몬스터를 한칼에 서걱서걱 썰어내고 있었다. 캐릭터는 뭐가 좋냐, 아이템은 어떤 거 써야 하냐, 사냥터 좀 추천해달라…… 귀찮은 질문에 건성건성 대답하길 몇 차례, 마침내 통근 버스들이 당도했다. 줄지어 있던 사람들은 익숙하게 핸드폰을 켜고 포스기 앞을 통과했다.

초행인 도지윤과 무한익절은 운전대 옆에 놓인 포스기 앞에서 쩔쩔맸다. 버스 타는 일이 개떡같이 만든 키오스크로 주문하기만큼 벅찼다. 앱을 두 개를 켜야 했고, 로그인해서 QR 코드를 스캔하고, 화상 카메라로 체온 체크까지 한 다음 지정 좌석에 앉아야 했다. 어리바리한 두 남자의 뒤통수에 버스 기사의 짜증 섞인 성화가 꽂혔다.

"일단 들어가서 켜세요, 들어가서."

빈자리서 이 분 동안 핸드폰과 씨름한 끝에 인증까지 성공한 도지윤은 드디어 무한익절과 떨어져 앉을 수 있었다. 승객 대부분은 쪽잠을 자는 중이었다. 버스 안은 고요했고 간간이 코고는 소리가 들려오곤 했다. 착석한 지 얼마 지나지 않아 머리가 지끈거렸다. 피로가 실시간으로 전염되고 있기라도 한 걸까. 히터를 틀지도 않았는데 이상하게 덥고 답답해서 갈산역을 지나 북인천으로 향하는 내내 창밖만 응시했다. 청운교를 지나자 얼마 안 가 구빵 4센터 건물의 뒤편이 보였다. 사층 높이 새하얀 컨테이너 외벽에 자그마한 미닫이창만 더덕더덕 붙어 있는 모습이 마치 초대형 양계장 같았다. 곧 줄지어 달리던 버스들이 센터 입구 인근에 멈춰 섰다. 문이 열리고 사람들이 연두색 울타리를 길잡이 삼아 삼삼오오 걸어갔다. 인파에 슬며시 낀 도지윤을 뒤따르던 무한익절은 "와 여자도 많네……" 하고 혼잣말을 중얼댔다. 와중에 숙면을 했는지 입술 주위로 침자국이 보였지만 굳이 지적하지는 않았다.

센터 건물 앞엔 계약직과 일용직을 모으는 표지판이 놓여 있었고 허들을 쭉 이어서 길을 갈라놓았다. 커다란 녹색 천막이 쳐진 별관으로 들어서자 사람들이 두 걸음 간격씩 떨어진 채 모여 있었다. 처음 오신 분들은 이층 교육장으로 가실게요. 관리자의 외침에 손 소독제를 발라 문지른 후, 출결 체크를 한 다음, 사원증을 받고 근로계약서를 작성. 캐비닛에 핸드폰과 지갑을 넣은 뒤 교육장으로 향했다. 일용직은 첫날 바로 현장에 투입되지 않고 세 시간 동안 안전교육을 받는다고 했다. 빔 프로젝터로 틀어주는 영상을 다 본 다음엔 실습 절차였다. 직접 박스 포장도 해보고, 파레트를 들고 나르기도 했다. 시키는 대로 정신없이 몸을 움직이다보니 어느새 열한시 점심시간 알림 방송이 들려왔다.

교육장 밖으로 나오니 무질서한 군중이 사층을 향해 우르르 달리고 있었다. 영화 〈부산행〉이나 〈반도〉의 한 장면 같은 풍경에 피식 웃었던 도지윤은 곧바로 후회했다. 배식을 기다리는 줄이 만리장성을 이루고 있었다. 핸드폰을 반납한 바람에 틱톡과 인스타도 못 보는 인고의 이십 분이 지나서야 배식대 근처까지 닿을 수 있었다. 메뉴는 비빔밥에 탕수육, 김치, 그리고 파 쪼가리 몇 개 동동 뜬 분식집 우동 국물. 입맛도 없어 찔끔찔끔 퍼 담고 자리에 앉은 지 얼마 안 가 비었던 옆자리가 찼다. 무한익절이었다. 플라스틱 가림막 너머 보이는 식판 위엔 밥으로 쌓아올린 동산과 나물로 만든 밀림이 보였다. 무한익절은 뭐가 그리 좋은지 시근거리는 콧소리를 내며 말했다.

"여기 밥 잘 나오네요."

"그래요?"

"교육한 시간도 일당으로 쳐준대요. 개꿀이죠. 제가 시멘트 밥 좀 먹었거든요? 건설 막노동. 그거 하려면 건설기초안전교육 받아야 되는데 오만원을 내야 돼요."

무한익절은 일을 시작하기도 전부터 구빵이 마음에 든 듯했다. 삽질인지 숟가락질인지 모를 지경으로 밥을 가득 퍼다 입에 쑤셔 넣으면서도 혀는 도통 쉬질 않았다. 남동공단에 알바 갔다가 기계에 손가락이 잘려나간 친구 이야기라든가, 인천항에 까대기 치러 갔다가 지게차에 깔려 발목이 날아간 선배의 썰을 풀면서, 이 정도면 정말 괜찮은 알바라고 했다. 누가 보면 구빵에서 심은 나팔순 줄 알겠네. 도지윤은 혼잣말 삼키며 안 넘어가는 밥을 꾸역꾸역 넘겼다.

식당을 나온 지 얼마 지나지 않아 휴식 시간 종료 알림 방송이 울렸다. 이층으로 돌아가니 본격적으로 업무 배정이 시작됐다. 일 나눠주는 관리자 '캡틴'은 빨간 조끼 차림의 중년 남성이었다. 점심 먹다 돌이라도 씹었는지 잔뜩 짜증 섞인 목소리로 이 공정으로 가라, 저 공정으로 가라며 지시해댔다. 도지윤이 할 일은 집품. 무

한익절은 집품 작업과 포장 작업 사이 가교 역할인 '워터'를 하게
됐다. "아 씨, 워터 개빡세다던데……" 도지윤은 무한익절의 나
지막한 옹알이를 뒤로한 채 작업 현장으로 향했다. 할일은 너무나
도 간단했다. 복층 진열대에 쌓인 박스를 뜯어 물품을 카트에 쌓
고 지정된 장소까지 가져다주면 끝. 작업자들은 각자 두꺼운 스
마트폰처럼 생긴 단말기를 받았는데, 그저 이 기계가 시키는 대
로 일하면 됐다. 정말 문자 그대로의 단순노동이어서 처음엔 코스
트코에서 쇼핑하는 느낌마저 들었다. 슬슬 어깨며 다리가 쑤실 때
쯤, 도지윤은 단말기를 확인하고 기겁했다. 고작 한 시간이 지나
있었다. 아무리 몸을 비틀어대도 시계에 표시된 숫자는 아주 천천
히 바뀔 뿐이었다. 크로노스가 자기 자식들 삼키다 체해서 직무유
기중인 걸까. 도지윤은 느릿느릿 짐을 쌓다가 이따금 들려오는 독
촉 방송에 서둘러 달음질하길 반복하면서 깨달았다. 이 초단순 노
동은 그저 시간과 돈을 상호 교환하는 작업이며, 고통은 행동하
는 육신이 아니라 지루함을 견디는 정신의 몫이었다. '하기 싫다'
라는 생각을 글자로 새겼다면 족히 팔만대장경 절반은 채웠을 즘.
마침내 퇴근 알림 방송이 흘러나왔다. 코인 대박으로 흥청망청 지
냈던 한 달보다 월등히 길었던 여섯 시간이었다.

간단한 퇴근 절차를 거쳐 밖으로 나오니 달아오른 노을이 서
서히 식어가고 있었다. 퇴근 버스를 기다리는 동안 서 있을 기력

도 없어 보도블록에 털썩 주저앉았다. 앞으로 오십 일 내내 이렇게 하루를 소진해야 원금을 털 수 있었다. 그나마 교육 받고 꿀보직으로 빠져서 이 정도. 이 일이 정말 최선인가 되뇌고 있을 때 갑자기 짜장면 시키고 남은 양파와 단무지가 썩으면 날 법한 땀내가 콧구멍을 쑤셨다. 미간을 짜그리며 돌아보니, 무한익절이었다. 잔뜩 찌푸린 그 얼굴엔 점심때의 의기양양한 모습은 보이지 않았다.

"개같네 진짜, 첫날부터 뭔……"

답변을 바라는 혼잣말에 도지윤은 침묵했다. 군대에서 온갖 수컷들을 경험하며 쌓인 촉이 대답하면 귀찮아진다고 알려왔다. 곧 통근 버스가 왔고 부평역에 도착했을 때쯤 하늘은 이미 완연한 연탄빛. 터덜터덜 아파트로 향하는 도지윤의 핸드폰이 덜덜거렸다. 무한익절의 카톡이었다. '존버님. 저 구빵 손절요. 수고하세요.' 그럴 줄 알았지. 헛웃음 지으며 주머니에 폰을 집어넣으려다가 멈칫했다. 내일도 나가려면 구빵에 출근 문자를 보내야만 했다. 이런 일자리마저 선착순에 못 들면, 심지어 회사에서 관리하는 블랙리스트에 들기라도 하면, 출근조차 안 시켜준다고 했다. 엘리베이터 기다리는 동안 문자를 보낼까 말까 망설이는 사이 문자가 왔다. 입금 알림이었다. 일당 82,840원. 헛웃음만 흘리다 문득 달리일할 곳이 마뜩잖은 자신의 처지를 깨달았다. 과외를 뛸 학벌이 있길 하나, 편의점 가자니 대부분 최저임금도 안 주고, 공단 쪽은 무한익절 말마따나 구빵보다 나은 점이 하나도 없지 않은가. 울며

와사비 핥는 심정으로 문자 송신 후 엘리베이터에 올랐다. 이윽고 집에 도착한 도지윤은 현관문 지나 거실 소파 위로 그대로 엎어져 잠이 들었다.

*

모든 출근은 첫 하루가 가장 어려운 법. 이후 도지윤은 한 달 동안 일용직 생활을 이어나갔다. 어지간하면 출근 허가는 떨어졌고 일주일에 사나흘 정도는 구빵에 나갈 수 있었다. 오늘도 통근 버스 안에서 꾸벅꾸벅 졸다가 센터에 도착. 문밖으로 나오니 몸에 더덕더덕 붙은 꽃잎을 마구 털어내는 벚나무가 보였다. 일용직이 집합하는 별관에 도착해 핸드폰으로 은행 앱을 켰다. 남은 빚이 삼백팔십만원, 막막하기만 했던 현금 서비스 상환 마라톤도 조금씩 완주의 기미가 보였다. 오늘도 그저 기계가 시키는 대로, 관리자가 윽박지르는 대로 손발만 움직이다보면, 어느덧 퇴근 시간이 임박하겠지. 스스로를 북돋우며 마음 다잡는 도지윤 옆에 스무 살 언저리의 남정네 세 명이 옹기종기 모여 웅성이고 있었다. 사흘 전부터 출근한 친구들이었고 아무래도 가출족 같았다. 대화 주제는 늘 똑같았는데 '돈 모아서 뭐 하지'였다. 엊그제는 보증금 모아서 오피스텔로 들어가자, 어제는 오토바이 사서 배민을 뛰자, 라는 원대한 꿈을 얘기했었으나, 이젠 그저 일당으로 뭐 할지를 고민하는 중이었다. 불금에 클럽 조질까, 나 여친 생일 선물 사야 돼, 아직 한참 남았다매, 또 오면 돼…… 시시덕대며 대화를 주고받던 남정네들과 도지윤은 불현듯 날벼락을 맞았다. 빨간 조끼 캡틴이 느닷없이 중노동을 선고했다.

"도지윤씨, 권정배씨, 유호재 씨, 공매도씨, 워터로 가세요."

도지윤은 그대로 안전화 신고 현장에 투입됐다. 워터 공정의 악명은 익히 들었지만 정작 무슨 일 하는지는 잘 몰랐다. 그저 물건 잔뜩 쌓인 카트를 묵묵히 끌고 가던 이들의 모습만 생각날 뿐. 빨간 조끼 캡틴한테 공정명이 왜 '워터'냐고 물어봤더니 "집품과 포장을 물 흐르듯이 연결해줘야 하니까 워터!"라는 자신만만한 답변이 왔던 기억도 났다. 구빵 일이 으레 그렇듯 용어와 분류는 복잡했지만 실제 일은 엄청나게 간단했다. 1) 집품 현장에서 가져온 카트를 포장 라인에 갖다놓는다. 2) 포장 끝나서 빈 카트는 다시 집품 담당자들이 쓸 수 있도록 갖다놓는다. 이 두 과정 무한 반복, 끝. 물론 일의 단순함과 난이도는 별개인 법. 도지윤은 일 시작한 지 몇 분 만에 이토록 단순한 공정을 사람들이 왜 기피하는지 깨달았다. 배터리 고장난 노트북이 충전기 코드 뽑으면 바로 꺼져버리듯, 카트를 잠깐 세우고 쉬면 바로 공정이 마비됐다. 일을 빨리처리할 요령 따윈 전무했다. 그저 센터를 발이 닳도록 누벼야 할 뿐. 카트는 무거웠고 바퀴는 뻑뻑해서 온 힘으로 밀어내야만 했다. 세 시간 동안 몸에서 진땀 한 바가지 뽑은 뒤에야 찾아온 점심

시간은 순식간에 지나갔고, 현장으로 복귀한 도지윤에겐 더 큰 고
비가 기다리고 있었다. 같이 들어왔던 일용직 세 명이 보이지 않
았다. 집품에선 빈 카트가 없어서 난리치고, 포장에선 테이프질할
물건이 안 와서 아우성치기 시작했다. 조끼 입은 관리직들이 우왕
좌왕 현장 뛰어다니는 모습에 도지윤은 확신을 굳혔다.

　이건, 추노다.

　추노. 무통보 근무지 이탈. 사방에 CCTV며 관리자가 깔린 감시
망을 피해 탈출할 수 있는 담력과 지성을 요하는 고도의 일탈 행
위. 보통 일주일에 한두 번꼴로 발생했지만 동시에 세 명이 나가
는 비상사태는 처음이었다. 갑작스러운 대규모 결원에 현장은 아
비규환. 본래라면 계약직이 땜빵을 와야 했지만 어째서인지 보충
인력 투입이 늦어지고 있었다. 급기야 앞뒤 공정에서 불만이 터졌
고, 관리자들은 허둥댔고, 속도를 올리라는 독촉 방송은 쉴새없이
흘러나왔다.
　삼십 분 내내 상황은 나아질 기미가 보이질 않았다. 다리가 놀
틈 없이 집품과 포장을 오가던 도지윤은 결국 방전. 포장 라인에
카트를 대놓은 채 헐떡였다. 포장대 앞에선 손이 놀게 된 작업자
들이 잡담을 나누고 있었다. 한가롭게 수다 떠는 모습을 보자 배
알이 동아줄처럼 뒤틀렸다. 노났네, 노났어, 누구는 뺑이치느라

죽을 맛인데…… 그러거나 말거나, 타인들이 도지윤의 속마음까지 알 리 없었고, 마침 포장 작업자가 던진 농담은 기름에 던진 불씨가 되었다.

"학생아, 이러다 우리 오늘 퇴근 못 하겠다!"

"아이 씨발 진짜……"

평소라면 작업 소음 탓에 결코 들리지 않았을 그 독백은, 일부 사람들의 귓속을 똑똑히 파고들었고 분위기는 일순 냉랭해졌다. 도지윤이 실수를 깨달았을 땐 이미 주워 담을 수 없게 된 뒤였다. 방금 욕했어, 왜 저래 정말, 원래 집품 하던 친구지, 속닥거림은 점차 웅성임으로 번져갔고 급기야 도지윤은 얼굴 붉힌 채 카트를 걷어찼다.

"아줌마! 저는 뭐 놉니까? 예? 노냐구요. 편한 일 하면서 승질 나게 진짜. 더러워서 못 해먹겠네."

사람들이 무어라 반응할 새도 없이 도지윤은 자리를 떴다. 도저히 일할 힘도 마음도 들지 않았다. 그저 얼른 이 공간에서 벗어나고 싶었다. 양심상 추노는 할 수 없어 현장을 바삐 오가던 빨간 조끼 캡틴을 찾아 불러 세웠다.

"저 조퇴 좀 시켜주세요."

매일 직원 수십 명씩을 상대해온 캡틴은 불가에 귀의하지 않고 오로지 경험만으로 관심법의 경지에 올랐다. 하루에도 몇 번씩 조퇴 통보를 당하다보니 이젠 표정만 보아도 꾀병인지 아닌지, 꾀병이라면 목적이 무엇인지까지 읽어낼 수 있었다. 지금 이 조퇴 신청은 그저 워터를 못 해먹겠다는 항의일 뿐. 캡틴은 얼굴에 주름하나 안 까닥인 채로 물었다.

"꼭 지금 가셔야 됩니까?"

"온몸이 쑤셔요. 땀도 많이 나고 무리했어요."

"힘드셔서 그렇죠? 저도 힘든 일 안 드리고 싶죠. 오늘만 좀 고생하십시다."

"아니 그냥 아프다니까요."

"아이고 참, 지금 나가시면 다음부터 출근하기 힘드실 텐데……"

꼬박꼬박 출근하는 일용직에겐 대체로 급한 사정이 있기 마련. 당장 내일부터 출근 못 할 수 있다는 공포심만 심어줘도 대부분 저항을 포기한다. 캡틴의 교묘한 넋두리에 도지윤은 사색이 되었다. 겨우 일에 적응하고 빚 갚을 길도 보이기 시작했는데 지금 때려치우면 말 그대로 가출 선언. 결국 집으로 향하려던 발걸음을 일터로 돌릴 수밖에 없었다. 다시 중노동이 시작되고, 또 넋이 나가도록 일하고 나니, 퇴근할 무렵엔 이미 안색이 싸구려 BB크림 떡칠한 듯 온통 흙빛이었다. 혹사당한 종아리는 파르르 떨려댔고 온통 쑤시는 전신은 다음날의 몸살을 예고하고 있었다. 너덜너덜해진 몸뚱이보다 더 큰 고통은 설움이었다. 죽도록 일해도 일당 십만원도 못 버는 신세가, 이딴 회사조차 때려치울 수 없는 자신이 한심해 죽을 지경이었다.

터덜터덜 집으로 돌아온 도지윤은 침대에 누워 종일 핸드폰만 만졌다. 두 시간 동안 틱톡, 인스타그램, 유튜브의 바다를 헤엄치다 마침내 도달한 곳은 비트코인 갤러리. 아직 한 푼도 매도하지 않은 얼랏코인이 반등하는 소식만 기대하며 한가득 쌓인 개념글을 죽 훑은 다음, 분 단위로 정신없이 올라오는 글을 실시간으로 확인하던 중 한 제목이 눈에 띄었다. '얼랏코인 설거지 당한 흑우들 봐라', 다 읽기도 전에 마우스가 먼저 딸깍였다.

음메 나도 당했어 ㅜㅜ
같이 구빵에서 열심히 일해서 갚자
구빵 정보는 아르바이트 갤러리 🐧 로 오셈

"아이 씨……" 목 끝까지 올랐던 욕이 밀려드는 호기심에 식도 아래로 내려갔다. 디시인사이드에서 '아르바이트'를 검색해 들어가보니 웬걸. 이름과 달리 그야말로 구빵 전용 갤러리였다. 비트코인 갤러리가 한탕에 미친 인간들을 모아놨다면 여긴 사회성을 로켓배송해버린 인간들이 우글댔다. 그야말로 인터넷 고물상 같은 곳이어서 유용한 정보도 있었지만 주로 신세한탄, 관리자 욕, 여직원 외모 품평이 필터 없이 쏟아지고 있었다. 처음엔 그저 신기한 마음에 눈팅을 시작했을 뿐인데, 상주하는 시간이 길어질수록 갤러리에 점점 더 동화되어갔다. 나만 이런 생각을 하고 사는 게 아니었구나. 다들 이 악물고 참는 줄만 알았는데 이렇게 풀고 살았구나. 어느새 도지윤은 울분에 북받쳐 글을 쓰기 시작했다.

싱글벙글 오늘 인천4센 출고 ㅋㅋ

진짜 개판 그 자체였음
셋이 붙어다니던 일용직 워터들 왔다가 단체 추노행 ㅋㅋ
캡틴들 다 얼타고 집품 포장 다 지랄 남
포장 구줌마는 뭣도 모르면서 "이러다 퇴근 못 하겠다" ㅇㅈㄹ
무거운 건 남자 포장 워터한테 다 짬 때리면서
테이프질만 처하고 꿀 빠는 주제에 훈수질 개역겹더라
엿 같아서 조퇴하려니까 빨간 조끼가 출근 가지고 협박함
얼랏 물린 거 청산하면 구빵 바로 손절한다 진짜

글을 올린 지 얼마 안 가 댓글창엔 풍년이 들었다.

  ┗ 나 인구4센 계약직인데 안 그래도 출고 오늘 개판났더라 캡틴 시말서 쓰고 난리였음
  ┗ 포장 구줌 오지랖은 만국공통 국룰인갑네

└, ㅇㅈ 구줌들 하는 거 뭣도 없음 최저시급이 아깝다 자동화가
시급
　　└, 남자면 캡틴하고 친목질 꼭 해라 안 하면 계속 워터로 팔려감
　　└, 얼랏에 얼마 태움? 난 구빵 종신노예 확정이다……

공감은 그 자체만으로 도파민 덩어리라던가. 기분좋게 반응을
훑어 나가다 마지막 댓글에 다다르자 취기가 싹 내려갔다.

　　근데 힘든 일 하는데 똑같이 최저임금 주는 구빵이 이상한 거지,
구줌더러 뭐라 할 문제는 아니지 않음?

　　그야말로 정론. 말 그대로 다 같이 최저시급을 받아야 할 이유
는 없었다. 힘든 일은 당연히 대가를 더 받는 게 옳았다. 분명 맞
는 말인데 기분이 나빴다. 도지윤은 한 번 생각할 틈도 없이 대댓
글을 달았다.

　　좌좀 특) 애초에 이 정부에서 최임 존나 올려서 이 지경 됐는데 이
　　악물고 무시함

　　반박 댓글은 달리지 않았다. 도지윤은 괜한 승리감에 젖어 기분
좋게 잠들었다.

*

구빵 인천4센터는 흡연자에게 매우 불친절하다. 일단 업무 중
간 휴식 시간이 아예 없다. 즉 점심시간 외엔 담배 피울 틈이 없었
다. 그나마 흡연할 곳조차 센터 안 주차장이 고작. 그토록 거센 탄
압 속에서도 담배 연기는 피어오른다. 오전 열한시 사십분, 자동
차가 죽 늘어선 아스팔트 위에서 남녀노소 연령 구분 없이 점심
후식으로 구름과자를 먹어대고 있었다. 비흡연자 도지윤에겐 그
저 떼거지로 몸에 나쁜 막대기를 죽죽 빨아대는 모습으로 보였다.
냄새조차 괴로워 입으로 헐떡헐떡 호흡하고 있던 중, 누군가 어깨
를 톡톡 건드리는 감촉에 고개를 돌렸다. 빨간 조끼 캡틴이었다.
입엔 이미 말보로 한 대를 물고 있었다. 다급히 라이터를 켜 담배
끝을 지졌다.

"식사 맛있게 하셨습니까, 형님."

"어어, 너도 많이 먹었냐."

워터 사건 이후 두 달이 지났다. 그새 캡틴과 도지윤은 형님 아
우가 되어 있었다. 물론 도지윤이 일용직을 관두는 순간 끝날 정
략 형제 사이에 불과했다. 우유만큼 유통기한이 짧을 관계를 먼저
튼 쪽은 도지윤. 퇴근하고 어김없이 찾아간 아르바이트 갤러리에
서 본 계약직 퇴사자 썰이 계기였다. 글에 따르면 빨간 조끼 캡틴
은 출고 관리직 중 유일한 오십대. 사업 망해서 이혼당한 뒤 구빵

에 붙박이 친 상태고 양육권도 없어 외로운 신세라, 옆에서 담뱃불 붙여주고 신세한탄만 들어줘도 꿀을 빨 수 있다고 했다. 정보는 전부 사실이었고 일주일이 지나자 더는 워터로 팔려가지 않았다. 어떤 때는 아예 한가한 공정으로 빼주기까지 했다. 이 편리함에 비하면 이십 분 동안 담배 냄새와 중년 아저씨 넋두리 참는 게 뭐 그리 대수롭겠는가. 이렇게 편히 일할 수 있게 된 건 전부 아르바이트 갤러리 덕이었다. 정말이지 헌정곡이라도 바치고 싶은 심정이었다.

아르바이트 갤러리 다니고 나의 노예 생활 편해졌다.
아르바이트 갤러리 다니고 나를 찾는 공정 적어졌다.
아르바이트 갤러리 다니고 내 인생이 달라졌다.

캡틴은 질리지도 않고 매일 자기 처지를 비관했다. 자퇴, 결혼, 육아, 사업, 이혼, 그 모든 발자취가 후회를 위한 재료였다. 오늘은 대학 진학 못 한 게 한이라면서 한참 떠들더니 느닷없이 도지윤의 학벌을 물어왔다. 고졸이라 둘러대니 캡틴은 한숨을 푹 쉬고는 짐짓 걱정스러운 표정으로 물었다.

"일당직 한 지 얼마 됐냐?"

"이제 석 달 됐습니다."

"이런 일 오래하지 마라. 돈 벌어서 공부 열심히 해. 좋은 대학

가야지."

도지윤은 속으로 쌍욕을 삼키며 밸 없는 웃음으로 대꾸했다.

"맞는 말씀이십니다. 나가면 열심히 공부하겠습니다, 형님."

"그래, 가봐라."

캡틴이 손을 휘휘 저었고 도지윤은 고개 꾸벅 숙인 후 돌아섰다. 정각 열두시, 음료수 한 잔 마실 겸 휴게실에 들어서니 왁자지껄한 목소리들이 들려왔다. 중년 여성 한 무리가 귤을 까먹으며 자식 대학 얘기에 열중이었다. 우리 새끼 지금이라도 과외시켜야 할까, 아유 난 인서울만 했음 좋겠어, 돈만 많으면 몇 년 꿇려도 의대를 보낼 텐데. 삼수생인 도지윤에겐 가상화폐만큼이나 듣기 싫은 주제였다. 얼른 자리를 벗어나려던 그때, 억센 여자들 틈에 낀 비쩍 마른 남자가 보였다. 대한민국 사람이면 모르는 이 없는 U대학의 과 잠바를 입고 있었다. 도지윤은 슬머시 눈살을 찌푸렸다.

남자의 이름은 원세준. 보름 전부터 눈에 띄기 시작한 일당직 사원. 짧은 기간 동안 거쳐간 온갖 인간 중 단연 독보적인 관심종자였다. 어떤 놈인가 하니, 첫날부터 과 잠바를 입고 출근했다. 대놓고 "나 좋은 대학 나왔소" 하고 꺼드럭거리는 꼴이었다. 속으로 욕 좀 먹겠다며 혀를 끌끌 찼지만 결과는 정반대. 입사 하루 만에 제일 편한 포장으로 빠지더니 그날부로 센터의 아이돌로 자리잡았다. 과반이 중년 유부녀인 포장 계약직들은 입시에 민감했고 명

문대생이라면 환장했다. 일반 사원들도 부러워하는 눈빛으로 쳐다보는 한편, 일당직들이 조금만 늦어도 독촉하고 짜증내는 캡틴들도 원세준에겐 함부로 굴지 않았다. 오늘도 마찬가지였다. 일용직 젊은 남자라면 덮어놓고 싫어하던 포장 계약직 사원들이 손수 귤을 까서 원세준한테 헌납하고 있었다. 대학이 벼슬이라더니 무슨 암행어사 대접을 받네. 아주 과 잠바가 마패여, 마패…… 눈꼴 사나워 미칠 지경이었지만 어찌할 도리가 없었다. 얼른 관두길 바라거나 먼저 탈출할 때까지 최대한 안 마주칠 수밖에. 도지윤은 자판기에서 콜라를 한 캔 뽑아 휴게실을 빠져나왔다. 이날은 웬일로 물량이 별로 없어 쉬엄쉬엄 일하다 근무 시간이 끝났다.

퇴근길 통근 버스 안. 도지윤은 핸드폰을 켜자마자 아르바이트 갤러리부터 접속했다. 이젠 아침에 기상 알람 끄듯 자연스러운 일과가 됐다. 퇴근 시간에 맞춰 전국 각지 구빵 직원들이 쏟아내는 사연들은 모바일 게임이 시시할 정도로 흥미로웠다. 오늘은 또 어떤 이야기가 기다리고 있을까. 스크롤 휙휙 내리다가 손가락 잡아끄는 제목을 발견했다.

난 U대 과잠 입고 출근함 ㅇㅇ

왜 그러냐고?

구빵 다니는 니네랑 선 긋고 싶어 그러지.

휴학하고 알바하러 왔는데 같은 취급 받으면 억울하잖아?

과잠만 입었을 뿐인데 아줌마들이 알아서 물고 빨고 난리더라.

못 배운 놈년들이 더 학벌 따지는 거 실화냐.

모쪼록 재밌게 놀다 간다, 퓹.

학교 인증하라는 놈 있을까봐 학생증도 깐다.

평생 카트 끌고 상하차나 하렴, 루저들아.

그저 분 단위로 올라오는 흔한 관심 구걸 글 중 하나였다. 내버려두면 금방 묻혀버릴 그 게시물에, 도지윤은 한순간 이성의 근육이 파열됐다. 머릿속이 온통 원세준이 입었던 잠바로 꽉 찼다. 동일 인물인지 알 수 없지만 이상하게 확신이 들었다. 인증한답시고 올린 학생증 사진엔 교묘하게 이름이 가려져 있었다. 볼 수 있는 정보라곤 학과 이름과 2020 282 022라는 학번뿐. 그 약간의 단서가 알 수 없는 사명감에 북받치게 했다. 갈 땐 가더라도 네 민낯만큼은 까발리고 가야겠다. 도지윤은 집에 도착하자마자 씻지도 않고 노트북부터 켰다. 그다음 모든 검색 엔진과 SNS를 펼쳐놓은 다음 '원세준'을 검색하기 시작했다. 결과는 허탕, 수확은 페이스북에 올라간 고등학교 졸업 사진 한 장뿐이었다. 이대로 포기했다면 시작도 안 했지. 폰 주소록에 '7월에 삭제한다'로 저장된 캡틴의 전화번호로 문자를 보냈다.

'도지윤입니다. 형님. 밤늦게 죄송합니다. 혹시 원세준 님 번호를 좀 받을 수 있을까요? 형님 말씀대로 공부 좀 열심히 하려고 하는데, 공부하는 방법 좀 따로 여쭙고 싶어서요.'

'7월에 삭제한다'한테서 답장이 왔다. 카카오톡에서 번호를 검색했더니 곧바로 원세준의 프로필 사진이 떴다. 학생증 사진이었고 학과와 학번이 일치했다. 유레카, 신상털이에 성공했다! 두 주먹 불끈 쥐고 환호하던 도지윤은 이윽고 멍해졌다. 글쓴이가 원세준인 건 알았다. 그래서 다음은? 사방팔방에 "원세준이 여러분더러 루저랬어요!" 하고 떠들고 다닐 수도 없는 노릇 아닌가. 저녁 내내 했던 행동들이 쓸데없는 짓이었다는 현실을 깨닫자 집착, 분노, 열등감, 복수심 등으로 가득했던 머릿속이 허허벌판이 됐다. 대체 난 뭘 한 걸까. 허무함에 사무쳐 노트북을 끄고 침대에 누운 순간, 번뜩이는 발상이 후두부를 강타했다. 곧바로 원세준의 학생증에 있던 학번을 검색했다.

그리고 몇 분 뒤, 도지윤은 이불 속에서 박장대소를 했다.

"뭐야 이 새끼, 진짜 뭣도 아니었네."

원세준을 물 먹일 방법이 떠오르자 잠이 오질 않았다. 몸을 뒤척이며 그저 출근 시간이 오기만 오매불망 기다렸다. 똘망똘망한 의식을 간신히 재우고 눈떴을 땐 어릴 적 소풍 가던 날만큼 가슴이 뛰었다. 잠을 고작 네 시간 밖에 안 잤어도, 늦게 일어나서 아침밥을 못 먹었어도, 매지구름에 구멍난 듯 비가 쏟아져도, 그저 즐거워서 콧노래가 흘러나왔다. 삭막한 출근길 부평역과 통근 버스 창가 너머 우중충한 도시 풍경, 입출고 트럭들이 줄지어 들어가고 빠지는 어수선한 센터까지도 그저 아름답기만 했다. 처마 아래서 우산을 털고 일용직들이 집합하는 별관으로 들어섰다. 사람들 사이에 원세준이 보였다. 오늘도 과 잠바를 걸친 채 핸드폰만 만지작대고 있었다. 도지윤은 낼 수 있는 최대한 친근한 목소리를 내며 다가섰다.

"원세준님이시죠?"

원세준은 본 체 만 체 흘깃대더니 고개만 까닥거려 회답했다. 좋은 반응이었다. 도지윤은 마스크 너머로 웃는 낯이 다 드러날 정도로 활짝 미소 지었다.

"세준님은 휴학하시고 오셨나봐요."

"에, 뭐."

"인천 계시다가 원주까지 다시 가시려면 고생 많으시겠다."

"예?"

"뭘 놀래세요. 세준님 학교 원주에 있잖아요?"

도지윤은 표정이 굳은 채 핸드폰 화면을 끈 원세준에게 다가가 슬며시 어깨동무를 했다. 걸친 팔 아래로 떨림이 느껴졌다. 누가

들을세라 귓속에 아주 작은 목소리를 흘려넣었다.

"너 알갤에 학생증 인증 남겼더라? 분캠은 입학 연도 다음 숫자가 달라, 새끼야. 본교는 1, 분교는 2. 본캠 사칭하니 좋디? 오늘 센터에 소문 다 내줄까?"

도지윤은 원세준 어깨에 감았던 팔을 풀고 제자리로 돌아갔다. 원세준은 갑자기 귀신이라도 본 듯 주위를 연거푸 살피더니 이윽고 번쩍 거수했다.

"저, 저, 잠깐 화장실 좀, 다, 다녀오겠습니다."

후다닥 뒤돌아선 원세준이 돌아오는 일은 없었다. 이렇게 오늘도 한 명이 구빵을 떠났다. 업무 배정 시간, 도지윤은 흥얼거리며 자기 이름이 호명되길 기다렸다. 머릿속으로 구빵 탈출까지 남은 날수를 계산하면서.

쓸모 있는 삶

최
유
안

○
최유안

2018년 동아일보 신춘문예를 통해 작품활동을 시작했다. 소설집 『보통 맛』, 장편소설 『백 오피스』, 연작소설 『먼 빛들』 등이 있다.

글쎄요.

나는 건조한 톤으로 모건의 물음에 답했다. 조명에서 나오는 흰 빛이 번득이며 내 몸을 관통해 지나갔다. 지금 카메라가 쫓는 주제에 관해서라면 할말이 별로 없을뿐더러, 일개 계약직 스태프의 의견은 중요하지도 않을 거였다.

원장실에서 나오는 길에 아이 하원을 기다리던 무릎 길이의 검은 주름치마 여자더러 인터뷰 좀 할 수 있느냐고 물어본 것은 물론 나였다. 원장이 추천한 사람 중 하나가 그 여자였기 때문이다. 까다로운 데는 있어도 적절히 예의만 갖추면 인터뷰 정도는 응할 거라고, 원장은 조언했었다. 나는 주름치마 여자에게 다가가, 대한민국 사교육에 대해 한 말씀 해주시겠습니까? 라고 바로 묻는 대신 원장의 조언을 참고해 운을 뗐다.

영국 방송국에서 다큐 촬영중이라는 공지 받으셨죠? 따님이 굉장히 우수하다고 들었습니다. 괜찮으시면 오 분 정도만 선생님을 인터뷰할 수 있을까요?

통역을 맡고 있다고 소개하자 여자는 내 옷차림을 위아래로 한번 훑으면서(나는 사흘째 검은 점퍼와 검은 트레이닝복 차림이었고 현장 근무에는 단출한 차림이 훨씬 좋다고 변명할 뻔했다) 대답했다.

아이는 어쩌죠?

아카데미('영어 유치원'은 정부가 인정하지 않는 단어라는 걸 원장을 통해 십오 분 전쯤 들었다) 한쪽에 마련한 인터뷰 공간에 선 뒤에도 주름치마의 눈은 줄곧 아이를 좇고 있었다. 눈치 빠른 조감독이 고가 장비인 스테디캠을 자연스럽게 가리고는 서브 카메라들을 만져보라며 아이에게 보디랭귀지를 하는 중이었다.

말로 하세요. 영어 배우라고 유치원(!)을 여기로 보내는 거니까요.

영어 문장을 조각내어 튕기듯 말하는 여자의 목소리는 약간의 짜증이 섞여 날카로웠다. 머쓱해진 조감독은 어깨를 으쓱이더니 아이에게 말했다.

이 카메라에 달린 건 샷건이라고 해. 조감독은 한쪽 눈을 찡긋거리며 아이를 향해 총 쏘는 시늉을 했다. 빵! 생긴 게 총을 닮았잖아, 그렇지? 그제야 여자는 만족스럽다는 듯 카메라 쪽으로 얼굴을 돌렸다.

아이 엄마가 카메라 화면 안으로 들어와 무릎 높이까지 오는 유아용 의자에 앉자 책임 피디인 모건이 편안하게 숨을 고르라고 조언했다. 나는 주름치마의 시야 밖에서 잠시 미간을 좁혔다 풀고는 모건 옆에 바짝 섰다. 영어라면 총질도 좋다는 건가. 조명에서 나오는 흰 광선이 검은 백 월 앞에 앉은 여자의 몸에 내리꽂혔다. 모건의 몸 주변으로 찌든 담배 냄새가 사정없이 퍼져나갔다.

#3—프리스쿨 학부모

모건이 아이를 전담하고 있는 조감독을 대신해 작고 빠른 목소리로 촬영 시작을 알렸다.

사교육이요, 사교육.

여자는 그 단어가 마치 자신에게서 아주 멀리 놓여 잡히지도 않는다는 듯 두어 번 뱉어내더니, 쓰읍 하고 입술로 공기를 훔쳤다. 나는 여자가 하는 말을 기계적으로 통역해 뱉었다. 프라이빗 에듀케이션, 프라이빗 에듀케이션. 빗[vət], 하고 말할 때 내 혀가 입천장에 살짝 닿았다 떨어졌다. 영어를 시작했을 때 나는 이렇게 끝이 엇나가는 발음을 좋아했다. [bʌt]도, [bit]도 아닌 우아하면서 교묘한 말.

모건의 시선은 여자를 향해 있었지만, 그의 귀는 내 입을 향해 곤두서 있었다. 내 입은 여자의 입이고 모건의 입이었다. 시간을 흘려보내던 여자가 이윽고 입술을 열었다.

모르긴 몰라도, 사람들 하는 만큼은 해야겠죠. 한국에서 대학을 보내려면요.

나는 여자의 말을 어떤 방식으로 풀어야 좋을지 고민했다. '한국에 살면서' 대학을 보낸다는 건가, '한국에 있는 대학'을 보낸다는 건가. 발화와 청취 사이의 간극을 좁히려는 노력은 내 의무이자 일이며 가치라서 숙려할 시간은 주어지지 않았고, 나는 문장의 기둥이 되는 명사 둘을 품이 넓은 전치사로 이었다. 그 방법이 제대로 통하지 않는다면 모건이 후속 작업중에 나를 부를 것이다. 정확하게 통역하면 그런 일은 일어나지 않을 거라고 모건은 당부했었다. 하지만 오해는 소통의 기본값이고, 오해를 줄이는 데 민감한 사람이 가장 괴로운 법이었다. 완벽한 소통이란 애초에 불가능하고.

모건은 집게손가락과 가운뎃손가락을 붙여 제 턱에 대고 두어 번 가볍게 치더니, 천천히 입술을 떼어 여자를 향해 물었다. 당신은 사교육에 긍정적입니까, 부정적입니까. 그런 식으로 생각해본 적은 없다는 여자의 답변에 모건의 얼굴이 모호하게 밝아졌다. 그렇다면 그 단어가 당신에게 어떤 느낌을 줍니까. 질문을 들은 여자는 부쩍 묵직한 표정이 되더니 되물었다.

사교육에 관해 생각이 많다고 해도 문제지만, 아무런 느낌이 없다고 해도 문제 아닌가요? 주변에서 다 준비하는데 나 혼자 모른 체하는 거니까요. 저도 아이 케어만 생각하면 당장 일을 그만두고 싶지만, 여기 교육비 때문에…… 아, 마지막 말은 빼주세요.

모른 체하는 거. pretending not to know. 이렇게만 번역되기는 아쉬운데. 그러고 나서도 모건은 여자에게 툭툭 질문을 던졌다. 모건의 둥글고 순한 얼굴과 몇 가닥 남지 않은 머리카락, 말할 때 나오는 느릿한 제스처는, 어떤 사람이든 자기 이야기를 술술 꺼내도록 만들었다. 그런 모건 쪽으로 고개를 돌리자, 이번에는 공기를 가득 채운 강렬한 향수 냄새가 코를 찔렀다. 담배 냄새를 가리려고 뿌렸다지만 향수 향과 담배 향이 거세게 충돌해 두통이 이는 느낌이었다.

다큐도 세상과 관객을 위한 소통의 일종이라는 말을 모건에게 들은 적이 있었다. 통역도 아니고 다큐가요? 내가 묻자 모건은 당연하다는 듯 고개를 끄덕이며 말했었다. 그럼요. '스토리텔링', 다큐도 시청자에게 스토리를 전달하는 거니까요. 감독으로서는 머릿속에 그려두었던 스토리가 영상에서 실제로 구현되는 걸 볼 때 오르가슴 같은 걸 느껴요.

오르가슴 같은 걸 느껴요. 나도 모르게 마지막 말을 복기하다 놀라서 등을 바로 세웠다. 복기는 내게 습관 같은 거였고, 나는 무의식적으로 아무 말이나 되새김질하는 직업병을 갖고 있었다. 그때 나는 어떤 기분이 되었던가. 대수롭지 않은 일이라고 생각했던가, 이 영국 아저씨의 성인지 감수성을 의심했던가. 다큐의 어디까지가 스토리텔링이고, 어디까지가 그렇지 않냐고 물었던가. 아니, 그래야 했던가.

*

일을 같이 하자는 제안이 왔을 때, 나는 카페에 앉아 뇌의 구조를 공부하는 중이었다. 몇 주 뒤에 열리는 국제 뇌과학 심포지엄 때문이었다. occipital lobe, 옥시피탈 롭. 눈으로 들어온 정보가 시각피질에 도착해 분석되는 장소. 이런 단어는 외우면 되니 차라리 쉬웠다. 통역을 더 어렵게 만드는 단어는, 사용 빈도가 높지만 합성하며 새로운 의미로 변형되는 단어였다. 이를테면 '구멍가게'나 '붕어빵' 같은 단어. 옥시피탈 롭을 살피다 붕어빵까지 가는 일은 흔히 일어났고, 나는 문득 붕어빵을 각종 언어로 어떻게 표현할 수 있을지 찾아보고 싶어졌는데, 그때 마침 전화가 왔다. 통역

대학원 한 기수 선배인 남선으로부터였다.

그는 이런저런 안부를 묻더니, 재밌는 제안이 들어왔는데 나를 추천하면 어떻겠냐고 물었다. 영국 방송국 일이고 통역 이외에 제반 사항까지 커버해주길 원하는데, 머리도 좀 식힐 겸 알바나 할 의향이 있냐는 거였다. 통역하는 김에 가이드도 좀 하면 된다고. 어차피 우리 일에 정해진 규칙은 없으니 그 정도쯤 받아들이지 못할 이유가 없지 않겠냐고. 마지막 말에 나는 빈정이 상했다. 내 일의 쓸모를 멋대로 재단하는 듯한 말투 때문이었다.

남선 선배를 탓할 건 아니었다. 스마트폰만 들이대면 지구 곳곳 어디서든 언어 장벽 없이 대화가 가능한 시대였고, 고된 훈련 끝에 시작된 실전이 생각보다 훨씬 버거워 종종 우울감에 빠져 지낸 터였다. 발화자가 쓴 쉼표 하나, 숨 한 번까지 제대로 표현하려는 노력이 고고한 비기가 아니라 쓸데없는 신경증일 수 있다는 것, 불필요한 단어를 떼어내고 적당히 정리된 문장으로 속도감 있게 상대의 말을 전달하는 기술을 연마하는 게 더 똘똘한 방법이라는 것. 그런 생각을 할 때마다 우울의 겹이 한 층씩 덧대졌다. 이런 시대에 통역사의 노동이란 쓸데없는 집념과 열정의 산물인가 싶었고, 하루에도 네댓 번씩 밀려드는 자괴와 열등감에서 나는 좀처럼 발을 빼내지 못하고 있었다.

여전히 모호한 슬픔이 마음을 조각내는 와중에, 좀처럼 재밌어지지 않는 옥시피탈 롭을 들여다보다가, 남선 선배에게 선뜻 좋다고 답했다. 잘 선택했다고, 내가 해본 다른 일보다 움직임이 좀 많겠지만 통역하는 애들은 좀 움직일 필요가 있다고, 남선 선배는 그렇게 말한 뒤 전화를 끊었다. 전화를 끊고 나서야 나는 어떤 종류의 일인지 제대로 묻지도 않고 무턱대고 응해버린 것을 조금 후회했다.

그로부터 며칠 뒤 방송국 피디라는 사람이 대강의 로그라인을 보내왔다. 새삼스럽게도 한국 출산율이 주제라고 했다. 대한민국 출산율이 영국 방송사마저 궁금해할 일이라고는 미처 생각하지 못했으므로 내심 놀랐다. 그렇긴 했어도 기획은 내 업무의 영역이 아니었으니, 나는 약간의 근심 속에서도 분수를 지키며 그들과 일하는 날까지 시간을 보냈다.

남선 선배의 말대로 현지 코디네이터는 통역과 비슷하면서 달랐다. 내게 주어진 첫번째 임무는 공항에 도착한 카메라팀 픽업이었다. 카메라팀은 세 팀이었지만 그들은 각자의 사정으로 각기 다른 비행편으로 한국에 들어온다고 했다. 나는 그때마다 제공받은 스타렉스를 타고 인천공항에 가서 그들을 맞았다. 세계를 떠돌며 일하는 사람이 그렇듯 그들은 낯선 이에게 격의 없이 다가왔다. 그들이 쓰는 문장은 톤이 거칠고 단어의 밀도가 낮았지만, 그것마저 여기저기서 깎이고 다듬어지며 익힌 대화의 방식으로 보였다.

녹록지 않은 상황도 있었다.

카메라 1은 빨래하기가 귀찮다며 저녁만 되면 팬티 한 장을 사다 줄 수 있느냐고 물었는데, 전체 회의에서 내가 그에게 팬티(특히 붉은색을 좋아했다)를 세번째쯤 건넸을 때, 상황을 지켜보던 모건이 진지하게 카메라 1과 나에게 당부했다. 그런 잡다한 일은 스스로 처리해야 하고, 요구했다고 해서 모든 일을 들어줄 필요도 없다고.

　불행하게도 나는 모건의 말을 듣고서도 맡은 일의 범위를 제대로 판단할 수 없었다. 식성이 까탈스러운 카메라 3은 외국인 선호도가 높다는 각종 한국 음식을 세상 딱한 표정으로 먹더니 피자가 먹고 싶다고 웅얼거렸고(나는 그제야 그들이 한국이 좋아 스스로 온 것이 아닌데다 문화 체험 같은 것에는 도무지 흥미가 없다는 걸 알아챘다), 경리단길과 망리단길에 있는 핫하다는 피자집에 데리고 가도 도저히 풀리지 않던 낯빛이, 어느 중소도시를 지나치다 발견한 전 메뉴 팔천구백원에 포장 주문만 받는다는 피자89의 콤비네이션피자를 맛보더니 단숨에 환해졌다. 그는 그날 그곳에서 피자 열여덟 판을 포장해 들고 와 냉동실에 넣어두고 아침부터 저녁까지 그것만 먹었다.

　그보다 나를 당황시켰던 사람은 피자를 기다리는 동안 차에 있는 사람들 눈치를 보더니 다가와 말을 건 음향 기사였다. 그는 붉은색 방송국 로고가 박힌 검정 패딩의 지퍼를 목까지 바짝 올려 채우더니 내게 한 발 더 다가와 담배 한 개비 있냐고 묻듯 가볍게

속삭였다.

우리가 길어야 한 달 뒤에 한국을 뜨잖아. 한국에 앞으로 올 일도 많지 않고.

나는 일정표를 두 손아귀에 말아쥔 채 답했다. 그렇죠.

그래서 말인데. 혹시 말이야……

아홉번째 피자가 탑처럼 쌓이는 장면을 보면서, 그가 내게 물었다. 재밌는 데 좀 아는 데 없을까?

나는 그 말의 의중을 파악하지 못한 채 되물었다.

Fun?

그러고 보니 그는 어색하게 미소를 갖다붙인 듯 어딘가 달뜬 표정이 되어 있었다.

좀 찾아봤는데, 한국에서 합법은 아니던데, 그래도 분명히 하고 있을 거잖아. 그렇지?

나는 그즈음 말의 의도를 알아챘다. 차를 등진 그가 자신과 나 사이의 공간을 은밀하게 좁히더니, 둥글게 말아쥔 왼쪽 손가락에 오른쪽 집게손가락을 두어 번 집어넣었다가 빼내며 웃었기 때문이다. 곧 한국을 뜰 거고, 한국에 온 김에 한번 해보고 싶고, 그래서 이 프로젝트가 끝나면 볼일 없는 내게 한국에서 매춘을 어떻게 하느냐고 묻고 있는 건가.

그따위 말을 알아들었다고 하고 싶지 않았다. 천천히 잦아드는 그의 숨소리가 무섭게 느껴졌다. 마침 모건이 곁으로 다가오자 그는 이야기의 주제를 돌려버렸다. 그후 나는 그가 꺼낸 말을 잊어버린 척했고 되도록 그와 둘이 남겨지는 상황을 피했다. 한국 물정에 낯선 이들이 의지할 사람은 나뿐이라는 거 나도 알았다. 그런데도 검은 구멍으로 경망스럽게 들어가던 그의 집게손가락이 떠오를 때마다, 나는 이 일의 경계와 수고로움에 대해 생각했다.

#8—인구학자

다른 변인도 많지만 대한민국의 저출산은 부동산 문제로 귀결되는 것처럼 인식됩니다. 오토포이에시스라고 하는데요. 실상 부동산은 풍선효과처럼 출산율 문제에 뜻하지 않게 영향을 주고 있습니다.

인구학자의 첫마디를 들으며 머리카락이 쭈뼛 섰다. 뛰어다니며 현장의 일을 처리하느라 학술용어를 공부하는 데 게을러, 그가 말하는 단어의 뜻을 짐작조차 하지 못해 용어 그대로 모건에게 넘겨버렸다. 순간 머릿속은 알 수 없는 단어들로 가득해졌고, 미로에 갇힌 듯 신경이 곤두섰다. 나는 눈을 질끈 감았다.

얼버무린 문장을 전달받은 모건이 생각을 잠시 정리하고선 거침없이 물었다.

그러니까, 한국에서는 부동산이 출산율에 크게 영향을 주었다는 거잖아요?

교수는 모건의 말 뒤에 한국의 수도권 집중화와 인구문제의 상관성에 대해 부연했다. 당황하지 않은 표정을 짓기 위해 최선을 다했지만, 사실 나는 미로에서 갑자기 타의로 꺼내진 느낌에 멀뚱거리고 있었다.

모건은 책임 피디로서 이미 촬영이 시작되기 두 달 전부터 현장 학습 겸 한국에 와 지내고 있었다. 소득 대비 집값을 따지면 런던이나 도쿄, 파리보다 서울이 높더라고, 한국인은 어떻게 돈을 벌어 집세를 내는지 궁금하다고, 모건은 신기하다는 투로 물었다. 그래서인지 그는 특히 전문가와의 만남에서 가장 먼저 부동산 문제에 관해 질문했다. 인구학 교수는 출산율이 바닥을 찍어갈수록 자신에게 들어오는 일거리가 많아진다고 말하면서—그런데 바닥은 더 깊을 수도 있다면서—인터뷰를 재차 거절하다가 모건의 채근을 면피하려는 내가 아침저녁으로 연락을 계속하자 결국 인터뷰에 응했다.

인터뷰가 이어질수록 교수가 쓰는 용어는 점점 어려워졌다. 영국 공영방송에 나갈 인터뷰에서 쉽지 않은 단어로 전문가 티를 내고 싶어하는 것. 나는 그의 속내를 문장 속에서 읽었지만 그것이 내 일의 난도를 낮춰주지는 않았다.

슈바베 지수를 낮춰서 가계 소득 대비 주거 비용이 차지하는 비율이 낮아지게 하려는 노력이 생존이라든지 무한 경쟁 문제로 치환되는 겁니다. 이런 차원에서 저출산은 본능일지도 모릅니다.

인터뷰 직전에 모건은 내게 물었다. 내가 어디에 사는지, 집은 산 건지. 별생각 없이 나는 답했다. 여기서 차로 삼십 분 정도 떨어진 고양시에 살아요. 집은 안 샀고요. 한국 젊은이들이 주택을 소유하려는 욕망이 날로 줄어든다는 뉴스를 모건이 언급하며, 당신 역시 그러느냐 물었을 때도 나는 대수롭지 않게 말했다. 집 구매는 생각해본 적 없는데. 그러자 모건은 '그죠, 당신이라고 다를 건 없겠지' 하고 말했다. 그 말투에 잔가시가 걸린 듯 목이 그닐거려 신경이 곤두섰다. 쓸데없이 나는 모건에게 변명하고 있었다. 사는 곳을 훌쩍 옮기게 될지도 모르니까요. 결혼이라도 하면 생각해봤을 텐데 지금껏 결혼하고 싶은 사람이 나타나지 않았고, 그사이에 혼자서도 잘 사는 방법을 터득했을 뿐이에요. 모건은 내 말에 살짝 웃으며 다시 강조했다.

그러니까요. 그게 바로 당신 스스로 남들과 다를 건 없다고 말하고 있다는 증거예요.

결론적으로 사다리를 더 만들고 더 나누어, 수도권 자원 집중을 완화해야 합니다.

수도권 자원 집중을 완화해야 합니다. 습관처럼 문장을 복기한 후에 나는 몸에 남은 힘을 빼며 휘청거렸다. 바람이 빠져가는 풍선 인형 같았다. 언제나처럼 나는 그냥 받은 일을 해줄 뿐이었다. 그들의 방송에 내 얼굴이 나갈 일도 없었고, 어떤 식으로든 내게 해될 일은 없는데다, 나는 받은 일당만큼 일을 잘해주면 될 뿐이었다. 영국 방송이 아니라 일본이나 카타르 방송의 촬영을 돕는다고 한들, 맡은 일에 충실하면 내게 피해가 될 만한 게 있을까. 자본주의 나라에서 불법만 아니라면 뭘 해서 돈을 벌든 누가 뭐라고 할 건가. 그런데 모건의 문장은 뒷맛이 영 시큼했다. 의도를 모른다는 사실도 개운하지 않았다. 마지막으로 하고 싶은 말이 있으면 해달라는 모건의 질문에 조금 생각할 시간을 두더니 교수는 말을 이었다.

현재의 눈으로 바라보면 이 국가의 미래에 남겨진 건 소멸뿐입니다.

인터뷰를 막 마쳤을 때 나는 겁이 났다. 그의 마지막 말이 자꾸만 머릿속을 맴돌았다. 소멸뿐입니다. 우리는 곧 다 죽습니다. 이런 말 괜찮을까. 그때 카메라 쪽으로 음향 기사가 불쑥 다가오더니 (나는 본능적으로 몸을 움츠렸는데) 내게 말했다.

어려운 말을 어떻게 그렇게 빨리 통역해? 대단하네.

고개를 설레설레 내두르며 그가 지나쳐간 뒤에 나는 방금의 인터뷰를 되짚었다. 그러고 보니 이전의 인터뷰들과는 조금 달랐는데, 아무래도 인터뷰이가 쓴 문장의 명징함 덕분이었다. 주어와 서술어, 목적어로 빈틈없이 닫힌, 선명한 색을 갖춘 단어들로 쌓은 문장. 이번 일을 한 이래 처음으로 작지만 분명한 희열이 찾아왔다. 이런 게 통역이었지. 속도감 있게 발화자의 말을 목적지까지 전달하는 데서 오는 쾌감, 이를테면 오르가슴.

나는 인터뷰를 정리하기 위해 돌아섰다. 모건은 아직 백 월 맞은편에 마련된 자리에 앉아 무언가 골똘히 고민하는 중이었다. 다들 모건의 행동에 별다른 관심을 보이지 않았고, 그게 크게 이상하지도 않았는데, 한편으로는 달근하지도 않은 분위기였다. 통역에 문제가 있었을까, 어째서 인터뷰가 아직 끝나지 않은 것처럼 빈자리를 응시하고 있는 걸까. 주저하던 나는 튀어나온 광대뼈 사이로 큰 코를 씩씩대는 모건에게 다가가 앉으며, 혹시 인터뷰에 문제가 있었는지 물었다. 모건은 내 쪽으로 고개를 돌리지도 않은 채 상념에 젖은 표정으로 말했다.

이거…… 마지막 말 빼고는 쓸 만한 게 없는데?

나는 순간 별스럽게 솟아오르는 감정을 눌러가며 물었다.

왜요?

목소리 끝이 힘없이 갈라져 있었다. 모건은 별일 아니라는 듯

한 손에 쥐고 있던 예상 질문지를 다른 쪽 손등으로 툭 털어내리면서 일어났다.

임팩트가 없잖아요. 너무 맞는 말만 해서.

조감독을 향해 몸을 돌린 모건은 '아이를 안 낳는 건 본능이라는 말만 앞에 좀 붙여볼까?'라며 의견을 물었다. 놀란 나는 눈을 동그랗게 뜨고 멀뚱히 앉은 채로 물었다.

어떤 게 임팩트가 있는 건데요?

나의 질문에 고개를 돌린 모건이 씩 웃으며 말했다.

전문가 의견도 하나의 의견일 뿐이죠. 그런데 전문가의 말은 충격적일수록 정답으로 여겨지거든요. 인터뷰를 조작하겠다는 건 아니지만, 우리가 찾은 답을 더욱 정답처럼 보이게 만들어야죠.

그 말을 듣고 나는 의자를 세게 밀며 일어났다. 내가 그들의 일하는 방식에 대해 왈가왈부할 입장이 아니라는 건 잘 알았다. 화를 내는 건 웃기는 일이었다. 나는 정규직도 아니고, 회사 직원도 아니고, 일의 책임자도 아니었다. 그러나 나는 모건에게 또박또박 물었다. 흥분하지 않고 싶었지만 목소리 톤이 어수선했다.

다큐가, 픽션인가요?

모건의 얼굴을 올려다볼 수 없었다. 나는 내가 일의 경계를 뛰어넘었다는 사실을 깨달았다. 프로 의식을 망각했다는 뜻이었다. 그러자 부끄러움에서 시작한 내 감정은 차츰 화에 가까워졌다. 발화자와 수신자 사이에 놓인 징검다리일 뿐인 내가, 말을 전하고 이어붙이는 역할을 할 뿐인 내가, 대체 뭐라고 목소리를 높이는 건가. 픽션이냐니. 나는 스스로에게 방금 뱉은 문장이 무슨 말인 지나 아느냐고, 선을 지키라고 소리치고 싶었다. 저들이 전문가의 말을 내걸든 말든, 전문가가 한국이 망해간다고 하든 말든, 한국이 진짜로 망하든 말든, 그게 나랑 대체 무슨 상관이냔 말이다.

*

편집실의 모니터 중 하나는 작게 분할된 영상들로 채워졌는데, 저마다의 앵글에서 같은 인물을 피사체로 붙잡고 있었다. 화면 뒤쪽에서 조감독이 소리쳤다.

#10—딜리버리 퍼슨
직업이 뭐예요?
배송 합니다.

가편집 작업에 열심이던 모건은 화면을 잠시 멈추더니 내게 물었다. 재미있지 않아요? '딜리버리 퍼슨'이라고 하지 않고 '배송 합니다'라고 말하잖아요. 나는 표정을 죽이고 그게 무슨 차이냐고 물었다. 직업을 입에 올리는 걸 선호하지 않는다는 뜻이라고, 배송 일에 대한 자부심의 농도를 보여주는 것 아니겠냐고, 모건은 말했다.

지난 일들을 겪은 뒤에 나는 절대 내 경계 바깥으로 눈을 돌리지 않기로 마음먹었다. 모건의 추가 질문들에도 더이상 반응하지 않기로 마음가짐을 단단히 했다. 나는 튀어나오려는 생각들을 막듯, 입술을 송곳처럼 뾰족하게 내밀며 고개를 끄덕이는 것 이상으로 반응하지 않았다.

How proud are you of your job?

화면 속 나는 모건의 말을 여자에게 바로 전달하지 않은 채 오초 정도 멈춰 서 있었다. 이십사 시간 돌아가는 원본 영상들 사이에 그 정도 빈틈은 아무것도 아니라는 듯 모건은 가볍게 화면을 넘겼다. 반면에 나는 침묵이 비운 자리를 채우던 진한 향수 냄새를 기억하고 있었다. 그 냄새가 왼쪽 관자놀이를 찌르며 통증이 시작되었던가. 화면 속에서 나는 침묵의 원인이 그 통증인 것처럼 머리 한쪽을 지그시 눌렀다. 동시통역에서 삼 초 이상 휴지를 두는 건 사고라고, 교수들은 재촉했었다. 통역대학원은 영어 배우러 오는 곳이 아냐. 영어는 딴 데 가서 배우고 여기선 기술을 익히란 말이야.

왜 배달 기사를 하는 여성을 첫번째 인터뷰이로 편집하려 하느냐는 내 질문에 모건이 답했었다.

한국은 속도가 중요한 나라니까요. 속도가 핵심인 직업을 가진 한국 여성이라면 그림이 근사해지겠죠.

그때로부터 여러 차례 인터뷰를 마친 지금, 나는 무엇이 달라졌나.

여자는 자신의 핸드폰을 꺼내 전날 들른 배송지 백 곳이 체크된 화면을 보여주었다. 이 정도야 매일 하는 일이라는 문장도 담담한 투로 덧붙였다.

당신은 어떤 마음가짐으로 일합니까?

여자는 모건의 질문을 듣고 잠시 생각에 빠지더니 말했다.

적당히 벌고 적당히 살고 싶어요.

그 말에 모건의 톤이 더 높아졌다. 나는 눈을 찔끔거리며 모건의 답을 여자에게 전했다.

배송을 하루에 백 건 넘게 하는데, 적당히요?

여자는 잠시 눈 둘 곳을 찾다가 말했다.

많이 벌면 좋죠. 어차피 직장은 돈 벌려고 있는 거니까요.

그렇게 말하는 여자의 얼굴을 나는 물끄러미 보고 있었다. 배달 기사를 하기 전에 다닌 대기업에 여자는 별로 미련이 없다고 했었다. 그걸 들을 때 왼쪽 눈가가 찌릿했다. 하루종일 머리 쓰는 일을 하는 것도 아닌데, 몸과 내가 서로 소통이 안 되는 것 같았다. 대체 어디서부터 잘못된 걸까. 나는 엄지손가락으로 관자놀이와 귀 언저리를 눌러대며 통증의 위치를 찾았다.

모건은 여자에게 말했다.

바깥에서 보는 한국은 제법 잘나갑니다. 케이 팝, 케이 무비 같은 엔터테인먼트 산업이 왕성하게 세계로 뻗어나갔죠. 그런데요, 생각해봅시다. 아이돌이 만들어지는 구조의 핵심은 무한 경쟁이 거든요. 그런 사회구조가 영리한 한국인들을 더욱 영리하게 만들었지만, 한편으로 당신들을 사지로 내몰지 않았겠어요?

모건의 말을 전하는 내 숨소리가 점점 거칠어졌다. 인구학자의 아이디어를 활용해 만든 모건의 질문에는 분명한 의도가 있었다. 내 목소리는 곤두선 신경만큼 날이 서 있었다. 그럼 한국이 아닌 다른 곳에서는 경쟁하지 않는다는 건가.

그렇죠. 그래서 결혼도 포기했어요.

그때 나는 모건의 꽉 쥔 엄지손가락을 봤다. 접히는 곳마다 희고 노랗게 튀어오른 살. 그렇지, 이거야, 하는 듯한 성공의 세리머니. 나는 앞니로 아랫입술을 잘근잘근 깨물었다. 마지막으로 모건은 당신이 보기에 한국의 미래는 어떤 모습이냐고 물었다.

모르겠네요. 나라의 미래까지 생각하면서 살지는 않으니까요.

머리의 통증이 지속되고 있었다. 인터뷰를 겨우 끝내고, 여자가 나간 자리를 정리할 즈음, 통증은 참지 못할 정도로 강해졌다. 공기를 가득 채운 향수 냄새가 뒷골을 거세게 당겼다. 모건은 여자에게서 제대로 듣지 못한 대답을 요구하듯 내게 물었다.

혜린 생각은 어때요? 미래 한국은 어떤 모습일까요?

글쎄요.

혜린도 한국이 소멸할 것 같아요?

글쎄, 모르겠다니까요.

나는 신경질적으로 카메라를 밀치며 화면 밖으로 나가버렸다. 우리를 찍고 있던 메이킹 필름용 카메라였다. 카메라를 거칠게 스치고 지나자 놀란 팀 사람들이 나를 보는 시선이 느껴졌다. 모건은 느긋하게 앉은 채 소리를 한 톤 키워 말했다.

괜찮아, 이런 게 논픽션이니까.

기억이 희미해진 장면을 편집실에서 보는 일은, 내 얼굴의 잡티를 커다란 화면으로 보는 것만큼이나 유쾌할 리 없었다. 이 일이 있기 얼마 전 내가 그에게 다큐가 픽션이냐고 지껄였다는 사실이 비로소 기억났다. 다행히 그것은 일에 지장을 줄 만큼 '임팩트'가 있는 소동이 되지 못했고, 모건과 나 사이에는 일을 마칠 때까지 별다른 일이 일어나지 않았다.

모건의 팀은 계획보다 열흘 정도 더 한국에 머물렀다. 나는 예정된 인터뷰와 기관 방문 일정을 소화하고, 그들 모두를 인천공항에서 배웅하는 것까지 깔끔하게 마쳤다. 계약된 이 주 치 금액 천만원을 다 받았고, 계약 기간을 초과한 근무 일수에 대해서는 남선 선배의 부탁으로 기존 일당의 팔십 퍼센트를 받았다. 천팔백만원 가까이 되는 돈이 한꺼번에 통장으로 들어왔고, 그날 저녁에 한우집에서 안창살을 구워먹은 것을 제외하고는 그 돈을 고스란히 대출금 중도 상환에 부어버렸다.

*

그뒤로 나는 코디 일을 받지 않았다. 남선 선배로부터 일은 어땠냐는 질문을 받았을 때 나는 웃고 말았다. 국적도 다르고 사는 나라도 다른 팀 사람들을 다시 볼 가능성은 희박했으므로, 그들과 일했던 경험에 대해 내가 가타부타 말을 얹을 필요가 없었다.

다만 그들과의 작업 후에, 나는 내게 맞는 일이 통역뿐임을 깊이 깨달았다. 문장 안에서 나는 평온함을 느꼈다. 반대로 문장의 울타리 밖으로 나가야 할 때 민감해졌다. 앞으로는 어쩌다 실수로 그런 걸 맡아도 내 의견 따위를 밖으로 꺼내는 과오는 저지르지 말자고, 내 일이 문장 안에 갇혀 있다는 게 얼마나 다행인지 모르겠다고, 나는 생각했다.

적어도 내가 통역한 문장들은 다른 사람의 입에서 나온 말을 자르고 붙여 내놓은 결과물일 뿐, 내 의견은 아니니까. 뱉어낸 문장들이 계속 남아 나를 괴롭히지는 않으니까. 그렇게 나는 편집된 문장들만 쥐고 앞으로 나아가면 될 일이었다. 날카롭게 나를 관통하는 금속성의 흰 빛줄기가 평화롭던 내 몸과 일상에 낸 균열을 메우듯, 나는 그 짧고 강렬했던 시간을 기억에서 차근차근 지워갔다. 내가 그 일을 마지막까지 할 수 있었던 건 뒤도 없이 작별을

고하게 만든 기이한 분노 때문이었다고 믿을 만큼.

모건의 영상이 도착한 건 내가 그들과 했던 일을 거의 잊었을 즈음이었다. 나는 국제우편으로 블루레이 하나를 받았다. 태양 빛이 점점 거칠어지던 어느 이른 여름날이었다. 잘고 반짝이는 빛이 한반도 모양으로 촘촘히 뿌려진 푸른 케이스를 열었을 때, 묘한 한숨이 입술 사이로 터져나왔다. 다큐멘터리 〈고요한 아침의 나라, 정말로 고요해지는 나라―대한민국〉. 그 안에는 모건의 짧은 메모도 담겨 있었다.

혜린에게, 감사와 존경의 마음을 담아.

나는 서둘러 그것을 닫아 책장에 아무렇게나 끼워두었다. 영상물을 다루는 데 취약한 내게는 모건이 보내온 영상을 볼 방법이 당장에 없었다. 그 블루레이를 받았다는 기억 또한 거의 지워졌을 때, 나는 블루레이 플레이어가 있는 대영의 집에서 고전 영화를 보자고 데이트 계획을 세우다가 불쑥 그 다큐를 기억해냈다. 대영은 내 이야기를 듣더니 생각난 김에 살펴보자며 제목을 물었고, 인터넷에도 영상이 올라와 있지 않겠냐며 방송국 홈페이지에서 영상물을 찾아보라고 했다가, 결국에는 기왕에 블루레이가 있으니 함께 보자고 말했다. 몇 년째 나와 길고 느슨한 연애를 이어가는 대영은 내가 웹상에서 무언가를 찾고 다운 받는 데 재주도 없을뿐더러 귀찮아한다는 것을 이미 잘 알고 있었다.

블루레이를 손에 들고 쏟아지는 빗속을 걸어 대영의 집으로 가는 동안에도, 배달된 치킨 상자를 열 때에도 나는 모건과 그의 팀에 대해 거의 생각해내지 못했는데, 모건의 목소리와 함께 그 영상이 시작되자마자 나는 그 이유가 그들과 일했던 거의 모든 장면을 내가 기억에서 편집해버렸기 때문이란 걸 깨달았다. 대영이 냉장고에서 기네스 두 캔을 꺼내와, 한 캔을 맑은 잔에 따른 다음 내 앞에 두었다.

여러분은 '남한'을 어떤 나라로 알고 계십니까?

들려오는 모건의 말을 무의식적으로 복기하자 그때의 기억이 한꺼번에 내 안으로 쏟아져들었다. 갑자기 입맛이 사라져버려서 나는 들고 있던 닭 다리를 내려놓았다. 조명에서 터져나오던 희고 굵은 빛, 번뜩이는 섬광, 머리 왼쪽의 편두통까지. 모든 감각이 한꺼번에 되살아나 답쌓였다.

남한은 세계 최저 합계출산율을 기록했습니다. 합계출산율 감소는 산업 형태가 바뀌는 대부분의 나라가 겪습니다. 하지만 남한의 인구 그래프는 유래가 없을 정도로 빠르게 무너져가는 중입니다. 우리는 직접 그곳으로 가서 상황을 살펴보기로 했습니다.

나는 모건이 쓴 문장들을 한국어로 삼키며, 내가 그를 의심하고 있다는 걸 깨달았다. 모건은 원래부터 한국사회에 대한 심안이 있었던 걸까, 아니면 상황 판단을 끝낸 후에 저 문장을 지어낸 걸까. 문득 그런 생각이 나를 다시 그때로 데려가고 있었다. 달갑지도 내키지도 않았다. 그래서 막 화면을 꺼버리려고 했을 때, 나는 이 다큐의 첫 화면이 내 얼굴임을 알아챘다.

한국에 살고 있는 가임기의 청년에게, 출산율이라는 단어는 지긋지긋합니다. 부담을 지우는 느낌이죠. 저출생을 문제삼고 싶은 사람들이 만들어낸 화두로 보이고요. 혜린은 우리의 동행자로, 우리와 함께 한국의 저출생에 대해 알아보기로 했습니다. 그녀는 한국 출생, 서울 근교 거주, 서른 살, 미혼, 고학력, 프리랜서, 여성입니다.

뭐야, 재미없었다더니 출연도 했어?

대영이 말하는 소리와 모건의 음성이 동시에 날카로운 송곳처럼 쨍쨍거리며 나를 위협하는 느낌이 들었지만, 나는 별것 아니라는 듯 말했다.

출연 동의서에 서명하긴 했지. 이 정도일 줄은 몰랐고.

갑자기 시작된 거센 빗소리에 나와 대영은 동시에 유리창 쪽을 바라봤다. 비가 제법 많이 오는지 빗줄기가 유리창을 쉴새없이 때리고 있었다. 유리창 위에서 물이 덩어리져서 갈기갈기 찢겨나갔다가 방향 없이 만나며 제멋대로 미끄러졌다. 모건의 다큐가 그랬다. 은밀한 전개, 이용당하는 사람은 인지조차 할 수 없었던 세련된 화법.

번쩍, 섬광이 일었다. 번개 징그럽게 많이 치네. 대영이 말하는 동안, 나는 나를 쏘던 새하얀 조명이 떠올랐다. 모건은 처음부터 나를 앞으로 내세울 계획이었던 걸까.

모건이 보내온 다큐에는 일하는 나의 모습이 제법 많이 담겨 있었다. 인천공항에서 카메라를 거뜬히 실어 나르던 작고 마른 나, 험한 노동환경에서도 최선을 다해 임무를 수행하는 나, 인구학 교수의 인터뷰를 마친 뒤 모건의 말에 반대하려다가 주저하며 자리를 피하는 나.

영어 유치원 촬영이 끝난 후에 나는 어쩐지 풀이 죽은 얼굴이었다.

혜린은 어떤 일을 하고 싶습니까?

모르겠어요. 적당히 벌고 적당히 살 거면 내가 왜 공부를 그렇게 열심히 했나 하는 생각도 해요. 대한민국에 영어 잘하는 사람은 충분히 많아요. 저 아이들은 태어날 때부터 시작이 다르잖아요.

혜린은 통역하는 기술을 배웠잖아요.

화면 밖에서 들려오는 모건의 말끝에 나는 생각이 깊어지는 얼굴이었다.

대영은 화면 속 나를 위로하듯 '잘하고 있는데 왜'라며 혼잣말했고, 나는 별달리 반응하지 않았다. 다음 화면에서 모건의 목소리는, 한국 젊은이들이 나와 다르지 않다고 말했다. 그들은 무엇을 포기하게 되었을까요. 다음 장면은 결혼도 출산도 포기한다고 말하는 배달 기사의 인터뷰였다. 첫 인터뷰이로 편집하겠다던 모건의 말이 뇌리를 스쳤다. 잘 다니던 회사를 때려치우고 배달 기사가 된 그 여자와 가진 재주로 돈을 아무리 벌어도 결국 집 한 채 살 수 없다는 걸 알려주는 나. 화면에 다시 나타난 내가 어쩐지 뾰로통한 표정이 되어 말하고 있었다.

지금껏 결혼하고 싶은 사람이 나타나지 않았고, 그사이에 혼자서도 잘 사는 방법을 터득했을 뿐이에요.

그 말을 함께 들은 대영이 내 얼굴을 물끄러미 바라보는 시선을 느낄 수 없을 만큼 나는 놀라는 중이었다. 다큐라고 이름붙여놓은 그 영상을 보는 내내 몸의 감각이 하나씩 소멸되어가는 느낌이었다. 나를 지나친 수많은 질문. 정말이지 나는 그중 하나도 제대로 기억하지 못했다. 화면 속에 있는 나만이, 그때 내가 그런 말을 했다는 걸 알려주고 있을 뿐이었다. 난데없이 울컥했다. 대체 어째서 욕구 없이 평온한 삶을 누리겠다는 내게 자꾸 그게 문제라고 하난 말이다!

모건은 내게 던진 질문들에서 자신의 스토리를 찾고 있었다. 아니, 내 답변을 들으며 천천히 나를 자신에게 쓸모 있는 방향으로 조향하는 중이었는지도 모른다. 모건은 다음 화면에서도, 그다음 화면에서도 끊임없이 내게 물었다.

혜린 생각에 대한민국이 정말로 사라질 것 같은가요? 그런 두려움이 있나요?

글쎄요.

화면 속 나는 건조하고 색깔 없는 표정이었다. 모건은 정지된 내 표정에 내레이션을 입혔다.

이 표정이 바로 지금, 한국 젊은이들의 대표적인 모습이라고 하겠습니다.

나는 거품이 꺼져버린 맥주 한 모금을 단숨에 들이켰다. 목으로 넘어간 알코올이 내 몸을 소란스럽게 휘젓고 다니는 느낌이었다. 어째서 모건이 비슷한 질문을 내게 계속 던졌는지 지금의 나는 어렴풋이 알 것 같았다. 대영이 내 얼굴을 빤히 들여다보고 있었다. 나는 뻣뻣하게 굳어버린 얼굴을 대영을 향해 돌리지 못했다. 다큐

속 내 얼굴이 바사삭 찢겨나가면서 우리가 인터뷰했던 거의 모든 사람의 영상이 화면 전체에 작은 픽셀처럼 뿌려졌다.

얼마 전에 외웠던 단어가 불현듯 머릿속에 떠올랐다. 옥시피탈롭. 바깥에서 들어온 정보의 쓸모를 골라내는 공간. 혼란스러웠다. 내가 지금 보고 있는 화면은 모건이 만들어낸 모건의 이야기인가, 내 이야기인가. 내가 뱉은 말조차 제대로 기억하지 못하는 내게, 이미 기억을 멋대로 조각내고 이어버린 내게, 모건이 만든 결과물을 두고 왈가왈부할 자격이라는 게 있나.

변하는 건 없었다. 그들이 어느 계절에 여기에 와서 다큐를 만들 영상을 찍고 갔다는 것. 내 예상과는 너무 다르지만, 어쨌든 그들은 계획대로 다큐를 완성해 방영했다는 것. 고되게 노동하며 이렇다 할 절망도 희망도 없이 살아가는 한국의 젊은이 가운데 하나가 나였을 뿐이라는 것조차.

나는 이내 옅은 좌절에 빠졌다. 대영에게 내 마음을 들킨 것 같은 기분이 들었고, 별말도 이렇다 할 질문도 없이 술만 마셔대는 대영에게 아까 화면에 나왔던 건 편집된 문장일 뿐이라고, 마음 쓰지 말라고 변명하고 싶었다. 하지만 지금은 그런 말을 나누기에 좋은 시간이 아니었다. 게다가 정말이지 나와 대영이 앞으로 어떻게 될지는 아무도 모르는 일이었다.

지금 이 순간은 남을까, 사라질까.

만약 먼 훗날에 이 순간이 전혀 기억나지 않는다면, 이 순간의 나는 사라져버린 걸까. 대영은 아무 말도 하지 않고 내 컵에 맥주를 가득 채웠다. 나는 의식적으로 맥주잔을 힘껏 쥐었다.

이렇게 나 역시 나를 지나치는 모든 시간을 내 멋대로 편집하고 있는데. 통역하는 문장들이라고 다를까. 어차피 내가 세워놓은 기준에 따라 단어의 쓸모를 정하기 마련인걸.

맥주를 입에 조금 털어넣고는 액체를 씹어 목구멍으로 넘겨버렸다. 멀리서 흰 광선이 집안으로 들어와 삽시간에 어둠을 밝혔다. 나는 멀리 광선이 시작된 곳을 바라봤다. 응시할수록 그것은 더 깊은 흰빛을 내는 것 같았다. 조명팀이 사용한 조명은 어떤 색이었더라. 나는 떠올렸고, 어차피 내가 봤던 빛의 색감은 별로 중요하지 않다는 데에 생각이 미쳤다.

파쇄대에 쓸린 거대한 파도가 하릴없이 포말로 부서져나가는 것처럼, 머릿속에 박살난 기억들이 둥둥 떠다니고 있었다. 인구학 교수, 배달 기사, 영어 유치원의 학부모, 그 밖에도 많은 모습들이 내 앞에서 잘게 잘려나갔다. 그 얼굴들이 모자이크처럼 퍼지다가 이내 까맣게 변했다. 다큐가 그렇게 끝났다.

숨을 작게 뱉었다. 원본의 시간들, 아무것도 아닌 것들의 스쳐지나감과 아무것도 아니라서 없어져버릴 것들이 주는 안도감에 대해 나는 생각했다. 물론 그것이 스쳐지나갈지, 머릿속에 쳐둔 그물에 단단히 붙잡히게 될지, 지금의 우리는 알 수 없다.

검게 변한 화면에 내 얼굴이 비쳤다. 물끄러미 나를 보고 있던 대영이 괜찮은 거냐고 물었다. 문장에 머뭇거림이 묻어났다. 그에게 미안해졌다. 변하는 건 아무것도 없는 걸 알고 있지 않느냐고, 아무렇지 않다고 말해주고 싶었다. 그래서 톤을 살짝 올리며 말했다.

그럼, 괜찮지.

내 문장을 복기하며, 나는 다시 시작된 빗소리를 따라 바깥으로 시선을 돌렸다.

* 이 소설을 완성한 직후인 2024년 2월 28일, 영국 BBC에서 한국의 출산율에 대한 집중 보도 기사를 발표했다. 이 소설에 등장하는 인물과 사건은 해당 기사와는 관련이 없다.

식물성 관상

한은형

○
한은형

2012년 문학동네신인상을 수상하며 작품활동을 시작했다. 2015년 한겨레문학상을 수상했다. 소설집 『어느 긴 여름의 너구리』, 장편소설 『레이디 맥도날드』『거짓말』, 경장편소설 『서핑하는 정신』과 산문집 『밤은 부드러워, 마셔』『오늘도 초록』『베를린에 없던 사람에게도』 등이 있다.

"이름이 뭐예요?"

한 이파리에 옅은 연두색과 짙은 초록색이 함께 있는, 그때만 해도 희귀식물이었던 식물의 잎을 닦고 있을 때면 꼭 그렇게 묻는 사람이 있었다. 돌아서자마자 잊어버리리라 생각했지만 알려줄 수밖에 없는 게 민지의 입장이었다. 필로덴드론 플로리다 뷰티요, 라고.

가죽 코트를 입은 여자도 그 질문을 했다. 여자가 다른 사람들과 달랐던 점은 식물의 이름을 말해줬는데도 자리를 떠나지 않았다는 거였다. 연두색 물조리개를 든 채로 돌아보자 여자가 민지에게 물었다.

"식집사세요?"

아마도 이게 시작이었을 것이다. 아니라고, 그냥 알바라고 민지가 말했는데도 여자는 맡기고 싶은 일이 있다며 다음 알바를 오는 날짜를 물었다. 그는 방금 끝난 행사에 참여한 관계자인지 목걸이 형태의 명찰을 걸고 있었다. 초록색 네임 카드에 적힌 글자는 이랬다. '슬기롭고 평화로운 비건 생활'.

"우리 본 적 있지 않아요?"

여자가 물었다. 그런 것 같기도 하고 그런 것 같지 않기도 해서 민지는 "아아"라며 말끝을 흐렸다. 일주일에 두 번 선릉에 있는 세 지점의 위워크에 와서 식물을 관리하는 게 민지의 일이었듯이 목걸이 명찰을 걸고 여러 지점의 위워크를 돌아다니는 게 일인 사람들이 있었다. 한때 위워크는 스톡홀름이든 퍼스든 세계 어느 지점의 위워크라도 입장할 수 있는 자유이용권을 판매했었고, 그래서 매일같이 다른 지점에 가는 사람들이 있었다. 선릉점에서 본 사람을 한 시간 후에 선릉2호점에서 보기도 했는데 정말 그 사람이 맞는지는 알 수 없었다. 유튜버 꿈나무라고 하든 신사업 구상가라고 하든 어쨌거나 그곳에는 꿈을 좇는 몽상가들이 있었다. 언제 어디서 어떻게 들이닥칠지 모를 인생템을 찾아 그들은 런치 요가와 홈 칵테일, 향수 레이어링, 명상, 마음을 치유하는 싱잉볼 클래스를 들었다. 민지는 여자가 위워크 생태계를 구성하는 주력 인재군 중 하나라고 생각했다. 몽상가거나 몽상가들을 상대로 희망을 파는 사람이거나.

'슬기롭고 평화로운 비건 생활'이 적힌 네임 카드를 목에 걸고 민지에게 말을 건 여자가 바로 보이사였다. 사흘 후 다시 만난 그들은 업무와 근로조건에 대해 이야기했고, 민지는 보이사와 일하게 되었다.

면접이라면 면접이라고 할 그 자리에 대해서도 짧게나마 이야기할 필요가 있겠다. 처음 만났던 날, 민지의 눈에 여자는 튤립 구근을 사재기해 부를 축적했던 네덜란드의 상인처럼 희귀한 식물을 팔아서 한몫 잡으려는 사람으로 보였다. 환금성이 좋은 식물이나 요즘의 식물 트렌드에 대해 물을 거라고 예상해 민지는 입에 잘 붙지 않는 식물들의 이름을 보고 또 보았다. 그러니까 희귀식물로 분류되는 식물들의 이름을. 필로덴드론 플로리다 뷰티, 에피프렘눔 핀나툼 바리에가타, 필로덴드론 마요이…… 다시 만났을 때 여자는 민지에게 하루에 관리하는 식물 수가 어느 정도인지, 이 일을 얼마나 했는지, 식물에 얼마나 정통한지에 대해서 묻지 않았다. 면접의 예상 질문으로 민지가 준비했던 것들도 전혀 묻지 않았다. 대신 이런 걸 물었다.

"어떤 음식 좋아해요?"

햄버거, 뇨키, 미트볼, 곱창, 포케…… 좋아하는 음식이야 있었지만 민지는 대답하는 대신 보이사가 할 말을 기다렸다.

"내가 비건 식당을 하거든요. 나는 완전 비건인데 일하는 사람들이 비건일 필요는 없어요. 스태프들이 하루 한 끼 정도는 비건식으로 먹는 게 나의 바람이고요. 스태프 밀로 비건식이 나오는데 맛있게 먹어줬으면 하죠. 매장에서 스태프 밀을 먹어야는데 힘들어하면 손님들 보기가 그렇잖아요? 그렇다고 비건 매장에서 햄버거나 치킨을 시켜줄 수도 없고요"라고 말한 보이사는 자신이 입은 라펠이 크게 디자인된 암청색 가죽 코트를 가리켰다. "이거 비건 가죽이에요. 에코 레더라고도 하는데 나는 비건 가죽이라고 해요. 내가 비건 식당 하니까. 진짜 같죠? 요즘은 비건도 이렇게 잘 나와요."

민지에게 어떤 일을 맡기려는지는 딱 집어 말하지 않아서 민지는 이렇게 물었다.

"왜 저를……?"

"식물성으로 보였거든요. 식물성 관상이었어."

식, 물, 성을 연달아 스타카토로 발음하며 보이사가 말했다.

육식성, 나이 미상. 민지의 눈에 비친 보이사의 인상은 이랬다. 관리를 잘해 사십대 후반으로 보이는 오십대 같긴 했지만 사십대라고 해도 육십대라고 해도 납득할 수 있는 그런 얼굴. 자유도가 큰 얼굴이라고 민지는 생각했다.

"저 비건 아닌데요."

피부가 맑고 화장기가 없는 민지는 술을 한 잔도 못 마실 것 같다거나 비건일 것 같다는 오해에 익숙했는데 그동안은 굳이 항변하지 않았다. 하지만 이번 경우는 바로잡을 필요가 있었다.

"민지씨는 과즙미가 있어요. 고기 먹어도 돼. 중요한 건 믿음이죠. 우리 비건 식당에 와서 민지씨를 보면서 이런 착각을 하는 거야. 와, 채식하면 저렇게 피부 맑아져? 과즙미 낭낭해? 민지씨 마음이 나는 고기가 좋아, 계속 고기만 먹겠어, 이런 거만 아니면 돼요. 이런 애티튜드로 비건 식당에서 일하면 피차 고통스러우니까. 오오즐! 오늘도 오늘의 일을 즐기면서 하자, 나는 같이 일하는 사람들이 이런 마음이었으면 좋겠어."

'오오즐'이라…… '오운완' 같은 건가 싶었지만 민지가 그 말을 쓸 일은 없어 보였다. 매일매일 갓생을 살아야 한다는 압박감이 느껴져 '오운완'을 입에 담기 싫었다면 '오오즐'은 스테비아나 알룰로스 같은 가짜 설탕이라는 생각이 들었으니까. 보이사의 말을 듣다가 민지는 그러면 어느 정도로 비건에 임하면 되느냐고 물었다. '플렉시테리언'이나 '페스코'라는 단어를 써보려다 말끝을 흐리며.

"중요한 건 마음가짐이죠. 식물을 대하는 마음, 채소를 대하는 마음. 뭐랄까. 비거니즘이라고 할지 비거니티라고 할지 그런 거."

민지는 고개를 끄덕였지만 보이사의 말을 이해해서 그런 것은 아니었다. 비거니즘? 비거니티? 마음가짐? 식물을 다뤄서 식물에 관한 일을 맡기려는 줄만 알았지 관상 때문이라니. 식물성 관상? "자기 잇프제지? 나는 ISFJ가 마음에 들어요"라든가 "눈빛에서 ENFP의 미친 광기가 보였거든"이라는 식으로 말하는 MBTI 운명론자보다는 나았지만 맑은 인상 때문이라니. 칭찬인 것 같지만 칭찬은 또 아닌 말이라 묘하게 기분이 나빴는데 딱 집어서 뭐라고 반박하기도 그랬다.

*

"풀 먹는 호랑이로 가보는 게 어때?"

보이사와 함께 일한 지 석 달이 지났을 때 민지는 그런 제안을 받았다. '풀 먹는 호랑이'는 연남동 매장의 이름이었다. 연남동 매장을 맡아 해보다가 일이 손에 익으면 해방촌과 광화문 매장까지 함께 '핸들링'하는 게 어떻겠느냐고 보이사는 말했다.

민지는 위워크의 식물 관리 일을 그만두지 않은 채로 보이사의 연남동, 해방촌, 광화문 식당의 식물 관리 일을 했다. 동시에 관리하는 식물과 식물을 관리하는 자신을 인스타그램에 올렸다. 식물 관리를 하면서 식물로 식당의 이미지 메이킹을 하는 게 바로 보이사가 민지에게 요구한 업무였기 때문이다. 보이사는 그 일을 '현실과 가상 세계의 상호 침투'라고 불렀다. 그렇게 석 달 정도 민지를 지켜보던 보이사가 민지에게 연남동 식당의 매니저 자리를 제안했던 것이다. 마침 연남동 매니저가 이직하게 되었다며 기가 막힌 타이밍이 아니냐고 했다. 최초로 제안했던 연봉의 두 배를 주겠다는 말을 듣고 민지는 과연 자기가 감당할 수 있는 일일까라는 고민을 접었다. 해방촌에는 정실장이, 광화문에는 최실장이 있는데 어떻게 핸들링하느냐고 묻지도 않았다. 연남동, 해방촌, 광화문에 있는 보이사의 식당들은 이름도 콘셉트도 가격대도 달랐으나 모두 식물로 가득한 비건 식당이라는 공통점이 있으니 한 사람이 관리하는 것도 나쁘지 않겠다는 생각을 하면서, 셋을 경쟁시켜 가장 잘하는 사람에게 헤드 매니저를 시키겠다는 언질을 주는 거구나 싶었다.

"핸들링이요?"

대신 민지는 이렇게 물었다. 대답할 말이 딱히 없을 때 상대가 했던 말을 다시 하는 건 민지의 습관이었다. 지금까지의 업무가 온라인 중심이었다면 이제는 오프라인과 온라인을 같이 한다고 생각하면 수월할 거라고 보이사는 말했다.

"상대가 식물에서 사람으로 바뀌는 거네요."

민지가 고개를 끄덕이며 천천히 말했다. 입사한 지 석 달밖에 안 된 자기를 믿어주고 지지해준 보이사에 대한 감사의 마음을 드러내지는 못하고. 요즘 애들처럼 "제가 좀 하죠?"라고 자뻑 스타일로 말하는 것도 민지의 성격에 맞지 않았다.

사실 식물계 때문일 것이다. 식물계는 민지가 비건 식당에 합류한 후 유입 수가 어마어마하게 늘어난 공용 인스타그램 계정이었다. 보이사도 민지도 말은 하지 않았지만 민지가 석 달 만에 매니저가 된 것은 식물계 때문이라고 하지 않으면 설명이 되지 않았다.

민지의 복잡한 마음을 이해한다는 걸까? 보이사는 고개를 끄덕이며 알 듯 모를 듯한 표정을 지었다. 그리고는 연남동 매장 직원이 열 명이었는데 이번에 다섯 명이 그만두니 셋업도 해보라고 말했다.

"셋업이요?"

민지에게 '셋업'이란 상하의가 세트로 된 옷을 가리키는 단어였다. 보이사가 옷 얘기를 하는 건 아닐 것이었다. 조직 관리에 쓰이는 말일 텐데 민지에게는 익숙한 말이 아니었다.

"다 외국인을 쓰시던데 이유가 있을까요?"

주문을 하거나 길을 물어보는 정도로는 영어를 했지만 열 명이나 되는 외국인을 상대할 수 있을지 민지는 걱정이 됐다. 그들이 하는 말을 제대로 이해하지 못할 것 같았다. 말을 이해하지 못해서 문제가 생길 수도 있으니 영어를 못한다고 말해야 한다는 생각이 들었지만 '못한다'고 말하고 싶지 않았다. 사실 민지는 이렇게 물어보고 싶었다. "한국인을 채용해도 되는 거죠?"라고. 하지만 보이사는 "아니"라고 할 것 같았다.

"우리는 코즈모폴리스를 지향하니까."

보이사의 말에 민지가 아무런 답변을 하지 않자 보이사가 덧붙였다.

"우리 손님이 코즈모폴리턴이니까, 코즈모폴리턴이 오면 코즈모폴리스 아니야? 지금 홍대랑 연남동 걸어보면 절반 이상이 외국인이야. 외국인이 한국 오면 가장 힘든 게 음식이라고 하더라. 고기 먹는 사람이라도 할랄 이런 것도 따져야 하니 복잡하잖아. 우리 식당은 외국인 친화적인 식당을 지향해. 외국어 잘하는 한국인 쓰려면 코스트도 더 들잖아. 한국인 쓰는 것보다 영어나 불어가 모국어인 외국인 쓰는 게 더 낫지 않겠어?"

"한국 손님이랑은 대화에 문제가 없나요?"

이렇게 물으면서 어쩐지 찜찜한 게 민지의 마음이었다.

"게네 한국어도 잘해. 주문은 다 키오스크로 하고."

보이사가 픽 하고 웃으며 이렇게 말했다. 민지가 영어에 자신이 없어서 외국인 직원을 뽑고 싶어하지 않는다는 걸 짐작한 눈치였다. 그리고 게네? 하긴, 게네라는 말이 낮춰 부르는 말이라는 걸보이사가 모를 수도 있겠다 싶었다.

민지는 면접에서 덴마크의 루카스, 홍콩의 탐, 독일의 율리아, 일본의 하루카를 뽑았다. 적당한 지원자가 있어서 한 명을 더 뽑으려고 했는데 보이사가 민지 앞의 종이에 엑스 표를 했다. 면접이 끝나고 이유를 묻자 보이사는 믿기 힘든 말을 했다.

"한 명은 흑인 티오야. 그냥 흑인은 안 되고 아주 잘생긴 흑인."

"잘생긴……?"

민지는 차마 '흑인'이라는 단어를 발음하고 싶지 않아서 얼버무려 물었다.

"의식 있음. 내가 늘 강조하는 거."

그러니까 보이사의 말에 주어와 동사를 찾아 넣고 보이사의 무의식까지 짐작해 해석하자면 흑인을 뽑는 게 의식 있음을 실천하는 행위라는 말이었다. 뭐라고 질문해야 할지 몰라서 민지가 말을 잇지 못하는데 보이사는 거기서 그치지 않았다.

"그런데 문제가 뭔지 알아? 잘생긴 흑인 정말 없다. 입술이 너무 두껍거나 흰자가 많이 보이거나. 간지 나는 프랑스 흑인 같은 애들은 정말 없어. 그런 애들은 한국에 안 와."

"프랑스 흑인 같은 게 뭐예요?"

복잡한 마음을 가까스로 누르며 민지는 물었다. 보이사가 생각하는 잘생긴 흑인의 기준이 궁금하기도 했고, 무엇보다 민지 스스로가 그것을 이해해야 했다. 이해되거나 납득되지 않으면 행동으로 옮길 수 없는 유형의 사람이 민지였다.

"제1세계 흑인 말이야. 제3세계 흑인은 아무래도 세련미가 없잖아. 그런 의미에서 프랑스 흑인이 좋다는 거지. 마허셜라 알리 알아? 미국인인데 프랑스 사람 같단 말이지. 그런 애 하나 데려와서 하얀 앞치마 입혀놓으면 매출은 끝이야. 지금 이 시대에는."

비건 식당의 스태프가 아니라 호스트바의 접객원을 뽑는 구인 공고 같다고 민지는 생각했다. 이렇게나 노골적인 말을 구인 공고에 적는 미련한 사람은 이 시대에 없겠지만. 또 마허셜라 알리가 누군지는 몰라도 그런 사람이 왜 한국의 비건 식당에서 일하겠느냐는 말을 기분 나쁘지 않게 하려면 어떻게 해야 할지 민지는 고민했다. 민지의 첫번째 시련이었다.

*

하지만 이런 일로 보이사를 불신하기에는 그가 민지에게 준 게 많았다. 보이사와 함께 일하게 되면서 민지의 많은 것이 바뀌었다. 사람에 대한 신뢰, 지지해주는 상사와 일할 때의 유대, 그로 인한 자신감, 세상은 결국 진보하고 있다는 낙관, 최신형 아이폰, 그리고 무엇보다도 통장 잔고…… 뭐가 먼저였는지 벌써 기억이 뒤죽박죽되었지만 민지는 석 달의 시간을 떠올려보았다.

위워크에서 두번째로 보이사와 만났을 때에서 시작해야겠지? 보이사는 식물에 대한 어떤 전문성도 요구하지 않았지만 민지의 입장은 달랐다. 새 직장에서 받을 연봉에 어느 정도 영향을 끼칠 요소이기 때문이었다. 그래서 위워크 선릉점, 선릉2호점, 선릉3호점에서 식물 관리 알바를 한 게 식물에 관한 이력의 전부라는 사실을 민지는 구태여 보이사에게 말하지 않았다.

처음에는 위워크에서 했던 것처럼 보이사가 운영하는 비건 식당의 식물을 관리하는 게 민지의 일이었다. 위워크에서는 물을 주고, 지지대를 세워주고, 식물등의 광량을 체크하는 정도의 일을 했다면 여기에서는 새로운 식물을 고르고 구입해서 배치하는 것까지 했다. 민지가 식물을 살 때 어떤 식으로 컨펌 받을지 묻자 보이사는 알아서 하라고 했다.

"적당한 걸로 적당하게 해봐요. 너무 희소한 거는 사람들이 못 따라오고, 또 박쥐란이나 보스턴고사리 같은 거는 지겹잖아. 적당한 게 늘 어렵지."

민지는 고개를 끄덕였다. 정말 맞는지 아닌지는 알 수 없었으나 보이사의 말에는 듣는 순간 사람을 혹하게 하는 뭐라고 설명하기 어려운 힘이 있었다. 주관이 뚜렷한데 강요하는 말투가 아니라 그런 건가 싶었다.

또 보이사는 특유의 자문자답하는 스타일로 자기가 추구하는 스탠스에 대해 이야기했다. "플랜테리어는 요즘 다들 하죠. 비건 식당이 아니어도 식물로 채우는데 비건 식당은 뭔가 다른 게 있어야 하지 않을까요? 하다못해 화분이 다르든가 연출이 다르든가. 난 새로운 시도를 하는 데가 좋아 보이더라고. 어떤 식으로든 의식 있음을 보여준다면 좋겠죠. 우리는 이런 스탠스다, 이런 거. 난 내가 하는 일이 사회운동이었으면 해요."

'의식 있음' '사회운동' '스탠스'. 보이사의 말을 듣다가 민지는 핸드폰 메모장을 열어 그 말들을 적었다.

"식물 있으면 평화롭죠. 그런데 그것만으로 되겠어? 요즘은 엘이디 등처럼 여기저기 다 있잖아요. 우리 식당에서는 민지씨 같은 사람이 식물을 가꾸는 거야. 이게 서사의 한 축을 이루는 거지. 세계관을 만들어주는 거예요. 이게 송민지씨가 할 일이에요."

"제가……요?"

보이사가 민지에게 원하는 게 단순히 식물 관리만은 아니었다.

"문창과 나왔다면서요? 게임 회사에서도 일했고요? 자기 같은 사람들은 단순노동 제일 싫어하지 않아요?"

민지에 대해 잘 아는 것처럼 말하는 보이사가 민지는 싫으면서도 싫지 않았다. 위워크에서 식물 관리 알바를 한 것은 힘을 빼지 않아도 되는 일이어서였다. 하지만 단순한 일이라고 생각했던 그 일이 쉬웠던 것은 아니었다.

"서른 넘어서 제대로 된 직장에 취직하지 않는 사람들은 두 가지죠. 이미 포기했거나 아니면 혁명을 꿈꾸거나. 민지씨는 나 젊었을 때 같아."

혁명이라니. 패션 피플 같은 보이사의 입에서 나온 혁명이란 말이 이상하게 들리지 않는 게 민지는 이상했다.

"아, 세계관을 만들어보라는 말씀이시죠?"

계속 모른 척만은 할 수 없어서 민지는 이렇게 답했다.

"나는 게임 안 해서 모르지만 심시티 같은 게임이 그런 거라면서요. 도시를 설계하는 게임. 민지씨는 우리 비건 식당들의 비건계를 설계하는 거죠. 지금은 각종 채널로 쇼 비즈니스를 하는 시대니까."

민지는 쇼 비즈니스를 잘했다. 적어도 보이사는 그렇게 생각하는 것 같았다. 그로부터 석 달이 지난 후 보이사가 연남동 식당의 매니저 자리를 제안하면서 민지에게 이렇게 말한 게 그 증거였다.

"일은 상상력으로 하는 거야. 자기가 석 달간 했던 것처럼. 나는 감명을 받았어. 식물 관리를 그렇게 했던 사람은 아무도 없었거든."

호랑이의 조회가 끝날 때 민지를 따라 '오오즐'을 외치는 스태프를 보이사가 본 날이기도 했다. 이 말을 하면서 보이사가 건넨 것이 최신형 아이폰이었다. 앞으로는 이걸로 식물계도 관리하고 일도 하라는 말 끝에 "매니전데 회사 폰이 있어야지, 오오즐"이라고 덧붙였다. 민지는 보이사가 확실히 자신을 귀여워하고 있다고 생각했는데 그렇다고 만족스러운 것만은 아니었다. 어쩐 일인지 민지의 달아오른 얼굴은 식지 않았다.

*

민지의 어깨를 감싸안으며 보이사는 흑인 티오는 걱정하지 말라고, 자기가 알아서 채우겠다고 말했고, 그러고 나서 오게 된 게 앙투안이었다. 그는 루카스와 탐, 율리아와 하루카보다 한 달 늦게 풀 먹는 호랑이에 합류했다.

앙투안이 풀 먹는 호랑이에서 한 달을 일했을 때 민지는 매니저로 일한 지 두 달을 넘기고 있었다. 민지는 매장의 피크 타임과 비교적 한산한 시간대를 파악하게 되었고, 내국인보다 외국인 손님이 많다던 보이사의 말이 전혀 허풍이 아니라는 것도 알게 되었다. 외국인 손님이 내국인 손님보다 두 배 이상 많았고, 여행중에 기분을 망치고 싶지 않다는 자제력이 발휘된 건지는 몰라도 그들은 내국인에 비해 덜 까다로웠다. 그리고 손님들의 시선이 다른 스태프보다 앙투안에게 더 오래 머문다는 것도 민지는 인정할 수밖에 없었다.

루카스와 탐, 율리아와 하루카, 앙투안은 풀 먹는 호랑이에서 걸어서 십오 분 거리에 있는 셰어하우스 두 곳에 나뉘어 살았다. 두 집 다 주방은 모든 구성원이 공유하고 방은 두 사람이 같이 쓰는 구조로, 방이 총 네 개인 집이었다. 루카스와 탐, 율리아가 한 집에, 또 하루카와 앙투안이 한집에 살았다. 두 집은 오 분 정도 떨어져 있었고, 모두 민지가 구해준 집이었다.

집을 구해준 일에 대한 감사를 표하고 싶다며 루카스와 탐, 율리아와 하루카, 앙투안은 민지를 집들이에 초대했다. 민지는 가고 싶지 않았다. 감사를 받을 일이 아니기 때문이었다. 집을 소개해준 대가로 직접적인 이득을 취하지는 않았지만 순수한 호의라고도 할 수 없었다. 세입자보다는 집주인의 부탁으로 하게 된 일이었다. 부탁이 아니라 청탁이라고 해야겠지만.

"게네도 집이 필요하잖아. 집도 사람이 필요하고. 무엇보다 호랑이랑 가까워. 여기 불법이 있어? 불의가 있어? 그런데 뭐가 문제야?"

그들이 살고 있는 셰어하우스는 보이사의 것이었다. 민지는 루카스와 탐, 율리아와 하루카, 앙투안을 속였다고도 할 수 있었다. 집 명의는 보이사가 아닌 다른 사람으로 되어 있었고, 보이사는 명의도 그러한데 자기가 소유주라는 걸 굳이 말할 필요가 있느냐고 말했다. "괜한 오해를 살 것도 없고 말이야"라고 덧붙이면서.

민지의 마음을 복잡하게 하는 문제였다.

"이 거래에서 손해보는 사람 있어? 모두가 좋은 거래 아니야? 요즘에 오십만원짜리 집이 어디 있니? 그것도 다 빌트인."

하지만 민지는 보이사 말대로 '모두'에게 좋은 일을 한다는 자신이 없었다. 왜 모두에게 좋은 거래인데 마음이 괴로울까? 민지는 그 답을 알았다. 직원에게 월급을 주자마자 그 절반을 집세로 받는 보이사의 신묘한 이익 창출 방식에 대하여 민지가 알고 있기 때문이었다. 그 일이 올바르지 않다고 생각하기 때문이었다. 한마디로 줄이면 '의식 없음'.

그걸 가능하게 한 게 민지 자신이기도 하기에 더 답답했다. '의식 있음'과 '사회운동'이 본인의 신념이라고 보이사는 말하지 않았던가. 이런 행동들을 하면서 여전히 보이사는 의식 있음과 사회운동에 대해 말할 수 있을지 궁금했고, 그럴 때 어떤 입장을 취해야 할지 생각하면 민지는 머리가 아팠다. 민지의 두번째 시련이었다.

*

일주일 후, 민지는 양념통닭과 순대볶음, 떡튀순, 꼬마김밥, 후식인 탕후루까지 놓인 셰어하우스의 아일랜드 식탁에 앉아 있었다. 양념통닭과 꼬마김밥, 탕후루는 민지가 사 온 것이었다. 앙투안과 하루카는 소맥을 만들 맥주와 소주를 들고 루카스와 탐과 율리아가 사는 집으로 왔다. 주도적으로 상을 차리던 루카스가 과장된 말투로 "와, 케이 푸드 총집결"이라고 말하자 민지는 "마이 플레저"라고 대답하고는 발음이 너무 후졌나 싶어 마음이 편치 않았다.

"여기 혹시 비건 있어요? 그러면 꼬마김밥이랑 야채 튀김 드세요."

이렇게 말한 건 민지였다. 풀 먹는 호랑이에서 사람을 뽑을 때 비건이냐 비건이 아니냐는 중요하지 않았다. 대신 외국인이면서 H1비자가 있어야 했다. H1비자는 워킹홀리데이로 한국에 오는 외국인들이 발급받는 비자였다.

"우리 이사님한테 혼나는 거 아니에요?"라고 탐이 말하자 웃음이 터졌다. 입을 가리고 웃는 하루카를 보고 율리아는 왜 그렇게 웃느냐고 물었다. "아시아 여성이 해야 하는 매너야?"라고 율리아가 말하자 탐이 거들었다. "아시아 게이도 추가." 자기는 한 번도 입을 가리고 웃은 적이 없다고 말하려던 민지는 그러면 하루카를 공격하는 게 될까봐 가만히 있었다.

이야기를 듣던 앙투안이 양손으로 입을 가리고 웃는 동작을 하다가 양손을 앞으로 펼치더니 매릴린 먼로처럼 입술을 내밀며 팬들에게 키스를 보내는 동작을 했다. 불편해질 뻔한 분위기가 순식간에 반전되었다. 그건 뭐랄까, 습기로 가득한 차를 타고 가던 초보 운전자가 제습 버튼을 발견하고 난 후의 일 같았다. 제1세계 흑인이라고 해서 모두 저런 세련된 몸짓을 가질 리 없다는 것을 민지는 인정해야 했다.

보이사 말대로 워홀 비자를 가진 외국인들은 한국말을 잘했다. 왜 이렇게 한국말을 잘하느냐고 민지가 물었더니 워홀 비자를 받으려면 이 정도는 해야 한다는 대답이 돌아왔다.

"구독 서비스라고 알아요?"

이렇게 말을 꺼낸 민지는 한국에서 요즘 유행하는 구독 서비스에 대해 이야기를 시작했다. 집들이 초대에 민지가 끝까지 거절하지 않았던 이유가 바로 이거였다.

특별한 구독 서비스를 제안하려 한다고 서두를 열었다. 풀 먹는 호랑이에서 주는 스태프 밀 말고 하루 한 끼를 더 제공해줄 수 있다. 단, 한 달 이상 구독해야 계약이 성립한다. 한 달에 십오만원이다. 정말 말도 안 되게 싸지 않나? 풀 먹는 호랑이 스태프만을 위한 특별한 혜택이다. 석 달을 결제하면 삼만원을 할인해주겠다. 건강한 식단을 독려하기 위해서다. 풀 먹는 호랑이에서 일할 때 구독하면 그만두더라도 유지할 수 있다. 단, 배달은 안 된다. 가게에 와서 가져가야 한다. 우리는 탄소중립 실천 매장이니까 일회용기를 쓰지 않는다. 전날 비운 용기를 다음날 반납하면서 도시락을 가져가면 된다. 신선이 생명이니까 그날 가져가지 못한 것은 폐기한다.

여기까지 말한 후 민지는 이렇게 덧붙였다.

"가게에서 일하고 밥 챙겨 먹기 너무 힘든 거 내가 아니까. 사 먹으면 만원은 하잖아요. 편의점에서 먹어도 불닭볶음면에 삼각김밥에 우유 같이 먹으면 사천원 넘게 나오고. 해먹으려면 설거지도 해야 하고 피곤하니까."

이 말에 거짓은 없었다. 그렇다고 민지는 확신할 수 있었다. 도시락 구독으로 크게 이익을 남기는 것도 아니었다. 하지만 신선기한 내에 소진하지 못하는 채소를 매일 폐기하고 쓰레기 처리 비용까지 내야 하는 가게 입장에서는 어차피 내일이면 버려질 것들을 버리지 않으면서 약간의 수익도 낼 수 있는, F&B업계 용어로 하면 '코스트 절감 방안'이며 '탄소중립 실천법'이기도 했다.

민지의 말을 듣다가 루카스와 율리아는 고개를 끄덕였다. 탐은 이렇게 말했다.

"한국 물가 너무 비싸요."

우회적인 거절인가? 수긍하는 듯 고개를 끄덕이며 민지는 말했다.

"맞아요. 월급은 그대론데 물가만 올라요. 살기 힘든 나라야. 하겐다즈 한 컵에 지금 오천오백원이잖아요. 나 중학생일 때 이천오백원이었어요. 이십 년 만에 두 배 올랐어. 월급은 그대론데."

민지의 이 말은 반은 맞고 반은 틀렸다. 하겐다즈 아이스크림의 가격에 대한 정보는 맞았지만 민지는 경제활동을 시작한 이래 돈을 가장 많이 벌고 있었다. 보이사는 민지를 인정했고, 인정한 만큼의 임금을 지불했으니까. 그래서 민지는 성인이 되어 처음으로 저축이라는 걸 해봤고, 이번달부터는 한 달에 백만원씩 적금도 들기 시작했다. 적금도 적금이지만 마이너스 통장을 쓰지 않는 게 이렇게 기쁨이 차오르는 일인지 민지는 예전에 몰랐다.

하지만 보이사는 민지에게 많은 것을 요구했다. 보이사가 구독 서비스 얘기를 해보라고 말할 때만 해도 민지는 너무한 게 아닌가 싶었다. 백만원도 안 되는 소득에서 방세로 오십만원을 지출하고, 십오만원을 더 지출하면 남는 게 삼십만원도 안 되는데…… 그런데 아일랜드 식탁 앞에 앉아 루카스와 탐, 율리아와 하루카, 앙투안에게 말을 꺼내자 구독 서비스가 꽤 괜찮은 제안으로 여겨졌다. 민지는 자신이 하는 말에 일말의 책임감을 느끼는 동시에 스스로의 논리에 설득되었다. 남의 나라에 와서 힘든 일을 하는데 밥이라도 제대로 먹어야 할 게 아닌가 싶었고, 보이사의 제안에 따르는 게 그들에게 유리한 일로 보였다.

"이사님이 특별히 생각해서 이 가격으로 해주라고 하신 건데…… 백만원 받아서 방세로 오십만원 내면 오십만원도 안 남는 거 아니까……"

할 만큼 했으니 이제는 물러설 때라고 민지는 판단했다. 너무 몰아붙이면 그게 무엇이 되었든 하고 싶지 않으니까.

민지가 말한 백만원은 이들이 풀을 먹는 호랑이에서 법정 시간을 다 채워 일했을 때 합법적으로 받을 수 있는 임금이었다. 2022년의 최저 시급이 9160원이었지만 풀 먹는 호랑이에서는 시간당 만원을 주었다. 워홀 비자로 일할 수 있는 최대 시간이 주당 25시간이었으므로, 주급으로 따지면 이십오만원, 월급으로 하면 백만원이었다. 세금 제하기 전이 이랬다.

"나 할래요."

싱긋 웃으며 앙투안이 말했다. 뭐가 그리 좋은지 스캣을 하는 재즈 가수처럼 몸을 흔들면서.

*

앙투안의 그 몸짓은 돈 때문이었다. 민지는 그렇다고 생각했다. 루카스와 탐, 율리아와 하루카보다 자기가 돈을 더 받는다는 것을 알게 되었고, 그들보다 자신이 유능하다는 생각이 들었을 테고, 그 기쁨을 감추지 못했을 거라고 말이다. 유치하게. 앙투안은 그들보다 얼마나 더 벌까?

그저 단순한 호기심은 아니었다. 민지는 풀 먹는 호랑이의 관리자였고, 스태프 사이에 분란이 일지 않게 조정을 해야 하는 입장이었다. 앙투안은 시간당 얼마를 받을까? 만이천원? 그렇다고 하더라도 한 달에 백이십만원이었다. 백이십만원을 받아서 오십만원을 월세로 내고, 십오만원으로 식사 구독을 하면 오십만원가량이 남는다. 오십만원이나 남는다는 게 앙투안의 기분을 그토록이나 좋게 했을까? 아니면 다른 사람보다 이십만원을 더 받는다는 게 앙투안에게 우월감을 주었을까? 백인과 아시아인보다 우위에 섰다고 생각하면서 말이다. 아니면 만이천원보다도 더?

민지는 앙투안에게 돈을 많이 받는 이유에 대해 알려주고 싶었다. 네가 특별한 줄 알지? 흑인이라서 많이 받는 거야. 비건 식당의 '의식 있음'을 위한 액세서리라고. 인종차별이기도 하고, 이 바보야. 흑인이라는 이유로 특별 대접을 받는 건데 기분이 좋아? 정말 그래?

두부를 으깨거나 시금치를 다듬으면서 콧노래를 부르는 앙투안을 보면 민지는 뭔가가 불끈불끈 치솟았고, 속에 있는 말을 하고 싶었다. 딱히 꼬집어 말할 수는 없었지만 앙투안의 태도가 거슬렸다. 전자담배를 피우러 나가서 너무 늦게 들어왔고 힘을 써야 하는 일이 있을 때는 슬쩍 피했다. 하지만 말하지 못할 거라는 걸 알았다. 일어날지도 모를 갈등을 미리 해결하는 게 매니저의 일이라는 보이사의 말 때문은 아니었고, 뭐라고 할 근거가 없었다. 민지의 마음이 불편하다는 이유로 스태프를 잡도리할 수는 없으니까.

아니면 보이사한테 물어볼까? 앙투안의 시급이 얼마냐고 물어서 보이사에게 대답을 듣는다고 해도 다음에 무슨 말을 할 수 있을까? 앙투안을 라이벌로 생각하느냐고 보이사에게 놀림받을 수도 있었다. 여기까지 이르자 민지는 자신이 느끼고 있는 불쾌한 감정에 앙투안이 자기 자리를 위협할지도 모른다는 불안감 또한 담겨 있다는 걸 알게 되었다. 다른 곳이라면 외국인이라는 게 불리할 수도 있었지만 여기는 보이사의 세계 아닌가. 그는 잘생겼고, 매력 있으며, 사람들과 잘 지냈고, 이목을 끌었다. 앙투안을 보자마자 보이사가 이 점을 간파했으리라 생각하니 민지는 더 기분이 좋지 않았다.

민지의 속쓰림 증세도 지속될 거라는 말이었다. 민지는 위경련과 역류성 식도염을 둘 다 앓아왔는데, 한동안 잠잠하다 싶더니 스트레스를 받으면 증상이 시작되었다. 불에 덴 것처럼 뜨겁다가 둔탁한 흉기로 찔린 것도 같다가 신물이 올라왔다. 그러니까 역류. 약을 처방해주며 의사는 스트레스를 받지 말라고 했지만 그게 자기 마음대로 된다면 암에 걸릴 사람은 없었다.

하지만 이제는 정말 말할 수밖에 없다고 생각했다. 아무 말도 없이 앙투안이 결근했기 때문이었다. 사고일 가능성도 배제할 수 없었지만 그에게는 아무런 일도 없을 것만 같았다. 앙투안에게 근무 매너를 지적하며 싫은 말을 할 수밖에 없는 상황에 스트레스를 받고 있는데 앙투안에게서 문자가 왔다. 이제 안 가요. 풀 먹는 호랑이로 더이상 출근하지 않겠다는 뜻을 앙투안은 저렇게 한 문장으로 밝혔다. 반사적으로 앙투안에게 전화를 걸었지만 지금은 전화를 받을 수 없다는 말이 흘러나왔다. 잠시 화를 삭인 후 민지는 율리아와 탐에게 문자를 보여주었다. 한국어에 능숙하지 않은 외국인 입장에서 저 말을 다르게 쓸 수도 있나 싶어서. 둘은 의미심장한 눈빛을 교환하더니 '과연 그랬군' 하는 표정으로 고개를 끄덕였다.

"재미있는 이야기 내가 해드릴까요?"

기분이 좋아 보이지 않는 율리아가 민지에게 말했다.

쇼핑몰의 피팅 모델을 하면 시간당 삼만원부터 시작한다는 이야기를 듣고 율리아가 면접을 봤는데 퇴짜를 맞았다고 했다. 발이 크다는 게 이유였다. 포토샵으로 만지면 안 되냐고 민지가 물었더니 율리아는 자기에게 맞는 신발이 없다고 했다. 율리아는 "아, 모델 하게 되면 미리 호랑이 그만둔다고 하거나 근무 시간을 줄이겠다고 했을 거예요"라고 덧붙이더니 다시 이야기를 이어갔다. 자기가 어제 풀 먹는 호랑이에 와서 이 이야기를 했고 그래서 앙투안이 무단으로 결근한 거라고. 지금 앙투안은 시급 오만원을 받고 피팅 모델을 하고 있다고 했다.

"다른 일은 없었어요?"

앙투안이 풀 먹는 호랑이에서 받던 시급에 대해서도 말했을까 봐 민지가 율리아의 표정을 살피고 있는데 앙투안이 문을 열고 들어왔다. 그는 문을 잡지 않은 다른 손을 들어올려 율리아와 민지에게 인사를 하더니 민지가 뭐라고 말할 새도 없이 뭔가를 들고 바로 나갔다. "아아." 율리아의 감탄사를 듣는 순간 민지는 그가 들고 나간 게 도시락이라는 걸 깨달았다. "인사할 때 뭐라고 한 거였어?"라고 민지가 물었더니 "오오즐 아녔어요?"라고 누군가 대답했다. 주방에 있던 탐이 나와서 엄지손가락을 치켜들며 "역시 자낳괴"라고 말했다. '낳은 괴물'까지는 유추할 수 있었지만 '자'는 무슨 말의 약어인지 모르는 민지는 '자낳괴'의 뜻을 검색해야 했다.

날짜를 따져보다가 민지는 앙투안이 구독을 신청한 지 보름밖에 지나지 않았다는 것을 알게 되었다. 앙투안의 평이 좋았는지 그사이에 율리아와 탐도 도시락 구독 대열에 합류했다. 앙투안이 보름 더 손을 흔들고 들어와 "오오즐"을 외치며 평온한 얼굴로 도시락을 가져갈 생각을 하니 누군가가 배를 꼬집으며 쥐어짜는 듯한 통증이 느껴졌다. 그러면서도 민지는 오오즐처럼 단순한 단어에 이렇게나 많은 감정이 담길 수도 있다는 게 놀라웠다. 처음 들었을 때 간지러웠던 이 단어는 어느 순간 돌림노래의 후렴구 같은 게 되었는데, 앙투안의 '오오즐'을 들으니 모욕받았다는 생각이 들었다. 오오즐을 후렴구로 만든 것도, 그래서 모욕감을 느끼게 만든 것도 원인을 따져보면 모두 자신이 한 일이었다는 것에 민지는 자괴감이 들었다. 민지를 아프게 하는 것은 민지였다.

*

앙투안의 무단결근과 일방적인 통보에 대해 민지가 보고하자 괘씸한 일이지만 더 좋은 방법이 있다고 보이사는 말했다.

"좋은 생각이 있어. 화장하는 남자 어떨까? 내가 얼마 전에 서점을 갔다가 봤는데, 키가 백팔십 정도 되고 머리를 묶은 덩치 큰 여자 점원이 있었어. 그런데 목소리가 엄청 걸걸한 거야. 다시 보니까 남자인 거 있지? 화장한 지 얼마 안 됐는지 다 뜨고 말이야. 크로스드레서는 아니었어. 여자가 되고 싶은 남자인 거지. 서점에서 일하는 거 보니까 좋아 보이더라고. 점주도 의식 있어 보이고 좋더라."

민지도 그런 사람이 있는 매장에 가면 보이사와 비슷한 생각이 들었다. 그런 사람에게 잠시 응대를 받는 건 아무런 문제가 없다. 하지만 그런 사람을 고용해서 하루종일 같이 있게 되면 어떤 어려움이 있을지, 서로 예기치 않은 실수를 하진 않을지, 스태프들은 또 어떻게 반응할지 걱정이 됐기에 민지는 바로 대답을 하지 못했다.

"그런데 뭐라고 모집 공고를 내요?"라고 간신히 떠올린 질문을 하자 "그런가?"라고 말한 보이사는 "그래, 에이아이도 아니고. 그런 맞춤형 인물을 어디서 구하겠어"라고 말했다.

"아, 그런데 요즘 계정에는 뭐가 잘 안 올라오더라. 한동안 잘하더니. 세계관 구축한다고 했었잖아."

그러고 나서 보이사는 갑자기 생각났다는 듯이 이 말을 꺼냈다. 민지는 억울했다. 민지가 먼저 '세계관을 구축하겠다'고 하지는 않았다. 민지가 그 일을 했으면 좋겠다고 보이사가 말했기에 그 일을 했을 뿐이었다. 하지만 그 이야기는 이사님이 먼저 하셨다고 민지가 말한다면 보이사는 그 생각에 동의해서 나와 같이 일하는 거 아니냐고 되물을 것이다. 그래서 민지는 "알겠습니다"라고 말했다.

사실 그 계정에 관해서라면 민지는 할말이 너무 많아서 어떤 말부터 해야 할지 몰랐다. 이런 것도 하고 저런 것도 했다고 상사에게 어필하는 것도 능력이라는 걸 알았지만 민지에게 그런 종류의 능력은 없었다. 민지는 억울함과 자부심을 동시에 느꼈다. 비건 식당들의 통합 인스타그램 계정의 이름을 바꾸지 않았더라면 지금의 식물계는 없었다. 식물계. 식물의 세'계'이기도 하면서 식물 '계'정이기도 하다는 의미를 담아 지은 이름이었다. 식물계라는 이름을 민지가 부여하고 나서 식물계는 식물계가 되었다.

보이사와 위워크에서 이야기할 때만 해도 민지는 비건 식당 일이 어떻게 굴러갈지 몰랐다. 아니, 어떻게 해나가기야 하겠지만 얼마나 반응을 불러올지, 그걸 보이사가 어떻게 생각할지를 말이다. 그런데 민지가 식물 관리를 맡고, 식물 관리를 하는 모습을 찍어 게시하자 반응이 터졌다.

식물을 관리하는 민지의 모습만 계정에 올려줘도 좋을 거라는 보이사의 말에서 시작된 일이었다. 물조리개를 들고 식물을 관리하는 민지를 봤던 보이사의 시야를 상상하며 민지는 타이머를 설정해 뒷모습 위주의 자신을 연사로 찍었다. 밑단을 접어 올린 루즈한 연청바지와 하얀색 크록스, 베이지색 캔버스 앞치마가 민지의 유니폼이었다. 상의는 흰색, 연두색, 초록색 티셔츠만 입었다. 송민지로서가 아니라 비건계의 식물 힐러 역을 수행한다고 생각하면서 하루 두 번 식물을 가꾸는 자신의 뒷모습을 업로드했다.

그런데…… 팔로어 수나 '좋아요' 수가 하루에도 몇천씩 늘어나더니 곧 30K를 찍었다. 30K가 되었다는 것은 그 계정을 팔로잉하는 사람이 삼만 명이라는 말이었다. 처음 계정을 관리할 때는 2K 정도였는데 석 달 만에 열다섯 배 이상이 늘어난 것이다. 알고리즘의 사랑을 받는다는 게 이런 건가? 싶어 우쭐하기도 했다. 계정에 유입되는 구경꾼들의 숫자뿐만 아니라, 민지는 소위 매출을 일으켰다. 매장의 식물을 관리하고, 식물을 관리하는 자신을 계정에 올리고, 그게 식당 매출로 이어졌겠으나 그게 다가 아니었다. 민지는 식물을 팔았다. 처음에는 식물을 둘 데가 없어서 팔았는데 사고 싶어하는 사람이 생각보다 많았다. 그래서 인스타그램으로 주문하고 매장으로 와서 가져갈 수 있게 했다. 인터넷 판매를 하면 더 많이 팔 수도 있었겠지만 식물을 파는 게 민지의 목적이 아니었으므로 적게는 하루에 열 개, 많으면 하루에 오십 개 정도를 팔았다.

위워크에서 배운 것이었다. 사람들은 잘 모르겠지만 위워크에서 민지가 관리한 식물들은 플랜테리어를 위해서만 존재하는 게 아니었다. 일종의 샘플이었다. 바이어를 급하게 만나야 하는데 사무실을 제대로 꾸리지 못한 어떤 사용자는 "여기서부터 여기까지 다 주세요"라며 파티션과 함께 식물을 사무용품처럼 구매하기도 했다. 식물의 이름조차 궁금해하지 않는 비인간적인 모습에 민지는 상처 받았으나 그런 일이 반복되면서 무뎌졌다. 비건 식당이 위워크와 다른 점은 식물을 팔 때 시식용 바질 두부 페이스트와 바질 샐러드 쿠폰을 끼워준다는 것이었다. 다섯 중에 세 사람은 바질 샐러드 쿠폰을 쓰기 위해 식당에 방문했고, 화분을 또 샀다.

그때만 해도 민지는 자신이 이렇게 본격적인 비건인이 될 줄 몰랐다. 맞다, 비건인. 비건을 하든 안 하든 비건 사업에 본격적으로 몸담으면 비건인이라는 게 보이사의 주장이었다. 빙상인이나 요가인, 무속인처럼 말이다.

*

"맞다. 요즘 치매 노인들 고용하는 식당 있는 거 알지? 주문을 틀리는 요리점? 그런 책도 있잖아."

화장하는 남자 이야기를 한 지 며칠 지나지 않아 호랑이에 방문한 보이사는 다시 하던 이야기로 되돌아갔다. 민지는 직원을 뽑는 보이사의 기준을 이제 확실히 알 것 같았다. 그는 별종을 원했다. 유별나거나 특별하거나 하여튼 눈에 띄는 존재를 말이다. 외국인이든 평범하지 않은 내국인이든 함께 부대껴야 하는 건 민지였다. 치매 걸린 노인을 고용한다고 하면 이건 또다른 차원의 문제였다.

"한국에도 그런 데가 있나요?"

충분히 예상되는 문제들로 머리가 복잡했지만 이렇게 우회적으로 물을 수밖에 없는 게 민지의 입장이었다.

"있지 않을까? 내가 알고 있는 걸 보면? 아니다, 차라리 장애인 어떨까? 외국 애들이 노인을 우대하는지는 모르겠지만 장애인이라고 하면 약해지는 게 있거든. 우리랑 다르게 교육을 철저히 받아서."

"장애인 중에도 여러……"

"표정이 일그러지는 종류는 안 돼. 다리가 불편한 것도 안 되고, 팔이 불편한 정도가 좋지 않을까? 일하는 데 지장은 있겠지만 그래도 다리보다 팔이 불편한 게 낫지. 장애인은 구하기도 쉬울 거야. 그런 애들 채용 도와주는 기관이 있을 테니까."

그러고는 자기가 알아보겠다며, 민지씨는 식물계를 다시 살려보라며 말을 맺더니 보이사는 돌아갔다. 식물계 계정의 관리자 페이지를 열어보니 유입률이 현저하게 떨어졌다는 것과 '좋아요'를 받은 게시물이 예전에 비해 별로 없다는 게 한눈에 보였다. 무엇보다 30K였던 팔로워 수가 25K가 되어 있었다. 오천 명 정도가 팔로우를 취소한 것이다. 비호감 게시물이나 그리 매력적이지 않은 사진을 올릴 바에야 아무것도 하지 않는 게 낫다고 생각해 보름 동안 게시물을 하나도 올리지 않았던 터였다. 누구였더라. 하루에 게시물 하나씩 꾸준히 올리는 게 인스타그램 팔로워를 증가시키는 가장 좋은 방법이라고 말한 사람이. 기억을 되살려보니 위워크 라운지에서 열렸던 'SNS로 수익 창출하기'라는 강좌의 강사가 한 말이었다.

예전에 하려다 중단했던 것을 해보려고 민지는 노트를 펼쳤다. 민지가 그어놓은 선들과 메모한 글자들, 취소선들이 어지럽게 흩어져 있었는데 그것을 보자 신기하게도 쓰지 않았던 말들까지 되살아났다. 연남동 매장에 있는 아홉 명의 스태프를 캐릭터화해 게시물을 만들려고 했었다. 스태프들의 사진을 얼굴이 잘 보이진 않아도 실루엣이 드러나도록 찍고, 사진 밑에 이름과 나이, 국적, MBTI를 함께 적는다. 여기에 좋아하는 한국 음식까지 넣어도 나쁘지 않다고 생각했다. 하루카는 ISTJ, 루카스는 ESFP였다는 게 기억났고 탐과 율리아는 MBTI에 대해 어떻게 생각하는지 알지 못했다. 탐 같은 성향이라면 아직 테스트를 안 해봤을 것 같았고 율리아는 그런 테스트로 인간을 알 수 있다는 건 너무 단순한 생각이지 않냐고 말할 것 같아서 둘에게 물어볼 생각을 하니 두통이 밀려왔다.

민지는 매장 내 식물을 재배치하면서 화분들의 간격을 조정했다. 식물의 잎이나 줄기에 핀을 맞춰 인물은 아웃포커싱하는 방식으로 찍고 싶어서 그랬다. 그러고 나서 가장 먼저 찍은 것은 하루카였다. 하루카가 찍기 좋은 위치에 있었을 뿐만 아니라 민지에게 하루카는 늘 사근사근한 태도여서 마음에 부담이 없었다. 당근 라페를 만들고 있는 하루카, 손님과 이야기하는 하루카, 고개를 숙이며 웃는 하루카, 그러다 입을 가리며 웃는 하루카를 찍고 있는데 하루카가 화각에서 사라지더니 민지 옆으로 다가왔다.

"매니저님, 제 사진 찍은 거 아녜요?"

하루카가 언제나처럼 공손하게 말했다. 지금 표정이 너무 좋아서 찍었다고 민지가 말하자 하루카가 말했다.

"저 오늘 얼굴이 마음에 들지 않아요. 죄송합니다."

하루카가 양손을 귀에 가져다대며 말했다. 곤란한 이야기를 할 때 하루카가 하는 행동이었다. 그러면 내일 다시 찍자고 하자 그는 다시 말했다. "죄송합니다"라고.

그때 율리아가 다가와서 자기의 사진도 찍었냐고 물었다. 민지가 아니라고 하자 찍으려고 했느냐고 물었다. 그렇다고 하자 율리아는 왜 찍는 건지 물어봐도 되냐고 했다.

"우리 계정 식물계 알죠? 거기에 스태프들 소개하려고. 우리 계정 30K잖아. 거기에 소개되면 좋지 않을까요?"

이렇게 말하는데 민지는 떳떳하지 못했고, 25K가 됐는데 30K라고 말한 것도 껄끄러웠다. 이런 일을 벌이게 해서 자신을 수치스럽게 만드는 보이사가 민지는 원망스러웠고, 이런 쪽팔림이 월급을 받는 대가라는 생각에 이르자 얼굴에 이어 귀까지 달아올랐다. 하지만 민지는 아무렇지도 않아 보여야 했다.

"다른 친구들은 모르겠는데 저는 제 얼굴 인터넷에 돌아다니는 거 원하지 않아요. 유명해지고 싶지 않고요. 저의 초상권은 제가 지키고 싶어요."

이렇게 말한 건 율리아가 아니라 하루카였다.

"풀 먹는 호랑이가 비건 식당이잖아요. 그냥 비건 식당이 아니라 의식 있음을 지향하는 비건 식당이요. 그런데 매니저님 그거 아세요? 베를린에 있는 제가 다니던 비건 식당이랑 너무 똑같아요. 가게 로고 새겨진 티셔츠, 티셔츠를 작품처럼 건 인테리어, 테이블 디자인, 전선이 엉킨 듯한 조명……"

율리아는 이렇게 말한 후 자기의 단골 비건 식당의 계정을 보여주겠다며 인스타그램에서 검색을 했다. 식당의 로고를 새긴 티셔츠와 그걸 마치 아트 피스처럼 벽에 걸어놓은 사진을 보니 풀 먹는 호랑이와 비슷해 보이기도 했다. 이런 분위기는 민지도 이미 익숙한 것이어서 율리아가 다니던 단골 식당의 것이라고 특정하기에는 좀 그랬다. 하지만 나뭇가지로 ㅁ을 만들어 벽을 장식한 크고 작은 빈 액자들과 ㅁ을 초과해 밖으로 나온 나뭇가지 귀퉁이에 촛농처럼 흘러내리게 행잉 플랜트를 매단 연출 방식은 그곳과 호랑이를 구분할 수 없게 할 정도였다. 이 벽을 배경으로 인증샷을 찍는 사람들 덕에 민지도 호랑이에서 일하기 전부터 풀 먹는 호랑이를 알고 있었다는 것을 떠올리니 그 벽은 호랑이 그 자체라고도 할 수 있었다.

*

초상권을 지키고 싶다며 정색하던 하루카와 율리아의 표정이 떠올라 민지는 잠을 설쳤다. 잠을 제대로 자지 못한 지 몇 주나 되었지만 어젯밤처럼 뇌가 깨어 있던 적은 없었다. 식물계를 정비하기 위한 계획이 틀어졌고, 그걸 대신할 만한 안은 아직 없었고, 팔로워 수는 줄어들고 있었고, 내일은 보이사가 풀 먹는 호랑이에 방문하는 날이었다. 내실이라고는 하지만 가벽을 세워 문을 단 것뿐인 방이라 보이사의 목소리는 바깥으로 울려퍼질 것이었다. 그런 상태로 조회에서 '오오즐'을 외칠 수 있을까 생각하니 마음이 더 답답했다. 이해가 되지 않는 일을 하지 못하는 것 못지 않게 민지는 마음에 없는 말도 하지 못했다. 이해가 되지 않는 일을 이해하는 척하며 마음에 없는 말을 마음에 있는 말처럼 하는 게 일을 잘하는 걸까? 그러다보면 '자낳괴'가 되는 걸까?

생각을 거듭할수록 하루카와 율리아에 대한 원망이 옅어지면서 미안한 마음이 들었고, 자기가 한 행동이 부끄러웠다. 얼굴이 화끈거리다 몸까지 화끈거렸다. 민지는 생각해봤다. 스태프인 민지를 매니저가 몰래 찍어서 식당 계정에 올리려고 했다? 기분이 좋지 않았겠지만 민지는 항의하지 못했을 것이다. 당연히. 그 말이 민지의 입술에 씁쓸하게 달라붙어 있었다. 왜 당연하고 또 당연한 걸까? 싫은 것과 불편한 게 많지만 티를 내거나 말을 하지 못하는 성격 때문에 만성적인 위염을 달고 산다는 걸 알았지만 민지는 자신을 어떻게 할 수가 없었다. 성격은 운명이라고 누군가 말했다던데 민지가 생각하기에 성격은 건강이었다.

풀 먹는 호랑이의 전 매니저가 좋은 자리를 찾아간 게 아니라 자신에게 밀렸을 수도 있다는 것을, 민지는 어렴풋이 알고 있었다. 구태여 생각하고 싶지 않았을 뿐이었다. 전 매니저 또한 민지처럼 누군가를 밀어내고 매니저가 되었기에 민지를 보자마자 느낌이 왔을 것이라는, 그래서 냉랭하게 대했을 것이라는 뒤늦은 깨달음도 왔다. 그리고 전 매니저 역시 '식물성 관상'이라는 말을 들을 만한 느낌의 인상이라는 것도. 민지의 전임자들에게 그러했듯이 보이사는 다루기 쉬운 사람이라는 뜻으로 민지에게 식물성 관상이라는 말을 썼을지도 모르겠다는 생각에 이르렀다.

"기본에 충실하게, 그냥 음식에만 신경쓰면 어떨까요?"

매장에 방문한 보이사가 식물계 이야기를 시작했을 때 민지가 이렇게 말한 건 이례적인 일이었다. 한 번도 보이사의 의견이나 주장에 반론을 제기한 적이 없던 민지의 새로운 모습을 보면서 보이사는 싱긋 웃었다.

"그러면 매출이 나올까? 세상에는 음식들이 아주 많고 식당들도 아주 많아. 있다는 걸 알아야 먹으러 올 게 아니겠어?"

민지는 동의한다는 듯 고개를 끄덕이며 하려던 말을 이어갔다.

"말이 나오고 있어서 아셔야 할 것 같아요. 우리 식당이 패션 비건 식당이래요."

한국에 관심 있는 외국인이 모이는 커뮤니티에서 연남동의 패션 비건 식당이 악명 높은데, 그중에서도 가장 악명 높은 게 풀 먹는 호랑이라고 말해준 건 율리아였다.

"제1세계인들이 아시아 무시하고 조롱하는 건 아주 뿌리가 깊은 일이라서 전혀 놀랍지도 않다, 얘."

의연하게 대처하는 보이사를 보면서 민지는 율리아가 했던 다른 말도 했다.

"그런데 별로 안 이쁜 패션이래요."

일어날지도 모를 갈등을 미리 해결하는 게 매니저의 일이라는 보이사의 말에 용기를 얻어 꺼낸 말이었다. 양손을 귀 옆으로 올려 큰따옴표를 그리면서 율리아는 말했던 것이다. 되게 구린 패션이라고. 이 말은 차마 전할 수 없었다.

"율리아가 그랬어?"

"의식 있음에 대해 말씀하시잖아요. 패션 비건이라고 말 나오면 안 되잖아요. 의식 있음이 부정당하는 거니까."

감정적인 말로 들리지 않도록 민지는 최대한 단어들을 건조하게 발음했다.

"패션 비건이 뭐? 꼭 진정성 있는 비건만 있어야 된다는 법칙이라도 있어? 아니다, 진정성이라는 건 낡은 가치야. 진정성 없는 게 이 시대의 진정성이라고 해도 되겠다. 이상주의는 다 망했어. 1989년에 동구권이 무너질 때 내가 얼마나 충격받았는지 알아? 미 제국주의가 승리하고 우리는 다 망한 것 같았지. 그런데 아니더라. 세상은 그렇게 감정적으로 접근하면 안 된다는 걸 깨달았지."

이상주의적이고 감정적이라는 말은 민지에 대한 비난으로 들렸다. 그러니까 과거를 회고하는 듯한 보이사의 말은 비건에 임하는 민지의 자세를 나무라고 있었다. 민지의 비거니즘이나 비거니티를.

"슬기롭고 평화로운 비건 생활 같은 건 그냥 이데아야. 하지만 우리는 그걸 믿는 시늉을 하면서 그 일을 해야 하지."

슬기롭고 평화로운 비건 생활을 믿는 시늉, 지금까지 민지가 하던 게 바로 그거였다. 그런데 보이사는 자연스럽고 왜 나는 부자연스러울까.

"이사님은 왜 비건 하세요?"

민지는 예전부터 궁금했던 이 질문을 했다. 왜 그렇게 힘들게 사느냐는 질문이기도 했다. 그러니까 슬기롭거나 평화로움 따위는 없이 부자연스럽게.

"블루 오션이었으니까"라고 짧게 답한 뒤 보이사는 이렇게 말했다.

"입이 있다고 해서 모두에게 표현의 자유가 있는 게 아니라는 걸 민지씨도 알잖아. 하고 싶은 말 못 해서 민지씨도 아프고, 나도 아파. 나라고 하고 싶은 말 다 하고 살까? 혐오 발언도 금지, 차별도 금지인 이 시대에 혐오와 차별을 역으로 활용하겠다는 게 문제가 될까? 법과 제도가 엉망진창인 나라에서 그걸 활용하는 게 문제가 될까? 어디 가서 이런 말 못 하지."

블루 오션이라서 비건을 한다는 말처럼 명쾌한 답은 없었다. 위선자가 아니라 위선을 이용하는 사업가였다니, 민지는 머리가 얼얼할 지경이었다. 한 번도 생각지 못했던 관점에서 생각하게 하는 사람 곁에서 배울 수 있어서 다행이라는 생각마저 들 뻔했다.

그런 민지를 정신 차리게 해준 것은 다음의 이야기였다.

"팔로워 수가 어떻게 며칠 만에 그렇게 늘어날 수 있었을까? 혹시 생각 안 해본 거야?"

보이사는 식물계 이야기를 하고 있는 것 같았다.

"알고리즘이 나 사랑하나봐, 이랬던 거야?"

민지는 여기에서 이야기가 중단되길 바랐지만 보이사가 그럴 것 같지는 않았다.

"몰랐어? 내가 팔로워 샀잖아."

이 말을 듣는 순간 민지는 단시간에 팔로워를 늘리는 가장 효과적인 방법은 돈으로 팔로워를 사는 거라고 했던 강사의 말을 떠올렸다. 돈 많으시면 그렇게 하시든가요. 강사가 웃으라고 한 말에 아무도 웃지 않았다. 하지만 민지는 그때도 혼자 키득거렸고, 지금도 그랬다. 그때도 지금도 민지는 속으로 웃고 있었다.

이대로 끝낸다면 억울해서 안 될 것 같았지만 민지는 웃음만 나올 뿐 마치 말을 잃어버린 것처럼 아무 말도 떠오르지 않았다. 그때 밖에서 조회를 끝낸 스태프들이 외치는 소리가 들렸다.

"오오즐!"

"오오즐!"

매니저인 민지가 없는데 조회를 할 수 있나 의아했지만 곧 민지
는 저 명랑한 소리가 어떻게 난 건지 깨달았다. 밖에 새 매니저가
있는 것이다. 율리아일까? 하루카? 아니면 앙투안일까? '오오즐'
을 저렇게 아무렇지도 않게 외치는 걸 보면 뉴 페이스는 아닐 것
이다. 하지만 자신이 아는 게 전부라고 할 수 없다는 걸 알기에 민
지는 속단할 수 없었다.

민지가 모르거나 상상조차 하지 못한 새로운 식물성 관상이 심
긴 걸 수도 있었다. 그게 누구일지라도 물조리개로 물을 주고 난
이파리처럼 새록새록한 연두색 얼굴일 것이다. 한 이파리에 초록
색과 연두색이 함께 있던 필로덴드론 플로리다 뷰티처럼 희귀한
얼굴이기도 할 것이다. 오늘이 그가 가장 슬기롭고도 평화로운 날
일 것이다. 슬기롭고도 평화로운 연기를 해왔다는 걸, 그런데 충
분하지 못했다는 걸 깨닫는 순간에야 사실을 알게 될 것이지만 오
늘은 정말 그럴 것이다. 그날의 민지는 확신할 수 있었다.

기획의 말을 대신하여

이 글의 제목이 '기획의 말을 대신하여'인 이유가 있다. '월급 사실주의'라는 문학 동인과 이 단행본에 대해 내가 생각하는 바는 있는데, 다른 참여 작가들도 그 생각들에 다 동의하는지 자신이 없다. 내가 대표로 말을 할 자격이 있는지도 모르겠다. 대표 같은 건 안 정했고 앞으로도 정하지 않으면 좋겠는데, 그 또한 내 개인 의견이다.

월급사실주의라는 이름은 다분히 1950~1960년대 영국의 싱크대 사실주의Kitchen sink realism를 의식했다. 지난해 동인 참여를 제안하면서 작가분들께 미리 말씀드린 문제의식과 규칙은 있다. 문제의식은 '평범한 사람들이 먹고사는 문제를 사실적으로 그리는 한국소설이 드물다. 우리 시대 노동 현장을 담은 작품이 더 나와야 한다'는 것이었다. 규칙은 이러했다.

① 한국사회의 '먹고사는 문제'에 대해 문제의식을 갖는다. 비정규직 근무, 자영업 운영, 플랫폼 노동, 프리랜서 노동은 물론, 가사, 구직, 학습도 우리 시대의 노동이다.

② 당대 현장을 다룬다. 수십 년 전이나 먼 미래 이야기가 아니라 '지금, 여기'를 쓴다. 발표 시점에서 오 년 이내 시간대를 배경으로 한다.

③ 발품을 팔아 사실적으로 쓴다. 판타지를 쓰지 않는다.

④ 이 동인의 멤버임을 알린다.

이런 문제의식과 규칙으로 동인을 만들어 책을 내자는 제안을, 글 잘 쓰고 비슷한 문제의식을 품은 듯한 소설가 스무 분 남짓께 보냈다. 공감하지만 여유가 없다는 분도 계셨고 참여하기로 했다가 건강 문제로 단행본 작업에서 하차한 분도 계셨다. 나를 포함해 참여 작가 열한 명을 모은 뒤 몇몇 출판사에 기획안을 보냈다.

문학동네에서 기획안을 반겼고, 책 제목에는 '월급사실주의 2023'이라는 부제를 붙이기로 했다. 이 기획이 잘되면 멤버를 충원해가며 '월급사실주의 2024' '월급사실주의 2025' '월급사실주의 2026' 하는 식으로 작업을 이어나가고 싶다는 바람이 있다. 한국 소설가들이 동시대 현실에 문제의식을 갖고 쓴 소설이 그렇게 쌓이면 멋지겠다.

월급사실주의 작가들의 합의는 여기까지다. 우리는 세부 이론이나 단체 규정을 만들지 않으며, 선언이나 결의문을 채택하지도 않는다. 우리는 소설을 쓴다.

'이런 시대에 문학을 왜 읽어야 하느냐' '문학의 힘이 뭐라고 생각하느냐' 같은 질문을 종종 받는다. 문학계에 한 발 걸친 사람이라면 요즘 다들 비슷한 질문을 받는다. 문학의 힘이 잘 보이지 않으니 나오는 질문이다. 돈의 힘이 뭔지 궁금해하는 사람은 없다.

내 귀에는 궤변처럼 들리는 답이 있다. '문학의 힘은 무력함에서 나옵니다' '문학은 힘이 없기 때문에 힘이 있습니다' 같은 이야기. 공허한 말장난 같다. 나는 문학에 힘이 없는 게 아니라 힘있는 문학이 줄어든 것 아닌가 의심한다.

'힘있는 문학'이라는 말을 들으면 존 스타인벡의 『분노의 포도』가 떠오른다. 이 소설은 힘있고 아름답다. 대공황을 이야기하지만 대공황만 이야기하지는 않는다. 대공황 시기 사람들의 고통을 이야기하고, 그럼으로써 시대를 초월한 무언가를 말한다.

『분노의 포도』는 대공황이 거의 끝날 무렵 나왔는데, 출간되자마자 격렬한 논란에 휩싸였다. 특히 소설 속 묘사가 거짓이라는 공격을 받았다. 그때까지도 사람들은 자신들이 겪는 일이 무엇인지 정확히 몰랐던 것 같다. 당시 그들은 미증유의 재난 속에 있었는데, 원래 거대한 사건은 안에서 평가하기 어렵고 처음 보는 일이라면 더 그렇다.

한국에서도 그런 일이 있었다고 생각한다. 1997년 외환위기가 발생했고, 이후 한국의 노동시장은 정규직 중심의 1차 노동시장과 비정규직 중심의 2차 노동시장으로 분리됐다. 이십 년이 지난 2017년, 한국개발연구원KDI이 벌인 설문조사에서 응답자의 88.8퍼센트가 외환위기의 영향으로 비정규직 문제를 꼽았다. 비정규직이라는 단어 자체가 외환위기 이전에는 거의 쓰이지 않았다. 관련 정부 통계도 없었다.

2022년 비정규직 노동자는 815만 명을 넘었다. 이제 한국인 절반가량은 본인이 비정규직이거나 가족이 비정규직으로, 이것은 2020년대 한국사회 불평등의 핵심 중 하나다. 그런데 나는 2000년대 들어 그렇게 비정규직이 늘어나던 시기, 한국 노동시장이 둘로 쪼개지던 때에, 그 실태나 증가세를 사실적으로 알리고 비판한 작품으로 한국소설보다는 드라마나 웹툰이 먼저 떠오른다. 백수나 시간강사가 등장하는 소설들을 놓고 노동시장 이원화를 지적한 거라고 주장하고픈 마음은 안 든다.

황석영 작가는 2010년대 중반 몇몇 언론 인터뷰에서 〈미생〉과 〈송곳〉을 높이 평가하며 "문학이 그런 서사를 다 놓치고 있다니!" "한국문학의 위기는 한국문학 스스로가 현실에서 멀어지면서 자초한 게 아닌가" "한국 젊은 소설가들이 바로 이런 당대의 문제에 접근을 해야" 한다고 말했다. 나도 동감이었다. 〈미생〉과 〈송곳〉 이전에 비정규직 문제를 다뤄 큰 호응을 얻은 드라마 〈직장의 신〉이 일본 드라마의 리메이크작이었다는 사실에 이르면 여러 가지 생각이 든다. 한국소설 중에는 원작으로 삼을 마땅한 작품이 없었던 걸까. 과연 한국 소설가들이 탄광의 카나리아고 잠수함의 토끼 같은 존재라고 당당하게 말할 수 있을까.

아름다운 노래가 재난을 당한 이들에게 위로를 줄 수 있고 그것은 예술의 힘이다. 때로는 찢어지는 비명이 다가오는 재난을 경고할 수 있고 그것 역시 예술의 힘이다. 위로의 노래가 필요한 순간이 있고 사이렌이 필요한 순간도 있다.

지금 새로운 재난이 오고 있다는 느낌을 받는다. 그게 뭔지, 거기에 어떤 이름이 붙을지는 잘 모르겠다. 중산층이 무너지고 있다. 몇몇 천재들의 창의적인 아이디어나 부동산에 매겨지는 가격은 가파르게 상승하는데 성실한 노동의 가치는 추락한다. 플랫폼과 인공지능이 노동시장을 흔든다. 일에서 의미나 보람을 찾는다는 사람은 드물다. 이런 현상들을 '자본가 대 노동계급'이라는 과거의 틀로 파악하고 대처할 수는 없다는 게 내 생각이다.

나는 저 현상들의 한가운데 있으며 그 현상들을 제대로 이해하지 못한다. 원인도 모르고 대책도 모른다. 그러나 그것이 고통스럽다는 사실을 알고, 그 고통에 대해서는 쓸 수 있다. 후대 작가들은 알 수 없는 것, 동시대 작가의 눈에만 보이는 것도 있다. 스타인벡도 통화 긴축이 대공황을 불러왔다거나 재정지출 정책을 펼쳐야 한다는 얘기를 소설에 쓴 것은 아니었다. 이런 마음으로 기획안을 쓰고 작가들을 모았다.

치열하게 쓰겠습니다.

2023년 9월
장강명

월급사실주의2024

인성에 비해 잘 풀린 사람
ⓒ 남궁인 손원평 이정연 임현석 정아은 천현우 최유안 한은형 2024

1판 1쇄 2024년 5월 1일
1판 2쇄 2024년 5월 7일

지은이 남궁인 손원평 이정연 임현석 정아은 천현우 최유안 한은형
책임편집 정은진 | 편집 홍유진
디자인 최윤미 이원경 | 저작권 박지영 형소진 최은진 서연주 오서영
마케팅 정민호 서지화 한민아 이민경 안남영 왕지경 정경주 김수인 김혜원 김하연 김예진
브랜딩 함유지 함근아 고보미 박민재 김희숙 박다솔 조다현 정승민 배진성
제작 강신은 김동욱 이순호 | 제작처 천광인쇄사

펴낸곳 (주)문학동네 | 펴낸이 김소영
출판등록 1993년 10월 22일 제2003-000045호
주소 10881 경기도 파주시 회동길 210
전자우편 editor@munhak.com | 대표전화 031) 955-8888 | 팩스 031) 955-8855
문의전화 031) 955-2696(마케팅) 031) 955-1922(편집)
문학동네카페 http://cafe.naver.com/mhdn
인스타그램 @munhakdongne | 트위터 @munhakdongne
북클럽문학동네 http://bookclubmunhak.com

ISBN 979-11-416-0014-3 03810

www.munhak.com